中外机智人物故事大观丛书

巧审"大善人"

中国云贵川少数民族
机智人物故事选

祁连休　冯志华　编选

河北出版传媒集团　河北教育出版社

图书在版编目（CIP）数据

巧审"大善人"：中国云贵川少数民族机智人物故事选 / 祁连休，冯志华编选. —— 石家庄：河北教育出版社，2014.6（2022.11重印）

（中外机智人物故事大观丛书）

ISBN 978-7-5545-1222-7

Ⅰ．①巧… Ⅱ．①祁… ②冯… Ⅲ．①民间故事－作品集－中国 Ⅳ．①I277.3

中国版本图书馆CIP数据核字(2014)第128302号

书　　名　巧审"大善人"
　　　　　——中国云贵川少数民族机智人物故事选
作　　者　祁连休　冯志华
策　　划　郝建国
责任编辑　赵　磊
装帧设计　慈立群
出版发行　河北出版传媒集团
　　　　　河北教育出版社　http://www.hbep.com
　　　　　（石家庄市联盟路705号，050061）
印　　制　保定市铭泰达印刷有限公司
开　　本　787mm×1092mm　1/16
印　　张　14.75
字　　数　218千字
版　　次　2014年7月第1版
印　　次　2022年11月第2次印刷
书　　号　ISBN 978-7-5545-1222-7
定　　价　29.50元

前　言

　　机智人物故事是世界各国民间故事中一个颇为引人注目的门类。这一门类的民间故事，是由一个特定的富有智慧的故事主人公贯穿起来的故事群的总称。这些故事群的主人公，有的有生活原型，有的并无生活原型，而是出自艺术虚构；有的属于劳动者型，包括奴隶型、农奴型、农夫型、村姑型、牧民型、渔民型、雇工型、仆役型、工匠型、矿工型、游民型等，有的属于非劳动者型，包括官吏型、文人型、才媛型、讼师型、艺人型、衙役型等。无论属于何种类型，这些故事群的主人公都机捷多谋，诙谐善谑，敢于傲视权贵，常以机智的手段调侃、播弄、惩治邪恶势力，扶危济困，并且嘲讽各种愚昧落后的现象，为民众津津乐道。这一类人物形象，往往在一个地区、一个民族、一个国家广为人知，成为民众心目中"智慧的化身"；有的甚至在全球传播，被誉为民间文学中的"世界的形象"。各国各民族的机智人物故事，尽管内容比较庞杂，瑕瑜并存，但大多数作品是积极的、健康的。它们大都以写实手法再现社会生活，富有喜剧色彩，蕴含着人民群众的幽默感，洋溢着笑的乐趣，具有一定的社会意义和美学价值。

　　中国的机智人物故事源远流长，蕴藏极其丰富。早在两千多年前的春秋时期，就出现过晏子这样的著名机智人物。晏子的趣闻逸事，至今仍然让人感到饶有兴味。此后的各个时期，也有不少机智人物故事流传。到了现当代，中国的机智人物故事更是层出不穷，迄今已在汉族和四十多个少数民族中发现了九百五六十个机智人物故事群。这些机智人物故事群，少则十数篇、数十篇，多则一二百篇、三四百篇，其中不乏影响较大的故事主人公，不乏精彩的、耐人寻味的篇什。从历史渊源的久远，从作品的数量和质量，从故事主人公艺术形象及其广泛的代表性诸方面来考察和衡量，中国的机智人物故事在世界范围内是不多见的。

除了中国以外，机智人物故事在亚洲、欧洲、非洲、美洲等地亦有流传。就地区而言，以亚洲较为突出；就国家而言，以土耳其、伊朗、阿富汗、印度、印度尼西亚、泰国、哈萨克斯坦、蒙古、日本、朝鲜、德国、保加利亚、罗马尼亚较为突出；就机智人物形象而言，以阿拉伯的朱哈、阿布·纳瓦斯，土耳其、伊朗、阿富汗和中亚细亚的霍加·纳斯列丁（毛拉·纳斯尔丁、纳斯尔丁·阿凡提），印度的比尔巴，印度尼西亚的卡巴延，泰国的西特诺猜，哈萨克斯坦的阿尔达尔·科塞，蒙古的巴岱、日本的吉四六，朝鲜的金先达，德国的厄伦史皮格尔，保加利亚的希特尔·彼得，罗马尼亚的帕卡拉等较为突出。

我们编选的"中外机智人物故事大观丛书"，旨在全面介绍世界各国的机智人物故事，借以引起读者对这一类民间故事的兴趣。此套丛书共有十册：《捉弄和珅——中国古代机智人物故事选》《奇怪的家具——中国汉族劳动者机智人物故事选》《智斗太守——中国汉族文人机智人物故事选》《反穿朝服见皇上——中国汉族官宦、讼师机智人物故事选》《国王有四条腿——中国西北少数民族机智人物故事选》《佛爷偷糌粑——中国东北西南少数民族机智人物故事选》《巧审"大善人"——中国云贵川少数民族机智人物故事选》《教国王的黄牛诵经——中近东、北非机智人物故事选》《巧断珍宝失窃案——亚洲机智人物故事选》《教皇中计——欧洲、美洲机智人物故事选》。本书即其中的一册。

倘若读者通过本书，通过这一套"中外机智人物故事大观丛书"，能够增进对于古今中外机智人物故事的了解，并且从中获得艺术欣赏的乐趣，我们将感到无比欣慰。

编　者

2012 年冬于北京

目　　录

老谎的故事

（苗族）

·········

老谎，又称阿方、老幌、谎匠三、反江山等，系苗族影响最大的一个机智人物，出自艺术虚构。他是一个劳动者，聪明敏捷，能干泼辣，善于随机应变，编造各种"谎话"来诓骗官家、豪绅、奸商，使劳苦大众痛恨的形形色色的压迫者、剥削者陷入困境，受到嘲讽、戏弄、惩罚。他的故事数量较大，内容广泛，从许多角度展现了过去苗族地区的社会生活、风土民情。这些故事流传于湘西、黔东一带的苗族聚居区，几乎家喻户晓，尽人皆知。

·········

分 金 砖

同知老爷传令下来，要在苗族地区修建一座新城，建城的劳力由知县向各村寨摊派。负责修建新城的一个姓刘的知县，是一个见钱眼开的贪官。同知老爷拨来的建城费，全部装进了他的腰包。因为他对建城的民工太刻薄，所以工程进度很慢。

一天，刘知县听说同知老爷第二天要来视察建城情况，他着急了，慌忙派人四处去叫各寨民工第二天早出工，出齐工，并指名要流金寨的阿方带五十个民工，一早赶到新城工地去夹道欢迎同知老爷。

阿方接到刘知县的通知后，不禁失声大笑起来。大家问他笑什么，他说："刘知县想叫我们给他撑门面，我们偏不依他；他叫我们早去，我们偏要晚去，要给他个下不了台。而且还要让同知老爷收拾他。"

听阿方这样讲，大家都很高兴，但又担心去晚了不好交代。阿方说："你们放心吧，一切由我来对付，明天吃了早饭后，休息会儿再去。"

第二天一早，刘知县就陪着同知老爷来到新城工地上。刘知县一看，阿方他们连影子都不知道在哪里。建城的民工也是稀稀拉拉的，东一个，西一个。这下，真使刘知县大失面子。同知老爷一见这冷冷清清的场面，气得大骂刘知县："你是怎么搞的？简直是胀干饭！"

刘知县挨了剋，窝着一肚子气没法出。他咬着牙，暗暗责骂："阿方，你这小子故意出我的丑，等同知老爷走了，非收拾你不可。"

同知老爷看了一遍，正准备回去时，阿方才带着人来了。刘知县一见阿方，就火冒三丈，马上喊阿方过来问："昨天你接到通知了没有？""接到了。""我是怎么交代你的？""你叫我早一点来。""为什么这时候才来？你搞的什么鬼？"

阿方毫不慌张，从容不迫地笑着回答："报告县太爷，我不是有意来晚的。"

"我叫你一早到工地，你这个时候才来，你还有什么理由？"

"是这样。"阿方心平气和地说："我昨天晚上……"

"你昨天晚上做哪样？"刘知县打断阿方的话。

同知老爷插上来说："你让他慢慢讲。"

"对嘛，你总打断我的话，那怎知道我为哪样来迟了？你看人家同知老爷就不像你，光知道剋人。"

"好，好，好！你讲，你讲。"刘知县没好气地说。

阿方慢条斯理地说："昨晚上，我在园子里挖土，一锄就挖出一罐金子。"

"什么？什么？"刘知县一听，马上转怒为喜。同知老爷也马上轻言轻语地问："得了多少？"

阿方回答说："整整一百块金砖。"

"一百块？"同知老爷和刘知县都惊呼起来，"天哪，真是发了天财啰！"

看到同知老爷和刘知县这样惊奇，阿方心里暗暗高兴。刘知县也暗暗高兴。刘知县想，你阿方是我管辖下的一个穷苗民，金子在你手头，不怕弄不到我的手。这时，他想出一个办法，就转弯抹角地说："你得了金子，收了就是了，为什么这时候才来呢？"

阿方说："得了金砖后，我想，这是国宝，不能一个人独吞，就决定马上分。"

同知老爷和刘知县听说阿方已把金砖分了，马上打断阿方的话，问："你是怎么分的？"

"报告两位老爷，我这一百块金砖是这样分的：自己只留二十块，打算买点田地，穷人没田没地的罪我实在受够了！"

"当然，当然。"同知老爷似笑非笑地说。刘知县接着问："那其余的八十块，你是怎么分的？"

"剩下的八十块，我是这样分的，拿三十块给刘知县修建这座城，因为我想：这么大的工程，上面一两银子都没拨，怎么能建得成？"

同知老爷一听，插上来说："不是已经给你们拨了一百两银子了吗？怎么能说一两银子都没拨？那银子到哪里去了？"

刘知县听到同知老爷追问，马上吓抖了，一句话也答不出来，原来，上面拨下来的一百两银子全被他一人私吞了。

阿方见刘知县答不出话来，又说："同知老爷，那金子我还没分完哩！"

"你讲吧，剩下的金子又怎么分？"同知老爷问。

"我得知同知老爷今天要来视察，就也分了二十块，给刘知县分了十块，其余二十块，就张三给一块，李四给一块，过路的讨米叫花子我也给他一块，七分八分的整整分了一早上，后来……"

同知老爷听说他也分到二十块，就打断阿方的话说："后来就来迟了。这是有原因的，不应追究，应奖赏。"但他又想，阿方就送三十块给刘知县建城，又给他本人十块，到头来，这建城的三十块，也免不了要落进刘知县的腰包。想到这里，他决定收回原来拨下的一百两银子，就说："阿方拿出三十块金砖建城，有那么多的金子，建城的费用就足够了，原来拨下来的银子上缴国库吧。"停了停，他又说："阿方得了金子就想到国家，这种精神实在难得，为此，我宣布提升阿方为千总，免除他的全部劳役。"

阿方听了同知老爷的宣布，忙说："感谢同知老爷的栽培。不过，这千总的官，我实在当不了，请同知老爷另选高明。另外，今天同知老爷只宣布免除我一个人的劳役，心里很不安，我要求能把这五十人全给免了。"同知老爷想了想，就当众宣布："好，看在阿方的面上，全免了！"

同知老爷刚宣布完，穷人们都高兴得跳了起来，马上收拾工具就走。刘知县在一边，只呆呆地望着同知老爷，屁都不敢放一个。

再说，阿方带着五十个民工，一路唱啊，跳啊，真有说不出的高兴。走到半路，忽见一个人飞马追来，走拢一看，原来是同知老爷派来的屯兵。他跳下马，恭恭敬敬地走到阿方面前，打躬作揖说："千总老爷，同知老爷说，他当面不好说，才派我追来问你，你给他的二十块金砖和建城的三十块金砖，是放在家里，还是带在身上？请交给我拿回去。"

大家一听，都为阿方捏了一把汗，但阿方却若无其事地走上一步，对那屯兵说："你回去禀告同知老爷，我向刘知县报告迟到的原因，话还没说完，就被他和刘知县打断了。现在，我跟你讲完吧。后来，我把金子分完了，我老婆怪我自家留得太少，就对我的屁股狠狠地给了一脚，痛得我跳了起来，一跳就滚下床——醒了。"

屯兵听到这里，瞪着眼着急地问："什么？你说什么？""我醒来才知道，原来是在做梦。我往窗外一看，太阳已老高了，等我收拾好，吃完早饭来，就迟到了。""啊，原来你是在做梦啊！""是的，是做梦，你就回去禀告同知老爷吧！"

屯兵勒马转身回去了。跟着阿方的穷人们一个个都笑得眼泪哗哗的，有的甚至在地上打起滚来。

那屯兵回到同知老爷身边，把情况一讲，同知老爷真是哭笑不得，但吐出去的口水收不回来，只好让阿方他们回去了。屯兵问他："那么，刘知县的一百两银子还要不要收回来？""收，反正他不把银子用来建城，白送他做什么！"屯兵飞马找刘知县要银子去了。事后，有人给同知老爷出点子，说阿方敢于欺骗同知老爷，应抓他治罪。但同知老爷却自我解嘲地说："我是当众宣布的，怎么好改口？再说，他做梦都没有忘记我同知老爷，这也是好的嘛……"

同知老爷的随从们听了，马上随声附和："那是，那是！"

龙岳洲搜集整理

流传地区：黔东

吃茄子蒂蒂

阿方和长工们每天干活回来，马员外的老婆都只给他们每人留半碗茄子蒂蒂。这东西既不好吃，又不下饭。阿方心里明白，这是主人家刻薄他们，拿他们长工不当人，心想，不制他一家伙，心里的气就没法出。

一天早晨，马员外的老婆又打发阿方去打茄子。阿方二话不说，挑着箩筐就高高兴兴地去了。走到茄子地里，一放箩筐，就把大大小小的茄子一下子摘光，装了满满一大挑。但他没有把茄子挑回马员外家，却挑到几户长工家里。他把茄子都分给长工的家属，只叫她们把茄子蒂蒂剥下来交给他，把茄子肉肉全都留下来吃。

大家都不知道阿方为哪样要这样做，都感谢阿方给他们送来了茄子，但又担心他交不了差。

快吃早饭时，阿方才把剥下来的茄子蒂蒂随便洗了洗，就挑着回马员外家去，把茄子蒂蒂交给马员外的老婆。马员外的老婆一看，全是茄子蒂蒂，就咬牙鼓眼地追问："你是怎么搞的？打的尽是茄子蒂蒂，那些肉肉呢？"

阿方答道："丢了。"

"丢了？丢到哪里去了，快去捡来！"

"丢进河里去了。"

"哎呀，你是遇到什么鬼啰——"马员外的老婆急得直跺脚，气得直发抖。

阿方心里十分好笑，无论马员外怎么问他，他都不讲。直到马员外的老婆吼得震天响，长工们都围上来看热闹了，阿方才认认真真地说："今年茄子上市以来，我们餐餐吃的都是茄子蒂蒂，我以为员外老爷家只兴吃茄子蒂蒂，不兴吃茄子肉肉，所以我洗茄子时，就把茄子肉肉都丢到河里去了。"

马员外和他的老婆，睁着眼，张着嘴，半天说不出话来。

买　鱼　种

一天，阿方来到黄果寨，听说穷苦苗家们都养不起鱼，是因为龙员外霸占了鱼苗场，心里很不平，就想出一个办法要帮助穷人们养上鱼。他把办法悄悄地给大家一讲，穷苦苗家们都高兴极了。

正说着，龙员外带着五个挑鱼苗的长工，一路高声叫唤："卖鱼种！卖鱼种！一升米一碗——"

阿方听到叫唤声，喜上眉梢，忙叫穷苦苗家们躲回家去。他自己满脸笑容迎上去，恭恭敬敬地对龙员外说："啊，员外老爷，我等你们半天哩！"

"啊，你要买种？"

"不，不，不是我买。我田无丘，地无块，你的鱼种价喊得老高八高，买得起？我是帮守备老爷买。"

"噢，好吧，那我们就同你到守备老爷家去。"龙员外说。

"不要去了，到家里去做哪样？你这鱼种可以炒得吃？"

"守备老爷叫我在这里等你们来。"阿方转身指着穷人的田，说："这些田，全是守备老爷家的，你们一丘田给我放一碗，就是了。"

龙员外说："那么，你也得一碗碗地量，记个数好算价钱哟。"

阿方笑笑说："不必了，你们这五挑鱼我全给守备老爷买了，估个大数，每挑就算一百碗好不好？"

龙员外听了，心头大喜，其实一挑不过五六十碗，作一百碗算，五挑鱼秧苗就要换整整五石大米，当然划得来。不过，仔细一想，又觉得不踏实，便试探地问："守备老爷一下子能拿出五石米来不？"

"拿得出，拿得出。"阿方答道："你员外真讲外行话，守备老爷家的钱米，百十里外，哪个不知，谁人不晓？莫说五挑，再有五挑也不成问题！"

听阿方这样一讲，龙员外就说："好，好，那你指点吧，哪块田是守备老爷家的，你讲，我们就放。"

阿方见龙员外同意了，就故意说："做生意就应该这样干脆嘛。"说着就这丘那块地指着穷人的田，叫快放鱼秧苗。

阿方指一丘，龙员外忙叫长工们放一碗。来到守备家的一丘大田边，龙员外自作聪明地说："这丘大田肯定是龙员外家的，要放三碗才够。"说着就亲自舀了一碗鱼苗准备放。没想到阿方却摆手制止说："不放，不放，那是另一家人的，你们要是放了，我可不开钱噢！"

龙员外一听，十分尴尬，只好将舀起来的鱼苗又倒进鱼篓桶里，跟着阿方绕过大田，到其他田去放。这样，阿方指一丘，放一丘，龙员外带着长工跟着阿方跑了整整一个下午，一个个跑得筋疲力尽。最后还剩下一碗鱼苗，龙员外问："田都放了，这一碗放哪里去？"

"还剩一碗要放到那边坡上去！"阿方指着一片黑压压的茶山说："那茶林里还有一丘大田。这样吧，你们先进寨去，到守备老爷家去抽烟喝水等我，我把这碗鱼苗放了就来。"

龙员外信以为真，带着那几个长工就往守备家走去。而阿方呢？他哪里是去放鱼苗，而是使的"金蝉脱壳"计，跑回他的流金寨去了。

后来，黄果寨的穷人告诉阿方，那天下午，龙员外带着五个人到守备家算账，守备搞不清是哪头发的火，认为是龙员外公开敲他的钉锤。而龙员外则认为守备仗势欺人，叫人买了他的五挑鱼种还不认账。于是，他俩吵起来了，越吵越讲不清楚。后来，硬是打了起来。因为守备人多，把龙员外打得头破血流。龙员外更加气愤不过，花了许多钱，告到知县那里去。经过知县细细一盘问，他俩才知原来是上了阿方的当。

卖　米

马员外每五天都要赶一次场。每场总要叫阿方挑一挑米到场上去卖。每挑米卖价一般都在五十吊上下。可是马员外喜欢赌钱，每一场都要拿三十吊钱去赌，输完了就走。每次回来，他老婆问他米卖多少价，他总是说，只卖二十吊。有时粮价涨到六十吊一挑了，他也只说卖二十吊。开始几场，每当马员外回来向老婆报账，阿方都只"哼"地一笑了事。心里暗暗地骂道："这家伙，真是又奸猾又怕老婆。我要叫你哭笑不得！"

一天，马员外又要去赶场，照例撮了满满一大挑米交给阿方，交代阿方随后挑到场上去，自己先骑马走了。

阿方把米从马员外家挑出来，一转身就往寨上几户穷得吃了上顿无下顿的穷苦苗家的家里挑去。他把这挑米分给大家，只叫大家给他凑了二十吊钱，让他回来交差。阿方玩了大半天，才回到马员外家，把二十吊钱交给了马员外的老婆。

马员外到了场上，找到赌友后，先借了三十吊钱赌起来。他想，赢了好办，输了等阿方挑米来卖了就还。开始，他赢了二十吊，心里很高兴，越赌兴趣越高，不一会又赢了十吊，更是高兴得不得了。得了三十吊后，眼更红了，想一下搬回原来的老本。于是赌资越来越大。哪晓得，得了三十吊后，一连输了三盘，三十吊钱又退给了人家。他不服，又放肆大赌，可是越赌越输。这时，倒输了三十吊，人家追着要钱时，他说："少不了，等我的长工挑米来，卖了米就还你。"接着又赌，又输，越输越想捞回老本，越不肯放手，越输得多，只好罢手。一算账，除了借人家的三十吊输掉不算，另外还输了三十吊。

马员外到场上到处找阿方，但他找遍了米行，都不见阿方的影子。快要散场了还不见阿方，赌棍们跟着他逼着要钱，他无法，只好脱掉一件皮衣作抵。

马员外又气又饿，骑着马气汹汹地往回走。一进屋，他老婆就发现他的皮衣不在了，就问："你的衣服呢？"

马员外只好撒谎："在路上，被土匪抢去了。阿方呢？"他马上把话引开。

"怎么抢的，你说清楚嘛，怎么，土匪只抢你一件衣服，不抢你的马？"他老婆追问不放。

马员外只好又说："我骑着马跑，他们穷追不放，我只好脱掉一件衣服丢给他们，他们得了衣服后，才不追了。阿方呢？"

这时，阿方进来了。马员外一见就问："阿方，你今天搞哪样鬼去了，米挑到哪里去了？"

阿方说："我今天在路上也遇到土匪了，我看到他们追来要抢米，我挑起就跑，跑过一个坳，土匪不再追了，那时正好遇到几个买米的人，我就把米卖了。"

"啊？你遇到了土匪，哪里来的土匪？"马员外问。

"没有土匪，你怎么把衣服丢了？"阿方反问他。

马员外一听，才知道自己说漏了嘴，急忙搪塞："这……我是说下午遇到的土匪。"

"既然下午你能遇到土匪，上午我怎么不会遇到？"

"你真是老糊涂了，拦路土匪出来还分上午下午？"马员外的老婆在一旁骂。

马员外不再争了，又转问阿方："你卖了多少钱？"

阿方答道："往天你卖多少，我卖多少，一文不少。"

"钱呢？"

"他交给我了。"马员外的老婆插言说。

"啊？"马员外想问交多少钱，又不敢问，问明了怕露出过去的马脚。只傻愣愣地坐在一张凳子上等他的老婆骂。见他老婆一句没骂，脸色也很平常，才悄悄放下心来。过了好一阵，他才试探着问："他是交二十吊给你吧？"

"场场都卖二十吊，这场又没涨价，要多的他也贴不起。"他老婆没好气地说。

"只是整整的二十吊？"马员外又问。

"真啰唆，不是二十吊是多少？往天，你交多少？"他老婆更不耐烦了。

"是的，是的。"马员外嘴里这样答应，心里却是哑子吃黄连，很不是味，想说出实话来，又怕老婆骂，不说心里又不痛快。他侧着身，背着他的老婆，狠狠地瞪了阿方一眼。阿方毫不在乎地淡然一笑，哼着山歌出门去了。

以上三则龙岳洲搜集整理

流传地区：黔东

吃一升米和一升苞谷

阿方和一个伙计帮财主家打短工。第一天，俩人一餐吃了一升米的饭，吃饱就去犁地，一天两人也犁得好几块。

老爷看了还满意，但觉得吃一升米有点划不来，便对老婆讲："明天早饭煮一升苞谷籽给他们吃吧，横竖也是一升粮啊！"

第二天，财主老婆便煮了一升苞谷籽，给犁地的阿方两人送去，走到地边就讲："阿方，你两个展劲犁吧，今天早饭也是煮满满的一升粮啊！"

阿方说："老板娘先回去吧，吃完饭我们展劲犁就是了。"

财主老婆走了，阿方就和那个伙计坐在地坎上吃苞谷籽，一颗一颗地往口里丢。阿方讲："这家老爷真厉害，让他也知道我们的厉害吧！"

快煮夜饭了，老爷来看今天犁了多少地，一到地里，见他两个坐在坎上谈白话，一颗一颗地吃苞谷籽，老爷生气地问："阿方，怎么不犁地呀？"

"老爷，我们还没吃完早饭呢！"阿方笑着说，"你可知道，吃一升苞谷的工夫和吃一升米的工夫是不一样呀！"

这下老财主才知道搬石头砸了自己的脚。

石宗仁搜集整理

流传地区：黔东

享 懒 福

有一个好吃懒做的人，经常靠偷偷摸摸鬼混日子，还死皮赖脸地说："我是有懒福的人，缺东少西，自有天送神给。"阿方劝了三次，他都不改。

有天傍晚，懒人背着背笼出门了。阿方也背个背笼跟在后面撵上山去。懒人发现阿方跟着他，就坐在歇凉坳上不走了。阿方对他说："伙计，我们一路上山去打柴，要不天就黑下来了，你拿哪样让老婆煮饭。"懒人说："我懒人有懒福，自有柴进屋。"背靠着大枫树，闭起眼睛打呼噜。阿方不声不响地走了，顺手把懒人的背笼藏到刺蓬里。

过了一会儿，懒人睁眼一看，天已黑尽了。他挽起衣袖，打算把别人晾在坡上的干柴背一背笼回去，不料，背笼不见了，他沿着砍柴路去找。走不多远，找到一个装满干松枝的背笼，喜欢得心里开了九朵花。他连喊了三声阿方，听不到回声，以为阿方会情人去了，就背起背笼往山下跑。

他妻子正等柴烧火炒菜，一边给他接背笼，一边埋怨说："偷一背笼柴火去了大半天，真没出息。"懒人听了正要发火，一眼看见阿方的老庚进屋来了，就故意大声说："少开玩笑！我是懒人享懒福，自有干柴进背笼，随要随时背进屋。"他边说边倒柴火，刚拿出一把把柴，就被吓得倒退了五尺，一屁股跌坐在灰堆上。

原来，阿方坐在背笼中，他不慌不忙地说："伙计，我搭你享一次懒福，难为你背了几里路。"阿方的老庚是出了名的大嗓门，哈哈大笑，惊动了左邻右舍，大家都围拢来看热闹，羞得懒人和他婆娘脚板心都痒了。从此，懒人再也不敢讲享懒福的话，再也不偷鸡摸狗了。

以上二则龙文王　杨昌鑫搜集整理

流传地区：黔东

摘毛桃子

六月三伏天，坡上毛桃子熟了。老谎顶着太阳扯草，口扯干了，爬到天坑边桃树上去摘桃子，几只老虎崽饿了两天没得呷的，从树林里窜出来，望见桃树上有人摘桃子，围在树脚下不动，抬起脑壳，鼓起眼睛，擦嘴巴，抹舌子，饿口水流得三尺长。老谎见了，心想这下拐场火了。因为，过去腊耳山老虎多得很，日丽黄天都大摇大摆地走近寨，夹牛、夹猪、夹羊、夹伢崽去呷，被老谎做套笼套，挖陷坑陷，安竹签歼，整死了好多，老虎和他结下了生死仇恨，爷爷崽崽都要找老谎报仇。但是，老谎还是很镇定，笑着试探性地说："你们是要找老谎吗？"老虎崽点头答道："你也晓得？"老谎听老虎的回答，心里有数了，说："老谎与你们是冤家对头，哪个不晓得呀？"老虎崽说："老谎做哪样去了？我们找好久都没见到他！"老谎说："你们一见我，就围在树下不动了，擦嘴抹舌要呷我。老谎晓得了，他还出门槛？你们闻骚骚都闻不着了！"老虎崽觉着有理，说："我们冤有头，债有主，你给我们几颗毛桃子填下肚子！"

老谎从树叶缝缝，瞟一眼瞟着了天坑，皱了皱眉头，说："要几颗桃子呷，算得哪样！就怕一丢打落到天坑去了，你们去找床竹簟来盖住。"老虎崽很快找来了三床晒谷子的宽簟子，盖在天坑口上。老谎把桃子，都朝簟子上丢去，丢得满满三簟子。老虎崽看着一颗颗红彤彤的毛桃子，嘴馋得不等老谎摘完，一个个扑通扑通就往簟子上跳，想抢桃子呷。"哗啦"一声，晒簟垮下去了。老虎崽像毛桃子那样，嘭嘭都滚到天坑里去了。

老谎悠闲地吹起木叶，扯小米草去了。

呷蜂糖荞粑

老虎娘听到讲几只虎崽，被老谎"谎"到天坑里去了，带起一窝老虎崽崽来报仇。

老谎守在早苞谷棚里，正用荞粑卤蜂糖呷。老虎娘看到他呷的好起劲，大叫一声，伢伢崽崽扑过去要呷老谎。老谎自然心里有数，笑笑地说："你们要和我算账，是应该的吗！做娘的，哪个又不痛儿女呢，姐妹兄弟，十指连心，哪个又不挂牵呢！你们找我，跑了好远的路，肚子也饿了，还是先吃点蜂糖卤荞粑，开下胃口，垫点底子！"老虎娘也确实肚子饿起来了，老虎崽闻着蜂糖香味，从来也不得吃过，好想尝尝味道。但老虎娘又怕上老谎当，说："你是想放'谎'来谎我们是吗？"老谎说："看你把话讲到哪里去了！我今天坐在茅棚里，周围圆转是你们娘娘崽崽，我拿哪样谎你们！我就像这火塘顶罐里荞粑，是填肚子货了。"老虎娘还是怕上当受骗，提出要先尝下蜂糖荞粑，试试味道。老谎给了她一个卤蜂糖的荞粑，吃起来确实又香又甜，便准许老虎崽们先吃。

"嘻！哪能要你们动手动脚呢？"老谎见老虎崽们要去顶罐抓荞粑，说："你们跑累了，到我床上好好躺着，我来喂到你们口里。"老虎崽们喜欢癫了，一个两个睡到老谎床上，张起口等老谎来喂。老谎一个一个喂去，问道："甜不甜？好呷不好呷？"老虎崽舔着嘴巴，闭起眼睛，笑眯眯地答道："甜呀，甜呀；好呷！好呷！"

老谎正要喂第二个蜂糖荞粑，猛然坡顶上天坑眼里传来虎崽崽喊叫声。老虎娘听到了，晓得老虎崽崽还活着，想赶快跑到坡顶上去搭救，但又怕老谎借机欺负虎崽崽逃走掉，便把虎崽崽喊出茅棚来，叽叽咕咕讲了阵悄悄话，意思是要老虎崽守住老谎，莫让老谎出茅棚棚，等它把天坑里几个小弟兄救出来，一起呷掉老谎报仇！然后，进茅棚对老谎说道："老谎，你要好好地喂粑粑，不然它们就要吃掉你，我出去有点事就来。"老谎把老虎娘的一举一动看在眼里，记在心里，主意也就扎在眉头里，表面装着老实巴结的，说："有事，你放心去吧！我把蜂糖卤得多多的，喂它们呷一个甜蜜蜜的。"老虎娘对着老谎磨了磨牙齿，鼓了鼓眼睛，好像警告老谎要老实一点，才回头走了。

老虎娘走了，老谎喊老虎崽还是睡到床上，等他一个个将粑粑喂到口里。老虎崽张起嘴巴，眯闭着眼睛，抓着痒，等着老谎将蜂糖荞粑喂来。老谎喂了一个又一个，老虎崽吃得心里甜滋滋的，喂到第三个粑粑时，老谎说："大家把口张大点，舌子伸长点，眼睛闭紧点，我要喂最甜最甜的一排粑粑来了。"老虎崽吃得甜了心，口也就张得最大，舌子伸得最长，眼睛闭得最紧，老谎从火场里夹出烧红了的鸡子岩，一个口里丢一坨。鸡子岩圆滚滚的，一家伙都滚到老虎崽肚子去了，烫得老虎崽尖喊厉叫，在床上打滚。老谎说："别喊，莫叫！这是顶罐底子里的热粑粑，呷了是要烫肚子的，过了一阵阵就好了！"不上一袋烟工夫，老虎崽一只只翻起眼睛，四脚朝天，死得个硬邦邦了。

老谎把老虎崽崽烫死了，收拾东西，正要走，老虎娘来了，见老虎崽崽死得好惨，大叫一声："老谎！你想逃跑？"

撑 岩 壁

老谎听到老虎娘吼声，心里一怔，但立即镇定下来，说："你来得刚好！我正要来找你，把事情讲清楚。不晓得你这些崽崽，是有蛔虫拱肚子呀，还是肠子打绞，呷着个烫粑粑，就喊肚子痛……"没等老谎讲完，老虎娘红着眼睛，磨着牙齿，气呼呼地说："你又来当面扯谎了，今天，我不放过你，要喝你的血，嚼你的骨头，扒你的皮子蒙鼓打！"将说到这里，坡顶上天坑里虎崽崽，又叫喊起来了，老谎眉毛一皱，说："我是你口里的菜，你喜欢怎么吃，都在你！不过，呷了我，陷在天坑里的虎崽崽，怕没有哪个救得到它们了！"老虎娘觉得这是一件难办的事，心想先要老谎把天坑里老虎崽崽救上来，然后再呷他也不迟，说："老谎！你害死了我这样多崽，我俩结下血海深仇。你若把天坑里老虎崽救上来，念起你屋里有八十岁老母亲，以后你莫再伤害我们，放你回去算了！"老谎连连感激说："感恩不尽！感恩不尽！"两个就这样讲完了。

来到坡顶天坑边，老虎娘问老谎怎么救上来法？老谎说："容易得很！容易得很！只要把岩头往天坑里滚，天坑眼岩头滚满了，老虎崽也就可以爬出来了吗？！"老虎娘觉得有道理，是个好办法，与老谎一路动手，掀起磨盘大坨的岩头，乒乒乓乓朝天坑里滚。老谎边滚岩头边对老虎娘说："要想快点填满，就要掀大坨点的岩头！"粑槽大，桌子大的岩头，老谎叫老虎娘背起朝坑里只管滚，等岩头填满坑的时候，老虎崽早被岩头滚死埋在里头了。

老虎娘晓得又上老谎当，把几个崽活埋在天坑里，连尸首都见不到了，痛哭了一场，然后，一把抓住老谎要报仇。老谎不慌不忙地把衣扣一解，说："要呷我，你就呷吧！只怕我这身瘦架辣筋，几根硬骨头会戳穿你肠子啊！"老虎娘睁眼一看，确实只见老谎身上肋巴骨一根一根的，没有一点肥肉，骨头尖尖的怕会戳通肚子，但又怕上老谎当，说："光是骨头，我也要嚼！"老谎说："我现在是你手板上的虫虫，任你按了。与其嚼骨头，不如喂肥点，呷起来香甜点，还得餐饱！"老虎娘听了，觉得把老谎掐死，都没有一灯盏碗血，是不如养肥点，便说："怎么才能喂肥点？"老谎说："这容易得很！我坐在这茅棚里，你每天咬些野猪山羊给我呷，不要一场，就呷肥了。"老虎娘饿肥肉呷，也就答应了。

老虎娘每天咬来野猪和山羊，送老谎呷，没上几天，呷得肥起来了，脸上油光闪闪，老虎娘根本没想到是老谎用野猪油抹到脸的，饿口水滴答答，要呷老谎。老谎笑眯眯地说："你莫到这里呷我。"老虎娘说："为哪样缘故？"老谎说："这里太当路了，我是怕过路人多，撞见了会救我，害得你呷不成！"老虎娘说："那到哪个廊场？"老谎说："到对门岩壁脚下去，那里背道，没有人来，你坐到那里细嚼慢咽，呷得快快活活，不是好点吗？"老虎娘点头同意。

两个来到对门岩壁脚下，抬起脑壳一望，岩壁像刀切的一样，只见天上的浮云飘来飘去，好像岩壁也晃动了，快倾倒下来似的。老谎趁一阵狂风，把岩壁上树和藤蔓吹的呼啦呼啦作响，大声惊呼道："哎呀！不好了！不好了！岩壁摇晃了，要倒下来了！"老虎娘吓得浑身打抖，大喊老谎想办法逃命。老谎摸了摸脑壳说："只有我两个用手脚撑着，不然，垮下来会把我两个压得骨渣渣都没有。"老虎娘只有听老谎的吩咐，学老谎那样，用两只前脚拼命撑住岩壁。老谎边撑边喊："攒劲撑着，松不得半点呀！"老虎娘越加使劲，撑得气咳咳地喘！撑了好老半天，老谎说："我两个这样下去不行，等我去砍菀老树来帮着撑！"老虎娘撑得有点精疲力竭了，说："快去砍！快去砍！我撑不起了！"老谎说："我去砍树，你松不得半点劲呀！要晓得岩壁全靠你在撑着了呀！"老虎娘应道："我晓得！你快去快来！"老谎望着老虎娘拼死拼命撑着岩壁的样子，忍着笑甩手甩脚地走了。

老虎娘动也不敢动一下，使劲地撑着，撑呀撑，等老谎砍树来。老虎公没见老虎娘和老虎崽回来，找呀找，等找到老虎娘时，老虎娘撑粘在岩壁上了，被日晒风吹，干成壳壳了。

打"老庚"

老虎公一看，就晓得又是老谎害的，便找外公舅爷来帮想主意，整死老谎报冤仇。外公舅爷七想八想，想老谎用"谎"害死我们，我们也用"谎"去谎他，叫他死得连音信都得不到。

老虎公瞧着外公舅爷的主意去找老谎，找了七天七夜，才在坡上找到了老谎，老远老远笑眯眯地和和气气地喊老谎，说要与老谎打老庚，跟老谎学见识，老虎崽和老虎娘的事，装着不晓得，半个字都没提到。老谎感到好生意外，心里盘算着，口里没作声，手上装烟请老虎喝。老虎公接过烟，拿在手上不喝，连续不断地说："我两个是同年同月同日同时生，俗话讲：'同船过渡，前世同修五百年。'我们没晓得前世修了好多年，才这样天生一对啊！"老谎心里想："听话听音，锣鼓听声"，黄老鼠给鸡拜年，还怀得有哪样好心呀？打老庚就打老庚，我来它个顺藤理庚（根），便也笑眯眯地说："老庚讲得对，我两个是天作之合！今天打了老庚，心里好快活，唱两首歌吧！"老虎公见老谎认了老庚，钻进了外公舅爷安的套索，得意扬扬，唱了起来：

> 噢——唉——噢，
> 打起比方唱起来，
> 明早屎里屙出毛血，

嗷——唉——嗷！

老谎听了，心里有庚了，也唱道：

嗷——嗷——唉，
比道理歌我最多，
明早来看花脑壳，
嗷——嗷——唉！

老虎公听不懂"花脑壳"是哪样意思，笑眯眯地说："唱得着[1]，唱得着！"接着，对老谎说："今天，我两个打了老庚，要互相请酒。"老谎说："对！要请酒才热闹！"老虎公说："到你屋里，你请我呷哪样菜，到我屋里，我也请你呷哪样菜！"老谎说："好，好，好！"两个商量好，先到老谎屋去喝酒，然后，再到老虎屋去喝，但还是歇到老谎屋里，屋宽展点。

到了老谎屋里，老谎说："老庚，你是喜欢呷荤菜的，我没有喂得猪牛羊。我只有把我外公杀了，煮呷一餐饱肉。"老虎公忙说："好，好，好！老庚好客得很！"心想，这是拿碗进茅室，自己讨屎（死）。老谎到灶房里破了两个大南瓜，煮成一锅子，铲上满满一端盆，放到桌上请老虎公呷。老虎公边吃边问："这肉又肥又香，呷起来酿心甜呀！好口味，好口味！"老谎说："听人家讲，虎外公肉，还要好呷！老庚，你呷过吗?"老虎公感到这下糟糕了，要杀自己外公请老谎了，想悔又悔不转来了，晚上，只得照老谎一样，把外公杀了，请老谎呷认老庚酒，这真是哑巴吃黄连，有苦讲不出。

老虎公招待老谎呷饱了虎外公肉，心想夜里睡再和你算总账。两个来到老谎屋里，老谎故意捅开门扇，让北风呼呼地对着老虎公睡的床左边吹，吹得老虎公被子起包包，睡到半夜都没热。老谎假装关心说："老庚！被盖通风，冷得半夜都没睡着，我看这样办，给你盖的被子上加盖个大筛灰篮，莫

---

[1] 唱得着：苗语，意为唱得好。

让风吹动被盖。"老虎公答应了。但是，风还是吹翻被盖。老谎爬起来，说："盖块宽门板，看它还吹得动吗？"老谎扛块又宽又大的门板，压在了老虎公身上。但是，风又从四角灌进去，还是冷。老谎说："有办法了，扛四扇磨来，压住被盖角，看风还钻得进去吗？"老虎公说："好，好，好！"老谎扛来四扇磨，将老虎公四只脚压得紧紧的，问："老庚！还有哪里通风吗？"老虎公摆起尾巴，意思是说尾巴边。老谎又扛来一扇磨，把老虎公尾巴压住，问："还有哪里通风吗？"老虎公说："没有了，没有了！你睡吧！"老谎说："我去解个溲就来。"

老谎那里去解溲，他去取斧头。老虎公见老谎拿把亮晃晃的斧头，吓得要命，想爬起来，身上四脚和尾巴，都被磨和门板压得动也动不得，口里呼呼喘粗气。老谎一脚踏到门板上，扬起斧头，对老虎公说："我要你看哪样叫作花脑壳！"喹地一斧头，一颗"花脑壳"滚到了地上……

取"谎"

老虎舅舅从坡上回来，没见了虎外公，只见四只脚爪爪，不消说，事情又拐火了。

一气之下，虎舅舅把山上所有老虎都邀来，找老谎去算账、报仇。老谎正在犁田，见一群老虎，把田坎团团围满了，也就把牛犁到田中央，一动不动地看老虎动静。虎舅舅站出来说："老谎！今天我们话也不要多讲了。你快先解牛缆索，把牛牵到田坎上来，送我们垫下肚子。要晓得，你那一身瘦骨头，是不够我们填牙齿缝缝的！"老谎勾着脑壳一声不做，用脚踩踩翻到水面的泥块。虎舅舅高喉粗嗓子吼道："老谎！你往天嘴巴子要算能辩了，今天你一声不做，是想放出'谎'来谎我们是吗？"虎群听到讲老谎要放"谎"出来，个个胆战心惊，七嘴八舌地喊道："要他把'谎'交出来！"老谎听了虎群喊他交出"谎"来，心里一亮，说："'谎'，我是有个。这是我的传家宝。哪个得到了我这宝，就会变得神通广大，不会遭人家暗算！""快交出来！不然我们就动口了！"虎群凶神恶煞地吼道。老谎说："只是不放在我身上。"虎舅追问:"放在哪里?"老谎说:"放在屋里!"虎群命令说:"赶快去取来!"老谎说:"我不能走,一提脚,你们要呷掉我的牛!"虎舅舅说:"那你不肯去取,我们就要呷掉你!"老谎说:"你们呷掉我,只要磨下牙齿,可'谎'这个宝贝,你们就得不到了,迟早要被人整死!"虎群说:"我们不呷你,也不呷你牛,你去取'谎'来。"老谎说:"嘴巴两块皮,话边讲边移!你们要让我把脚手都捆起来,我才放心得下。"老虎舅舅一心只想得到"谎",捆下也无碍事。老谎到坡上砍来了几十根粗绵藤,将老虎一只只脚手捆得死紧的,说:"你们等着,我去取'谎'来送给你们!"

老谎扯脚飞也似的跑回去,取了一把尖利利的长梭镖,老远就大声喊道:"我的'谎'取来了,你们睁开眼睛看吧!"老虎们吓得像打摆子一样浑身发抖,忙说:"看见了!看见了!不要拿来了!"老谎说:"隔远了,你们哪里看得清楚!让我拿到你们身边细细地看吧!"老谎飞舞起梭镖,三跑两跨,走到老虎们身边,捏紧梭镖,咬着牙齿,朝着老虎咽喉,一梭镖一只,一梭镖一只,狠狠地扎去。

牛在旁边看着老虎,笑得睁不开眼睛,从田坎上滚下去,把上门牙齿滚脱了,至今都还没有生出来,成了缺牙齿。

讨　皇　封

坡上的老虎被老谎整死得只剩一只公老虎和一只母老虎了。它们躲到哪里,只要想到老谎和老谎的"谎",都要吓得像失落了魂魄,总感到躲这里也不是,走那里也不好,真是热锅上蚂蚁,无路可走,最后,想到只有京城皇帝那里去告状,请皇帝帮忙把老谎制服。

主意打定,它们俩偷偷地跑上了京城,走进了皇宫,朝见皇帝。皇帝问他俩来有何事?他俩一把眼泪一把鼻涕,哭哭啼啼地禀告皇帝,说:"苗家有个老谎,专门放'谎'来害我们,把我们老虎害死得只我两个了;请皇帝给我俩作主,莫让我们断子绝孙。"皇帝听了,好可怜老虎,说:"老谎把你们亲戚六眷都害死了,我封你们两个一年生一胎,一胎九个崽!没要两三年，你们子孙就越发越多了。"两只老虎连连叩头谢恩，欢欢喜喜地回去了。

它们俩领了皇帝圣旨，怕在路上忘记，嘴巴老是念着"一年生一胎，一胎九个崽"。边走边念，念迷了，连走进老谎坐的苗寨，也不晓得了。老谎走出来，去坡上挖蕨根，碰见了这两只老虎，大喝一声："哪里走！"这两只老虎吓得慌忙跪下，舌头打卷地求老谎饶恕，千万莫放出"谎"来。老谎好久没见到老虎，问它们两个到哪里去了？这两只老虎不敢撒谎，老老实实，从头至尾告诉老谎，到京城皇帝那里告状讨封；由于吓糊涂了，把皇帝封了"一年生一胎，一胎生九崽"记颠倒了，说成"九年生一胎，一胎生一崽"。老谎还说："皇帝还要你们只呷野猪和山羊，不许咬人！"老虎忙点脑壳儿说："是的！是的！"传说现在湘西老虎少，就是九年才生一胎，一胎只生一只崽，也不敢出来伤人，打背着人夹猪咬羊呷。

以上六则吴显花讲述　龙文玉　龙显花翻译　杨昌鑫记录整理

多略的故事

（苗族）

多略是一个劳动者型机智人物。他的故事多以土司为播弄、抨击对象。这些故事流布于贵州东南部和南部苗族聚居区。

捉　　鱼

客家年的腊月三十，多略来找土司算一年的工钱，哪晓得土司上次遭整治后，一直在寻机会报复。他见多略满身凌花走进屋来，眼睛转了转，转出个歪点点来，指着吊楼外冰凌封着的鱼塘说："聪明的多略，你的智慧比树叶还多，我想弄几条鱼来过客家年，你帮我到塘里捉几条起来。"

多略正想争辩，土司抢着又说："丑话讲在前，捉不到鱼，过三十夜，一年的工钱，我就不客气了，要扣的哟！"

多略听了后，气得直咬牙，心里暗自盘算一阵，随手拿起一把锄头走出屋去。多略来到冰凌封着的鱼塘上，把冰块打开一个小洞。然后跑来对土司说："老爷，不好了，塘里的鱼在'议榔'，说土司太夹壳，闹着要搬走。"

吝啬的土司一听，心慌起来，生怕鱼儿搬走，赶忙叫多略带他来到鱼塘，趴在洞口，尖着耳朵听了半天，听不到鱼声，便吼起来："多略，你又想哄老子不是？"

"老爷，哪个又敢哄你，听倒起，我把鱼赶拢来。"说着多略拿起锄头，围着土司把冰凌块敲得"咔咔"响。

土司又趴在洞口听了听，仍未听到鱼声，又吼起来："多略，你是在开我的心呀？"

"老爷，你耳朵不好，等我把洞口开大点!"多略说着举起锄头，一锄挖下去，土司在碎冰上晃了几晃，便落到塘里去了。多略走向前去，对着在冰水里乱扳乱刨的土司说："老爷，捉不到鱼过三十夜，我是不拉你上来哟。"

罗朝品讲述　陈东生　洁玛搜集整理

过　　渡

土司赶场回来，刚上渡船，恰巧多略也来到河边。自以为聪明的土司，想让多略当众出丑丢脸，站在船头说："多略，人人都讲你很有本事，你能把我从船上哄下去吗？"

土司的话音刚落，满船的人一个个都呆住了，以为这回多略要遭土司难住，谁知多略却不慌不忙地对土司说道："土司老爷，我说谎，只能哄骗憨包，那里能哄得倒你哟，不过你到岸上来，我倒有法子哄你下河凫水。"

土司听后，心里打着转转想："横顺老子不下河，谅你没法。"

土司下船后，多略上船去对土司说道："老爷，你不是遭我哄下船了吗？对不起，我要先走一步啰。"说着一篙将船撑离河岸。

土司目瞪口呆地望着木船飘去……

罗朝品讲述　洁玛搜集整理

砍　　树

土司遭了多略的几次整治后，一直怀恨在心。这年过"四月八"，土司家来了许多过节的客人，自认为很聪明的土司想当众出出多略的丑，他见客人们吃过花米饭，叫帮工送上一篮樱桃。土司趁大家吃得正香时，突然抱着肚皮吼了起来："哎哟，我的肚皮痛得很，聪明的多略，我刚刚吞了一颗樱桃籽，肚皮里要长出樱桃树了，你看怎么办呀？"人们一听土司的话，都发了呆，以为这回多略下不了台。谁知多略不慌不忙地站了起来，随手从板壁上取下砍刀，走到土司面前说："土司老爷，这好办，我帮你砍倒就是啰。"说着举起砍刀，就要朝土司的肚皮上砍去。土司顿时吓得面如土色，赶忙求饶说："多略，我是逗你玩的。"土司的话音刚落，客人们哄笑起来，笑得土司脸臊得像块红布。

罗朝品讲述　洁玛　舟农搜集整理

错尔木呷的故事

（彝族）

······

错尔木呷是一个劳动者型机智人物。他是个没有人身自由的家内奴隶，十分聪明机智。当奴隶主欺凌、虐待娃子们时，他常想办法与奴隶主作对，替大伙出气。他的故事流传在四川大凉山彝族聚居区。

······

对付主子

当错尔木呷还是一个锅庄娃①的时候，因为他聪明能干，奴隶主每次出门，都要带他一路去。木呷很不愿意，想方设法使奴隶主不再带他去，免得肚中饥饿，还要跟随奴隶主东奔西跑。

有一次，他跟随奴隶主到一家黑彝家做客，主人打猪打羊款待。但给奴隶主吃的肉多，给奴隶吃的非常少，木呷心里很气愤。当给奴隶主端肉来时，他接过就吃。主人说："木呷，这不是给你的，这是你主子吃的。"

木呷假装不知道，说："主子吃的和我们不同吗？你们没给我说，我咋会知道呢？这碗肉我已经吃过了，请你再给我的主子端一碗来吧！"

主人不好再说什么，只好叫人另外再给奴隶主端一碗肉来。

---

① 锅庄娃：无人身自由，可由奴隶主买卖的奴隶，即家内奴隶。男称锅庄娃，女称锅庄丫头。

奴隶主从此不喜欢他，就不叫他跟随出门了。

又一次，奴隶主要出门，叫他备马。他故意把马的臀套①套在马颈上。奴隶主骂道："这是臀套，咋能这样套？"

木呷说："我自来是使牛的，懂得驾牛的法子，就是不懂得驾马的法子呵！"

从此，奴隶主认为他蠢笨，就再也不叫他备马了。

后来，奴隶主有事出门，又叫木呷替他牵马跟着走。木呷故意不拉马笼头上的口嚼子，只拉着马笼头往前走。

走了一阵，奴隶主回头一看，马不见了，生气说："木呷，你牵的马哪里去了？"

木呷假装吃惊说："这是咋搞的？我以为牵着笼头就牵着马了。"

奴隶主发了怒，逼着木呷去给他把马找回来。

木呷趁此机会在山林里游逛了很久，才把马牵回来，任随奴隶主气得暴跳如雷，他也不管。

从此，奴隶主认为木呷做事越来越笨，怕误了他的事，不但再不让木呷跟着出门，就是套马、牵马也不叫他了。

出　征

有一次，错尔木呷的奴隶主出兵去打冤家，给了木呷一支长矛，叫他去打仗。他故意把长矛横扛着，在队伍中冲来撞去。众人说："错尔木呷，矛怎么能这样拿？顺着点吧！"

木呷装着不懂，几下就把矛杆碰断了。奴隶主生气，说他不会打仗，就叫他在自己身旁背糌粑。

木呷背了一羊皮口袋糌粑，一边走一边抓来吃，又一路倒着。到了中午，奴隶主命令他说："错尔木呷，拿糌粑来吃！"

---

① 臀套：套在马尾上的鞍套索。

他把空羊皮口袋拿给奴隶主。奴隶主说："口袋里的糌粑哪里去了？"

错尔木呷回答说："口袋是漏的，糌粑都在路上漏完了。"

奴隶主十分生气，但也没有办法，只好命令他再回去背糌粑来。错尔木呷趁此机会急忙离开这个遍地血腥的战场，赶紧往回跑。跑回奴隶主管辖的地界，那里有一座常年没人住的倒塌了的破房子，木呷在打仗前早就看见了。他立刻用火把那房子点燃，然后又跑回来向奴隶主报告说："打冤家的对方已经打进奴隶主的地界内来了。"

奴隶主打了一阵儿，一点儿便宜没占着，反打死了自己许多人，正打得难解难分。听了木呷的报告，又远远看见了自己地界内升起的火光，害怕他家受到损失，就急忙撤兵退了回来。

奴隶主这次打冤家打败了，死了许多人。错尔木呷凭着他的聪明机智，保全了自己的生命，也保全了别的许多被奴隶主逼着去打冤家的人的性命。

向奴隶主讨债

错尔木呷做了安家娃子①以后，成天苦吃苦做，存了一点钱，被奴隶主知道后，强迫向他借了去。但借了很久，一直赖着不还。奴隶主仗着他有钱有势，常常这样向他管辖的曲诺②和安家娃子强迫借钱，借猪羊，名叫做借，实际上不还，大家都把它叫作"奇怪的债务"。木呷辛苦积蓄的钱被奴隶主夺去了，心中气忿不平，时常想法要叫奴隶主把借他的钱还出来。

不久，嵝子里流行着热病。错尔木呷认为收债的好机会到了。他拄着一根棍，装作病重的样子，弯着腰走到奴隶主门前喊道："主家，请你们把借我的铜钱一个个还我，让我拿去办丧事吧！我害了热病，不得活了。你今天不还我，我只好走进你的家，死在你家里了。反正我死了有人料理就行了，就让你们来料理我吧！"

① 安家娃子：由奴隶主配婚的奴隶，无人身自由，有一定的耕地。
② 曲诺：对黑彝有一定依附、隶属关系的隶属民。

奴隶主全家都害怕了，生怕他们黑彝家贵重的黑骨头染上了治不好的热病，急忙叫人挡着他。并且立刻拿钱出来还他，木呷收到了债，离开奴隶主家就丢掉拐棍，伸直腰，走到别的安家娃和曲诺家中，告诉他们向奴隶主收债的办法。以后连续两天，奴隶主门口都围着害热病讨债的人。奴隶主害怕热病，生怕大家进门讨债，也顾不得心疼钱，只好把众人的钱都还了。

错尔木呷就用这种奇怪的办法，帮助大家向奴隶主讨回了"奇怪的债务"。

水 换 酒

有一次，奴隶主家里死了人"作帛①"。错尔木呷用大桶装了一桶水，又用小罐装了一罐酒，然后背着到奴隶主家去。

他说："死去的主子活着时，是最爱喝酒的。我给他背了一桶酒来，都请他喝了吧！"说着，就把水背到火葬地去，要把它倒在那里。

众人听说是酒，觉得可惜，都来劝他不要倒。他说："主子爱喝酒，我怎能不倒呢？不倒，我心里多难受呵！"

众人劝不住，他终于倒了。

众人十分惋惜。他说："没啥！我这里还有。"

说完，就用罐里的酒来请大家喝。

奴隶主家见他这样慷慨，怕客人们笑他家吝啬，只好捧出好些酒菜来请大家吃喝。他和众人都吃饱喝醉了才回去。

但只有他心里明白，这一顿酒菜，都是他那一桶白水换来的。要不然，奴隶主家里的酒菜，穷曲诺和娃子们都是很难吃到的。

以上四则肖崇素搜集整理

---

① 作帛：彝族治丧请笔摩（巫师）念经立灵送灵，大宴亲戚和邻居，叫作帛。

松谷克忍的故事

（彝族）

·······································

松谷克忍，又译作双各克惹、沙哥克如。他是个奴隶，非常机灵敏捷，言谈举止富于幽默感。他经常与黑彝贵族作对，帮助奴隶和一切穷苦百姓，备受大家喜爱。他的故事生动地展示出奴隶反抗奴隶主压迫的斗争精神，在云南小凉山、四川大凉山一带广为传播。

·······································

犁　　地

春天，凉山的雾最浓了。相隔不到五尺远，什么都看不见。

一天早晨，雾特别大。松谷克忍的主人余黑彝，吩咐松谷克忍去犁地。克忍看看天气这样雾，又这样冷，心想说不去，又怕要挨主子的一顿痛打。

克忍打了一个主意，便笑呵呵地对余黑彝说："主人，天气这样冷！要多准备点晌午和晚饭啊！"余黑彝为了表示大方，气势汹汹地说："随你吃好啦！"

松谷克忍把牛赶到地里，摸着黄牛背说："可怜的小黄牛，天气这样冷，你也该休息休息啦。"克忍把小牛拴在地角落的小树上，自己披上披毡，刚吼过一声："走啊！走啊！"接着又是"歪下去，死牛！……"他就是这样，反反复复一天吼到晚。

松谷克忍的朋友们非常惊奇："这个克忍啊，怎么精神这样好？力气这么大？一天吼到晚，难道不知道累吗？怪啰，调皮的克忍，今天怎么变得这般老实呢？"

余黑彝成天都听到克忍在吆牛犁地，自然是满心欢喜，不得不给克忍多准备了一点饭菜。

第二天，松谷克忍走了，红彤彤的太阳照在凉山上。四周浓雾已散，余黑彝心中十分高兴，他爬到凉山上，想看看松谷克忍犁的地。一看，克忍连一犁土也没有犁翻。

余黑彝气得连连咂嘴。

阿树才腊讲述　陶学良搜集整理

夜　宿

有一次，松谷克忍和他的主人到大凉山去。太阳快要落山了，主奴两人不得不歇宿在路旁的黑彝家。

克忍从门缝里看得清清楚楚的：黑彝家正好煮着一大砂锅肉。克忍的主人喊："开门！"黑彝就把肉锅端下来，藏在木柜旁边。

晚上，克忍饿极了，只好吞食自己皮口袋里的炒面。黑彝为了表示大方，煮了一锅老酸菜，请他们主仆两人吃，吝巴①的黑彝连盐巴也舍不得放上一点。

夜里，克忍睡在竹篱笆床上，想着黑彝的吝啬刻薄，越想越睡不着。

"天下老鸦一般黑，世上黑彝一样狠。"半夜了，克忍悄悄爬起来，到黑彝家的木柜旁边把砂锅里的肥肉，一坨②一坨地捞起来，藏在自己的皮口袋里；然后再把大门打开，放进两三只狗来；再把锅盖子揭开，这些狗争着舔

---

① 吝巴，吝啬。
② 一坨：彝族吃肉，通常切成大块，一块约有四五两重，俗称为一坨。

砂锅里的肉汤，舔得"乒乒乓乓"地发响。

克忍故意高喊："主人家！黑彝主人家！狗吃你家什么东西，吃得好响啊！"

黑彝一听"乒乒乓乓"的响声，知道肉被狗吃了，慌忙起来喊道："快打狗！狗吃猪食了！"

黑彝一气之下，把狗打得四散奔逃，可是一看，猪肉汤泼了一地。

克忍也附和着骂："死狗！你把主人的猪食吃光了，那些猪又吃什么？"他一面说一面蒙着头发笑。

第二天，克忍和克忍的主人爬上一个山坡，走到一条小菁沟边，克忍对主人说："主人，肚子饿不饿，想不想吃猪肉啊？"

"实在可笑，你哪点有肉给我吃？"主人觉得他聪明的娃子，说了最笨蛋的话。又接着说："克忍，你简直是异想天开。"

"主人，你真不想吃肉吗？"

"我不吃！你自己吃吧！"

"好！那么歇会儿吧！"克忍放下皮口袋，取出炒面和冷肉。讲着昨天晚上的趣事，大口大口地吃了起来。

阿树才腊讲述　陶学良记录整理

像烧荞地一样

有一次松谷克忍的主人同另一家黑彝①打冤家②，松谷克忍也被逼着去打仗。结果两方面都打死了许多人马，松谷克忍的主子家也死了好些人。

照彝家的规矩，死人要实行火葬。当柴火熊熊地烧着时，松谷克忍在一

---

① 黑彝：过去彝族社会的贵族，大多是奴隶主。

② 打冤家：黑彝各家族之间、家族内部各支之间由于争夺娃子、土地等纠纷引起的械斗。冤家械斗的时间长，次数多，情况复杂，这是过去凉山彝族社会的一个重大特点。冤家械斗对彝族社会生活的各个方面都造成重大的破坏，严重阻碍了社会的发展。

旁冷冷地说："这里一堆，那里一堆，就像烧荞地①一样，烧得真好看呵！"

他的主子听了他的话，生气地说道："他妈的，松谷克忍，黑彝死了，你不哭！你还说像烧荞地一样，简直没有规矩！"

他的主子拿起一根木棍要来打他，松谷克忍忙站了起来，说道："主人，你莫气！我有一句重要的话同你说，等我说完，你再打吧！"

他的主子放下木棍，他便一溜烟钻进老林里去了。

主人打架

有一年，部落里的百姓和娃子，把黑彝家的庄稼收获完了，照规矩：百姓们要拿着酒去庆贺黑彝家丰收，黑彝家要杀一头牛招待来庆贺的人。

沙哥克如走过黑彝的面前，那个黑彝高兴地对松谷克忍说道："松谷克忍，你最会骗人，今天你来骗骗我。"

"唔。"松谷克忍恭顺地点了一点头。

"那你怎么骗我呢？"

"我要骗你和黑彝娘子打架。"

"我不信！"

"你不信，看着吧！"

松谷克忍不知从哪里找到一把酒壶，他提着那把酒壶走到黑彝娘子面前。

黑彝娘子问他道："松谷克忍，你来做什么？"

松谷克忍装出很正经的样子，说道："娘子，你还不知道吗？"

"什么事呀？"

"黑彝要讨个小婆，我们大家提着酒来庆贺他，他要杀牛招待我们了。"

"真的吗？"

"你看吧！"

---

① 烧荞地，秋收后把荞麦地里的荞麦秆和杂草放火烧成灰做肥料。

松谷克忍说完，当真来了许多百姓，每人手里都提着一把酒壶。黑彝娘子走出屋外，只见黑彝把牛拴在一根木桩上，提着一个铁锤正在打牛。黑彝娘子相信了松谷克忍的话，便不声不响地拿起一根柴来，怒气冲冲地朝黑彝的背上打去，黑彝吃了一棒，忙转过头来，问道："什么事？"

黑彝娘子不说话，只是朝黑彝的身上打，黑彝火起了，也拿起一根柴来，还击了黑彝娘子几下。众人看见，赶忙走去拉开，问黑彝娘子为什么打他？

"他瞒着我讨小婆！"黑彝娘子红着眼睛回答了一句。

黑彝问道："谁说的？"

"松谷克忍说的。"

黑彝听了娘子的话，知道上了松谷克忍的当了。

以上二则李乔整理

哭

有一次，张家黑彝娘子死了。抬去用火烧时，是哭得最伤心的时刻了。凡是张黑彝家的人，不论黑彝也好，娃子也好，都得人人哭。这是一条老规矩了。

黑彝、奴隶主哭，有点道理，也有人前来劝说："别伤心啦！人不免一死……想宽点吧！"

可是娃子为什么哭呢？又有什么人来劝慰呢？松谷克忍问老奴隶，他们摇头说："不知道！"

克忍想了想，就把自己的脚故意夹在栎花柴缝里，拖声噎气地哭诉说："娘子啊！你平常待我太好啦，我想再去服侍你；可惜我克忍的脚，被栎花柴夹着，不能跟娘子走了。"

这一下，把娃子们都逗得大笑起来。

沙马古哈讲述　杞家望　陶学良等记录　陶学良整理

倒缝的蓑衣

老话说："绸缎不能补麻布，黑彝不能作亲戚。"

松谷克忍的娘娘，自从出嫁到奴隶主家去后，就变成了高贵有钱的黑彝，而她的侄子仍是个"下贱"的穷娃子。

有一天，克忍到他娘娘家去，刚到大门外，就闻到一股香喷喷的猪肉味。可是当克忍走进门后，怎么也不见肉锅。

克忍的娘娘不但不热情招待侄子，反而冷冰冰地，连草烟都舍不得请侄子吃。

克忍看看这空荡荡的木板板房里，只有一床大蓑衣不知鼓鼓地盖着什么东西。克忍早料到一定是他娘娘把肉藏在里面。

克忍对娘娘讲了几句家常话后，小猫也实在有趣，围着大蓑衣"喵喵"直叫，并跳到蓑衣上去了。

娘娘看着小猫生气了。她扯起一根竹棍，迎头就朝小猫打去。骂道："这个死猫，不去捉老鼠，竟在这里瞎叫唤！"

克忍本来打算走了，但是一听娘娘夹篱笆带刺，指鸡骂狗的话，实在火起。他干脆自个儿掏出烟来，独自吸着。

此时，克忍的调皮朋友来了。克忍高兴地喊道："朋友！进来，快进来！"

克忍的朋友进了门，屁股都还没落在篱笆上。克忍就急忙问道："逮野鸡①去了没有？"

"当然去了！"克忍的朋友粗声粗气地回答，接着又说："这回可得了我那床最好最好的蓑衣的力啦！"

克忍不以为然地摇摇头说："你那床蓑衣算什么呵？朋友，最好的蓑衣，你还没见过咧！顶漂亮的蓑衣是从下面倒起缝上来的，放在草丛中，就和青

---

① 逮野鸡时，都要披上蓑衣，用一只雄野鸡在笼子中引诱，让诱来的雌野鸡扑向笼中，用网捕获。

草一模一样的。"

"莫呗！世上的蓑衣哪有从下面倒着缝上来的？"克忍的朋友取笑说。

"你不信？我娘娘家就有一床，那才是最好的蓑衣。"说罢，克忍手向大蓑衣一指。

克忍的朋友马上站起来，上前就去抓蓑衣。

克忍的娘娘慌慌忙忙地站起来说："慢着！慢着!"

可是，毛躁的小伙子，不听克忍的娘娘的招呼，已把肉锅拉翻了。

克忍的娘娘看着泼在地上，裹满了泥灰的肉，才不得不虚情假意地说："还有点肉，本来是要请你们吃的，这下，就剩下点汤了。"

克忍说："娘娘，那你们就留着吃吧!"说罢，拉着朋友的手跨出大门。从此，克忍再也不跨娘娘家的门槛了。

李子贤　梁佩珍记录　陶学良整理

借　马

松谷克忍的裤子烂得像马龙头一样，疙瘩都结成了串串。

克忍笑眯乐呵地向他的主人说："主人！衣裳烂了，可以混下去，裤子破成这样，害羞得很哩!"

主人不理克忍。克忍并不生气，照旧笑嘻嘻地说："我克忍嘛，虽说没钱，名声倒不小哩！主人，你不给我缝，那么，我就向人家借钱做条裤子吧，以后，请你给我还钱好吗？"

克忍的主人想：他一个穷娃子，向谁借？因此，也就开玩笑地说："好嘛！你去借，我来还?!"

得到了主人的许诺，克忍便悄悄地约了几个小伙子，拉了一家黑彝贵族的马，并在马厩里写下几个字："我来借马，失主来找，找到借主，按价偿还。"接着克忍他们便把马牵去卖了，买来几匹布，每人缝了两套新衣裳。

克忍的主人见克忍真的穿起了新衣裳。心想这娃子本事真大，说到就做到，便怀疑地问克忍道："克忍，你这身新衣服是哪里来的？"

克忍从容不迫地说："主人，我不是向你说过了吗？借来的。如果债主来要，就得请你还啰！"

主人那里相信，说："克忍，你莫跟我开玩笑啦！"

"不！不！主人，决不开玩笑！"克忍说得倒十分慎重。

不久，黑彝失主真的把偷马的松谷克忍找到了。克忍不慌不忙地领失主去见他的主人，对主人说："我不是很早就说定了？主人，我没有裤子穿，我要去借，借了你替我还。所以我才借了人家的大马。"

黑彝失主知道一个穷娃子是赔不起他的马的。于是，他马上见机行事，厉声向克忍的主人说道："原来是你指使你的娃子干的！这下，我算是找到根子啦！"

克忍的主人，只好嘟哑着嘴，赔了大黑彝的马钱。

余双都讲述　陶学良记录整理

敬祖的供品

小凉山的黑彝贵族有一条规矩。逢年过节，一般都要杀猪，首先要把猪腰子、猪肝子、猪肠子分别烧熟一点，最先拿去敬祭祖先，然后再归主人专门食用。

有一年过年，余黑彝派松谷克忍去烧猪腰子，克忍越想越生气。

"真是歪规矩，烧猪腰子是我的事，吃猪腰子就没有我的份！"

克忍烧熟猪腰子，根本不把祖先神灵放在眼里，干脆把敬祖的供品吃了。

余黑彝老不见克忍拿猪腰子来给他，便亲自去问克忍："你烧的猪腰子呢？"

"啊巴巴！你的祖先肚子饿极啦，嘴馋，我刚把猪腰子供上去，还不等我磕完头，他们就吃完啦！"

"啊巴巴！真神！真神！"奴隶主惊恐地叹息。

杞家望　陶学良记录　陶学良整理

戏弄县官

有个奴隶主控告松谷克忍骗了他的银子。县官早就听到过松谷克忍的名声，他想要松谷克忍出丑，便叫人把克忍传了来。

县官说："松谷克忍，听说你非常聪明，很会骗人，今天本县要见识见识你的本领。如果你能骗走本官一样东西，我就不法办你了。否则，我就要判你的重刑。"

克忍说："县大老爷，你对我过奖了，感谢四方的亲朋好友给我脸上贴金。不过，你最后的两句话是不是当真？"

县官拍着胸脯说："堂堂父母官，说话岂能不算数？"

松谷克忍眼珠一转，便微笑着说："县老爷，我相信你们汉族有一句话：'君子一言，驷马难追'，只是我今天不能骗你，因为我的骗书没有带来。"

县官一听，非常惊奇，没听说过骗人还专门有书。于是，便叫克忍赶快去取书来。

克忍说："我家离县城要过三十三条河，要翻三十三匹山，要有一匹好马才能赶得回来。"

县官立刻吩咐他的马官："快把我的雪青快马给松谷克忍牵来。"

松谷克忍从容地谢过县官，然后飞身上马去了……

阿约毕莫讲述　余文华采录
采录地点：四川省盐边县

张沙则的故事

（彝族）

张沙则是一个劳动者型机智人物。他的故事有不少是揭露、讽刺县官、土司、财主的作品，表现出故事主人公的智慧和胆量，具有较鲜明的地方特色和民族特色。这些故事流传在云南楚雄彝族自治州一带。

打 官 司

张沙则长大成人了。他又聪明又有智谋，谁都敢斗。

一天，有个财主诬告沙则偷了他家的东西。沙则不服，便和财主上武定县城打官司去了。财主背着一床绣花缎子被子走路，人又长得肥胖，爬起山来气喘吁吁的，走了不多一会，就累得满头大汗。而沙则，走起山路来两脚生风，一下子把财主丢在后面好大一截。当财主追赶上他时，他在路旁大树下睡了好一阵觉了。财主累得"扑通"一声瘫倒在地上。沙则对他说："老爷，你走累了，来，我给你背着被子吧！"财主一听，心想："沙则，你也怕起我来啰，你给我背被子，讨好我，我也不会饶了你。"他这样想，就把被子递给了沙则背着，两个又上路了。

这一下子，财主很得意，他走在前面边走边"剥罗剥罗"地吸着水烟。沙则却有意落在财主的后面吃着草烟。趁财主不注意，他就用烟火把财主的新被子烧了一个洞。他们紧走慢赶，走到武定县城时天快黑了。财主假惺惺地对沙则说："走，沙则，跟我到朋友家歇吧！"沙则满不在乎地回答说："不啰，我自己有住处。"说着，转头就要走。财主就说："那你还给我被子吧！"沙则装作惊奇的样子问："谁见着你的被子啦？""你……你这个死倮倮骗我的被子！"财主破口骂开了。

于是，沙则和财主在街子上大吵起来。他们这一吵，街上看热闹的人越来越多。可到底谁拿了谁的被子呢？大家都不知道。

这时，人群中有个人喊道："莫吵了！我看这样，你们两个各人说说自己的被子上有什么记号。"财主大叫着："我的被子是新的，没有一点烂的地方。"沙则不慌不忙地说："我的被子烧了个洞，是我晚上吃烟不小心烧的，不信大家看看！"说着，就把被子打开了。众人一看，果然被子上有一个洞。大家都指责财主说："你家富成那个样子，还想骗人家的被子！"

财主被搞得目瞪口呆，半天说不出一句话来。沙则见看热闹的人走了，又把被子还给了财主，问道："你还想跟我打官司吗？"财主不搭话，只是连连摇头。

打 麦 子

余黑彝想：家里的娃子个个守规矩，独有松谷克忍不听使唤。把他卖了吧，连买主也没有；把他留下吧，又不好好做少，真不合算。

余黑彝望着山坳里金黄的燕麦，突然说："好！让他去打燕麦。如果他再调皮捣蛋，那就狠狠地打他一顿！"

于是，余黑彝喊道："松谷克忍，赶快给我打燕麦去！"

松谷克忍望了望余黑彝，只见他锅铁似的脸上怒目圆睁，好像要吃人一样，知道他要发火了，便问："主人，我气力哩，明天要多多准备几架连枷。我不愿打时就不打，一高兴起来就要打一山坡。不打它一石，也要打它八斗哩！"

余黑彝想，松谷克忍今天还听指使啦，心中的怒火消了一半。可是，他仍然大声地嚷道："好！明天给你准备一捆。"

第二天，余黑彝叫娃子拿了一捆连枷，共有十多架，一排排地摆在院坝上。松谷克忍也起来了，他一面揉着眼睛，一面高高兴兴地对他的主子说："主人，糌粑要准备点咧，一小点是不够吃的。"

余黑彝的老婆也显出大方的样子，不自然地笑着说："只要好好打燕麦，随你吃啰！"

松谷克忍把连枷扛到打麦场上，顺手扯起一架连枷，在燕麦捆上随便打了几下，便把连枷往石头上、木柴上乱打。一架崭新的连枷，马上就打烂了。松谷克忍又扯第二架连枷来，也是这样的打法……不到两锅烟的时间，松谷克忍把十多架连枷都打坏了。

松谷克忍回家对主人说："主人，你家的连枷都烂了，怪不得我啦！"说罢，披着衣裳，自由自在地走了。

余黑彝想：这个克忍啊，到底有多大的力气，怎么把十多架连枷都打烂了。他半信半疑地走到打谷场上，一看，果真连枷都烂了。他才知道自己又上了松谷克忍的当了，只得又气又恼地说："算了，这个人不好管，让他走吧！"

从此，松谷克忍成了"分居奴①"。他自由了，到处游逛。哪里有彝族人民，哪里就有松谷克忍，哪里就流传着许多松谷克忍讥讽、嘲笑奴隶主的幽默故事。

哈马　余双都讲述　陶学良记录整理

吹吹打打

对门山的地主张万财，每天都要大摆酒宴，请来些吹鼓手，吹吹打打的，寻欢作乐。沙则见了，也就制了一套锣鼓，每天吃饭时也吹打起来。张

---

① 分居奴：有部分财产、比较自由的奴隶。

万财知道后怒火万丈，心想："沙则这个穷光蛋，要跟我老爷平起平坐？"他一气之下，就跑到县城告了沙则一状。县官便传讯沙则。

沙则烧了几个洋芋和荞面粑粑，连火灰也没有抖就装进小布口袋里上县城去了。

过堂时，狡猾的地主张万财抢先跪在县太爷面前，如此这般地诉说沙则一通，还说沙则专门跟他作对。县太爷问："如何作对法？"张万财答道："每天吃饭时，他都对着我家吹吹打打。"县太爷又问沙则："是不是这样？"沙则理直气壮地答道："是这样。"县太爷大喝一声："混蛋！何等无礼，你这个穷光蛋，吃饭也值得吹吹打打！"

这时，沙则不慌不忙地从口袋里掏出荞粑粑和洋芋，对着县太爷的鼻子就"扑哧扑哧"地吹了几下，吹得那县太爷一脸都是火灰，然后大声大气地说道："大老爷们！你们吃的都是山珍海味，我们穷人吃的是烧洋芋、烧荞粑粑，不吹吹打打咋个吃！"说着，又对着县太爷的脸吹打了一阵。县太爷忙叫吼起来："滚出去！给我滚出去！"

以上二则楚雄州民间文学调查队搜集

姜仕英　江灿炜　周崇文　朱龙整理

搓　绳　子

县官要来沙则的家乡——开块视察。团头慌慌张张地敲着铜锣，伸长脖子拖声噎气地喊道："县官老爷要下乡，快送鸡鸭和猪羊，若有哪家敢违抗，定要叫他坐牢房。"

开块的百姓，知道县老爷这个赃剥皮的凶残，不得不准备鸡鸭鱼肉来交差。

沙则对开块的群众说："不要杀猪，不必宰羊，县官是喂不饱的狗，越喂越馋，他来了，我们还要想个办法收拾收拾他！"

有人问："用什么办法能收拾他呢？"

沙则说："只要每人搓一根绳子，县老爷来了，就好对付！"大家一听办法简单，都分头搓绳子去了。

第二天，山上锣鼓响了，远远地闻得人喊马叫；土司、头人慌做一团，忙着摆香案，垫桌脚，迎接县老爷。沙则则约着一群小伙子，提着搓好的绳子，气喘吁吁地朝着县官跑去。

县官问："你们提着这么多的绳子，来整哪样？"

沙则一本正经地说："禀告老爷！我们村子里听得老爷要下乡，都准备杀猪、杀羊来敬奉大人。唉！哪知道，我们才把猪羊拴起来，就被土司派人来抢走了，瞧吧！老爷。"沙则和小伙子们高高地举着绳子。沙则接着又说："猪羊被土司拉走，我们拿什么来孝敬老爷呢？"

县官听了沙则的话，勃然大怒，痛恨土司劫了自己的财路。于是使差人把土司找来，当场痛骂一顿。

土司摸不着头脑，不知怎么一回事，看见县官怒火冲天，只好点头哈腰地答道："老爷！是！是……下次不敢了！老爷……"

大家暗暗好笑。

写 呈 文

土司老爷对娃子、百姓的剥削太厉害了，大家恨入骨髓。沙则约了一伙人，到州府控告土司，可惜没有"大笔先生"写"状纸"。张沙则请来一位识字先生，把大伙的苦难对他讲了，请他写一份告土司的呈文。

这位识字先生要三十两银子，才答应写这张"状纸"。沙则默想一会儿，说："好！宁在马前作揖，不在马后打拱；写得好，我们就要，若写不好，我们就不给钱！"

识字先生费了九牛二虎之力，写成了一篇顶好的"状纸"。沙则说："你念给我们听听，是否要得？"

识字先生慢条斯理，摇头晃脑地念完"状纸"后，张沙则已全部记在心里，于是摇头说："不好！不好！"边说边领着众人，跨出大门走了。

石　桩

很久以前，土司到下十三村①来，百姓娃子都要跪着迎接，跪着欢送，还要分派这村杀猪，分派那村宰羊，并对下十三村摊派了三支三斤六两的大阉鸡。

"他要就给他吧！不过得要个收条。"张沙则大口大气地答应了。他还叫本村的毕摩②写了个条子：收到下十三村，十三只三十六斤重的大阉鸡。送去叫土司签字。

土司见了条子，哈哈大笑："这些笨娃子，连个收条都写不来！"马上提笔写了自己的名字。

过了不久，沙则到楚雄府告土司去了。沙则对府官说："大人呵！土司把我们村里最肥最壮的大阉鸡都收走了，土司老爷还说，大阉鸡是专门送给大人的。今年没有大阉鸡侍奉大人啦！"

楚雄府官暗计忖度，土司搞什么把戏，没送大阉鸡给本官，又去收老百姓那么重的鸡，完全是欺下瞒上。府官厉声问沙则："你告土司，有何凭据？"

"有收条一张，请大人细看！"沙则递上条子。

府官看罢字条大怒，派人喊来了土司，当堂训骂了一台，随后又吩咐道："好了！本官从轻处理你，吃那样赔那样，理所当然。罚你照样赔给下十三村，十三只，三十六斤重的大阉鸡。"

土司只得连连点头，口中急急答应："是！是！……"

三十六斤重的大阉鸡，哪里找呢？土司无法，只好把下十三村的地界划出来，不再归他管辖。从此，土司也再不能到下十三村收租，派猪羊了。

现在，下十三村的大黑山脚下，还有很多石桩，传说就是那时土司和沙

---

①　下十三村，地名。

②　毕摩：巫师，懂彝文。

则划地界的标记哩。

捉 沙 则

州官，土司恨透了张沙则，派了两个差人去捉他。差人来到沙则住的村子，见一个头戴黄毡帽，身穿麻布衣的老头，正在搭桥。

差人气势汹汹地问道："喂！老头，你可晓得张沙则在家吗？"

老头一看就知道是州府派来的弯差。于是他慢腾腾地说："在家，他刚从城里回来！"接着又说："要捉沙则吗？你们还不知道沙则的名声，哼！这个人不好惹哩！你俩要小心点儿。"

两个差役原本对沙则就怕着三分，听了老头的话，更加害怕了。只得再向老头请教："老叔！州官派我们来捉沙则，请你帮个忙吧！"

"这倒可以，今天我要把这座桥搭起，得请二位公事大哥，也来帮帮忙吧。"

两个差人连连点头，自然十分高兴。

天黑了，老头把两个差人领到家里，说："公事大哥，我去看看沙则还在家没有？"说罢，老头到屋外走了一圈，又回到家里来，对差人说："沙则现在已经出去了，二位就在我家歇上一宿吧！"

第二天，老头又对差人说："公事大哥，你们跑路，扎实辛苦，我煮点肉，请你们二位吃。"于是他砍了一大块肉放在锅里。又对差人说："我再去看看沙则，回来了没有？"老头走出大门一会儿，又折回来说："不要乱走啊，公事大哥，村子里的狗恶得很哩！"

老头走后，两个差人闻着香喷喷的猪肉，扎实喜欢。

接着屋外粗声粗气地喊道："公事大哥！沙则还是没有回来。"

两个差人叹了一口冷气。

老头家中的人劝他们说："公事大哥，沙则没回来，也不能老等，以后再来捉吧！"接着说："饭熟了，吃早饭吧！"可是甑子一端走，怎么肉不见了。两个弯差，亲眼看着煮的肉忽然不见，心中更加怀疑、恐惧，不知其中原因。

老头回来了，两个差人忙把锅中煮的肉突然不见的情况，战战兢兢地说了一遍。

老头听了以后，叹了一口长气，说："唉！我们彝族有句古话，'锅里不见祭神肉，出门大哥走为福'。公事大哥，我劝你们走吧！不然你们俩要吃亏哩！"

其实猪肉是张沙则用细麻线拴在甑底上，一端甑子，自然肉不见了。

两个差人只得回去，对州官老爷说："沙则逃走了。"

沙则哪里逃走？戴黄毡帽那个老头就是张沙则了。

张寿云　张兆富　张正景讲述

沙则坐牢

天下老鸦同是一般黑，县官、土司同是一样狠毒。他们怕沙则，也恨沙则，终于把沙则捉进县府，关进牢房。

沙则在监牢里，托人买了一大捆火麻，不分白天黑夜地搓麻绳。

牢头①问他："沙则！你搓这么多的麻绳，干哪样啊？"

沙则笑嘻嘻地说："我们彝家住在山尖尖上，山高水冷，人穷土瘦，住的尽是茅草房，木板板房，瓦房都盖不起。我看县老爷住的院子，扎实好看，扎实漂亮；粉刷油漆，雕龙画凤。我想把它背回去，让我们村里的老小，见见世面。"

牢头听了，急忙报告县官。县官听了大吃一惊，害怕沙则闹出怪事，惹起更多的麻烦。只得吩咐牢头，赶快把沙则放出牢房。

---

① 牢头：管监狱的人。

沙则弹琴

有一天，张沙则来到城里，很多人都围在一家卖月琴的铺子里。沙则挤进人群中，走到柜台前，顺手拿了一把月琴，向老板问道："老板，一把月琴卖多少钱啊？"

做生意的看看沙则穿一身麻布衣裳，破破烂烂，筋筋绺绺。于是鼻子一哼，冷笑道："你也会弹月琴吗？如果真会弹，不要你的钱，任你挑一把好啦！"

沙则忍住心中的怒火，不慌不忙取下一把月琴，站在柜台旁边，就舒舒缓缓地弹起来。沙则一口气弹了二十四首伤心调，一首比一首悲哀，一首比一首动人。听的人越来越多，个个都随着琴声在落泪。

卖月琴的老板羞得满面通红。沙则弹后，拿着一把月琴就走，他刚走到街心，又折进铺子来。把月琴"啪"地摔在柜台上，对卖月琴的老板说道："天空的雄鹰，看看谁飞得最快；高山上的狮子，比比谁跳得最有力；穿麻布衣裳的老汉，试试老板的心肠，谁稀罕你的一把月琴。"说罢，大摇大摆地走了。

张正荣　张寿云讲述

以上六则云南民族民间文学楚雄调查队搜集　陶学良整理

罗牧阿智的故事

（彝族）

....

罗牧阿智是一个劳动者型机智人物。他的故事多数是描写他与主人常土司斗智的，质朴诙谐，饶有风趣。这些故事主要流传在云南禄劝县彝族聚居地区。

....

剪　狗　毛

罗牧阿智成年累月，不论天晴下雨，都要把羊群赶到深山密林去放牧；他放的羊子长得又肥又壮，羊毛又长又密。人们都夸："罗牧阿智是放羊的老手！"

一天，常土司打发一个人来找阿智说："阿智！老爷限你明天就把羊毛剪光。不然，就要重重地处罚你！"

罗牧阿智越想越气，便怒冲冲地对来人说："你回去告诉土司，明天我剪狗毛猪毛给他！"

那人回到家里，报告了阿智的回话，土司气得吹胡子。第二天就叫人去把阿智叫来，厉声问道："罗牧阿智，你为什么要这样糟蹋我呀？"

阿智回答道："啊！土司老爷，我是不会糟蹋你的。我是说：老爷是懂得甲子的，剪羊毛还是要算算甲子哪！老爷是属狗的。常言说：属狗的剪狗毛，属猪的剪猪毛。属狗剪羊毛不好。属猪那天去剪，才好！"

土司连连点头说："有理！有理！"

上等"睡脑①"

常土司从大凉山找了三个羊毛匠来擀毡子。一天，羊毛匠把没擀好的毡子，放在地上，就去吃饭了。

这时，跑来几个顽皮的孩子，把毡子搞乱了，再放回到擀羊毛毡子的架子上。罗牧阿智在一旁捋着胡子笑。

羊毛匠吃饭回来，感觉毡子擀得不麻利。打开架子一看，羊毛都擀成圆筒筒了。这时，阿智来了。羊毛匠垂头丧气地向阿智诉说："大爹！我们的毡子完全擀坏了，土司晓得定要发我们的火哩！你可有办法，解了这个疙瘩，我们愿把工钱送给你！"

"哪个要你们的工钱！这个疙瘩我解就是了！"

阿智很有把握地去找常土司说："老爷，我到大凉山看过，那边土司家有的东西，你只差一件没得啦！"

"你说我哪件没得？"

"就是吹洋烟时用的羊毛睡脑没有！"

"啊！是啊，阿智，快去问问这三个羊毛匠会不会擀？"

"会倒会，可能工钱要贵一点！"

"不要紧，你快叫他们擀三个吧！"土司挥挥手作了决定。

第二天，牧羊佬阿智叫羊毛匠把擀坏的圆筒筒毡子送给土司。常土司非常高兴，加倍给了三个羊毛匠的工钱。

口袋里的辣子更辣

有一年，常土司家收田租，派阿智赶马去驮租子，并且吩咐他，把全部马都赶去，每匹马要驮足两斗，一颗也不能少。

---

① 睡脑：枕头。

阿智为佃户着想。他和伙伴们谋划对付常土司的办法：大马驮一斗，小马驮五升。

他们分析，土司晚上一定要来亲自检查的。于是阿智就在前次驮辣子面的口袋下面，再放上一碗辣子面，并把它放在头匹马上。

果真不出所料。土司来看租子了。阿智把装辣子面的口袋，让土司看谷子的成水，常土司低头一看口袋，阿智轻轻一抖，辣子面喷了出来，呛得土司一点头，一个喷嚏。常土司骂道："无用的东西，辣子面是用盐罐装，怎么用口袋呐！"

"老爷！前次用口袋驮辣子面顶租子的事，你忘了吧？"阿智不慌不忙地解释。

土司上气不接下气地咕叨："呛死人啦！辣得要命！"

"老爷！你只看看就受不了，佃户用口袋装租子时，才辣心辣肝哩！"阿智意味深长地回答。

"口袋里的辣子面辣得多啦！"土司继续说。

"是的，它比盐罐的更辣！那么，老爷，数数马匹就行了。"阿智一本正经地说。

"对，对！"土司十分赞成阿智的意见。从此，常土司收租，只在高处站着数数马匹，就进屋去了。佃户家家感谢罗牧阿智。

张仲权讲述
以上三则云南民族民间文学楚雄调查队搜集　陶学良整理

田也养娇了

阿智跟土司从乡下收租回来，在大路旁，看见一丘田里的谷子长得一人多高。土司又惊又喜地问道："阿智，你瞧瞧多好的庄稼啊！他们用啥子粪草垩田哪？"

阿智想：粪垩得多，谷子自然好，土司可以多收租子，但是佃户就更可怜了。吃亏的还是百姓。阿智主意已定，便下田草率地看了看，便爬上来对土司说："阿么么！老爷，你去瞧，田里什么粪草都不见，只见堆着许多骨头；准是杀猪杀羊来壅田哪，谷子才长得那样好。老爷啊！你的田也像老爷一样，专爱吃猪羊骨头啦！"

土司吃惊地说："田也养娇了！"

张仲权讲述　禄劝民间文学小组记录　陶学良整理

只吃米饭的狗

阿智在深山老林中放羊，生活熬煎。可是狠心的土司只送点粗面去，其中一半还是狗吃的。阿智心想，土司是人，天天吃米，自己也是人，却和狗一样天天吃粗苞谷面。心中好不火冒。

从此，阿智天天训练牧羊狗。只要阿智一喊："阿窝！吃米饭！"狗就摇着尾巴来了。这时阿智就拿粗苞谷面给狗吃。但阿智一喊："阿窝！吃'糊都'。"狗来了，就用棒子猛打。日子长了，牧羊狗听见吃米饭，就来了，可是一喊"吃糊都"，狗就夹着尾巴跑掉。

这时阿智才回到家里，对土司说："老爷！牧羊人要放好羊，全靠狗，如果没有只得力的狗，深山老菁里，羊就三天两头地被狼拖走。老爷家的狗，也像老爷一样只吃米饭，不吃糊都，一听说吃糊都，它就不再保护羊群，各自跑开了。昨天羊还被狼拖走了一只肥的！"

土司听了觉得奇怪，全不相信，说道："阿智！你专会哄人，世上哪有只吃米饭，不吃'糊都'的狗啊！"

"老爷！不相信，你就亲自去看看吧！"土司跟着阿智来到牧场上。阿智一喊"吃米饭"，狗来了。阿智一喊"吃糊都"，牧羊狗就夹着尾巴跑了。

常土司只得吩咐："拿一半米给狗吃吧！"并叹气地说："狗也像我了，只吃米饭！"

张英讲述

祖莫是我的佣人①

彝族人民的习惯节日——火把节到了，土司也不好得再阻拦长工过节。这天，罗牧阿智也乘机拖来几只羊，让他的长工伙伴过个欢乐的节日。

他们几个长工，有的拿来蜂包②，有的拾来木耳，有的拾来香菌，有的弄来了点清酒。凑合在一起，节日也还过得有意思。

阿智啃着羊腿，喝着清酒，竟然放开嗓子在院子里唱了起来：

> 牧羊人的晌午饭是荞粑粑做的，
> 土司的绸衣裳是蚕丝织成的，
> 狗是牧羊人的伙伴，
> 祖莫是我的佣人。

阿智越唱越有精神。在座的人有的以为阿智喝醉了，劝他别唱。也有的人听出阿智唱歌骂土司，心里忍着好笑。有个狗腿却悄悄把阿智的用意，报告土司。土司听了，大发雷霆，马上把阿智喊去质问："阿智！我三肉三酒请你们过节，你为什么反唱调子来糟蹋我？"

阿智不慌不忙地说："老爷！你怕是听错了。我是你的佣人，你是我的主子，我怎么会唱歌来糟蹋你啊？主人招待我们过节，我们心里喜欢才唱个调子：我是放羊老人，拉羊来上门。狗腿遍山跑，引得豺狼瞪眼睛。绸缎是蚕丝织的，我是土司的佣人。没唱错啊！"

土司一听，也觉得有道理。"对啊！阿智是不会唱歌来糟蹋我的。"土司这样想，反而瞪了那个狗腿一眼。

　　　　张仲全讲述　以上二则禄劝民族民间文学小组搜集　陶学良整理

---

① 祖莫：彝语即官老爷，有土司老爷之意；佣人：长工、家奴。

② 蜂包：一窝马蜂或葫芦蜂。

念 咒 语

一对年轻夫妇在土司家里当娃子，女的长得既漂亮，又年轻，常受土司欺侮。他们再也受不了这口气，于是青年娃子偷偷来找阿智想办法。

"聪明的阿智大爹，再下去不是土司死就是我死，你给我们想个办法吧！"

"逃吧。"阿智毫不犹豫地说。

"不行啊，你不见多少娃子还没逃出他家的地界，就给抓回来打个半死不活吗？""你家在江那边，逃过金沙江就不怕了。"阿智出主意说。

"黑更半夜，江边没有人划船呀！"

阿智听了，招招手，对着男娃子的耳朵说了一阵悄悄话。

当天夜里，娃子夫妇逃走了。逃到金沙江边，黑更半夜果然没有人渡船，过不了江。不一会，听见不远处土司人喊狗叫的追来了，夫妇俩只好照阿智教给的办法，爬上江边小山头上一棵枝繁叶茂的黄果树上躲起来。

土司领着一伙人，抬着枪，打着灯笼火把，追到江边。只见江边黑漆漆的，一个人影也不见。土司说："阿智，翻书打卦吧，看看他们逃到哪里去了？"

阿智胡乱摆弄了一阵子，凑近灯笼翻书，念道："水边有山，山上有树，树上有人，人上有山，山上有水，水上堆雪，雪上栽竹……"

"什么？……"土司和家丁们虽然一字不识，还是把头凑过来认真地听着。

"水边有山，山上有树……"阿智又重复念了一遍。

"哪样意思？"土司忙问。

"这我也弄不清是台哪样事，反正书上就这么说……我想，恐怕是人死了，装进棺材埋了，坟上栽上竹子的意思吧！"阿智说。

"你的卦越来越不准了！"土司听罢气得跺着脚，一转身往回走了。

阿智把书往江心一扔说："是啊，越来越不准了，要你做什么！"说着又祈祷似的念道："书丢下江，明早变船，坐上船去，赶紧爬山，爬上山去，莫向后看，鸟归深林，兔返高山，永去，永去！一路平安。"

那年轻夫妇俩爬在树上，暗暗感谢阿智。

郑南搜集整理

甲金的故事

（布依族）

甲金是布依族的一位著名机智人物。"甲金"是布依语译音，意即"机灵的孤儿"。甲金的故事内容丰富，涉及旧时布依族社会生活的许多方面，鲜明生动地展现出布依族地区的山川风物，民情习俗。这些故事大都短小活泼，朴质明快，滑稽有趣，耐人回味。它们在贵州黔南州、黔西南州的二十余个县广泛流布，至今仍为人们津津乐道。

买　肉

甲金的父母都死了，成了个孤儿，无田无地，只好到土司家去当小帮工。要过端午了，土司喊甲金去买几斤瘦肉来包粽粑吃。甲金接过钱，就到场上去了。他买得几斤瘦肉，拿根棕绳捆起，放在地上，拖回土司府。土司一见肉都拖脏了，还烂掉了一大块，非常心痛地说："你给我赔！哪个叫你拖起肉走？"甲金不慌不忙地说："我不赔！你喊我买几斤'罗秀'① 嘛。"

土司见瘦肉吃不成了，又喊甲金去买几斤肥肉来。甲金接过钱，就到场

---

① 罗秀，布依语译音，即瘦肉。"罗"是布依语肉的意思，"秀"在布依语里又是牵或拉的意思。

上去了。他买得几斤肥肉，边甩边打边走。到了土司府，肉也快打烂完了。土司一见，绝望地说："你疯啦？"甲金回答说："不，我记得很清楚，你叫我买几斤'罗壁'① 嘛。"

黄永业讲述　祖岱年搜集

对　半　分

年初，土司对甲金说："我买一头小猪崽给你喂，本钱算我的，猪饲料算你的，你负责养大，是年底不论多重，我们俩人对半分。"甲金对贪婪成性的土司早就想找个借口报复他，现在土司主动找上门来，正中甲金的下怀，甲金不说二话，就满口答应下来。

甲金牵小猪回家后，精心饲养了十几个月，小猪就长得百多斤重。一个场天，甲金把他的穷朋友请来把猪杀了，大家饱吃了一顿后，剩下的肉就拿到场上去卖，甲金把赚来的钱，以少数又买了一头小猪崽回来喂。

到年底了，一天土司派人来通知甲金说某天他要来杀猪分成，叫甲金在家等候他。到了这天，土司带着几个随从来到甲金家，他走近圈栏一看，甲金喂的猪和他年初买的那头一般大，他就气愤地向甲金说："你怎么搞的，喂了一年，猪崽还是和原来的一样大？"甲金一句话不说，就打开栏圈，放小猪出来吃潲。饿急了的猪崽伸嘴去噜猪潲，好像碰了钉子一样，马上去拱泥巴。这时，甲金指着猪崽对土司说："看嘛，你买的这猪崽下不了槽，只顾去拱泥巴，吃泥巴的猪是不会长大的。"原来这天甲金故意把猪食煮得烫烫的，猪嘴巴被烫了就要去拱泥巴。甲金利用土司的无知来整治他。

土司怀疑甲金说的不是真话，但他拿不到什么把柄，猪崽确实又不吃潲，气得他说不出话来。最后他对随从们说："把小猪牵回去，不喂了！"甲金听土司说要把小猪牵走，就高声地说："吔！牵走！你哄我给你喂一年猪，

---

① 罗壁：布依语译音，即肥肉。"壁"是布依语甩或打的意思。

就这么牵走啦，没得那么容易！按原来你说的，我们两人对半分！"土司无奈何，把猪崽杀了分一半给甲金。

黄景奇讲述　岑玉清搜集整理

挖　窖　银

甲金有个穷伙计，孤寡一人，种着一块地。眼看播种的季节就要过去，地还没挖完。甲金很想帮他的忙。

一天，土司坐着八抬大轿出去做客，叫甲金跟去伺候。甲金故意请土司从红水河边的路上去，说河边木棉花正在盛开，土司去做客又吉利又威风。土司答应了。轿子经过那个穷伙计家侧边的时候，见穷伙计满头大汗在挖地。甲金神秘地对土司说："苏大！那人挖得那样展劲，一定是在挖窖银。我们是不是也去挖点？"

土司不信，说："这个地方会有窖银？"

甲金说："我听魔公说过，红水河边，木棉树下有一块宝地，说不定就是这里哩！"

爱钱如命的土司一看，果真地边有棵大木棉树，不远就是红水河，于是眼前好像出现了一大堆白花花的银子，忙叫甲金和抬轿人都去挖。

挖呀，挖呀，直到边边角角都挖遍了，甲金才说："苏大，挖完了！"

土司见没得银子，火了："混账！窖银呢？"

甲金说："春天不怕忙，种下棉和粮，到秋来不是有金又有银了吗？"

土司干鼓眼，自认倒霉。那个穷伙计却暗自感激甲金帮了他的忙。

罗美珠讲述

狗 屎 蜂

土司去泗城府，要甲金挑担子赶脚。他预先悄悄吃过早饭，才把甲金叫来，挑担子上路。路上甲金又累又饿，对土司说："苏大，吃点饭再走吧？"

土司骑在马上，望了望竹竿高的太阳说："还早得很呀，吃早了吞不下。"

甲金看穿了土司在给他耍奸，便扯白说："苏大，我听饭箩里嗡嗡的声音，再不吃就怕要变成蜂子了。"土司故意装听不见，把马一拍，便往前跑走了。

甲金看土司跑远，他取出土司装在竹箩里的午饭，几大口就吃个一干二净。吃完后，他跳到土坎脚捧起几窝狗屎蜂装进饭箩里然后才挑起担子，去追赶土司。

不知走了多少路，土司的肚子饿了，他叫甲金给他拿饭，甲金故意说："苏大，我不敢拿，叫你早点吃，你不信，现在怕早变成蜂子了，你拿吧。"

土司不信，便走上前来打开饭箩，箩里闷着的狗屎蜂忽然一下拥了出来，扑在土司的脸上乱爬乱锥，锥得土司抱着头惊叫呐喊地满地滚。

王保　昌英讲述

留 鸡 毛

土司经常打老魔①。每次请魔公来，总要杀一只大公鸡供神。魔公还特意拿几匹公鸡的尾毛，蘸点鸡血，贴在供桌边，双眼溜溜乱转，口中念念有词。打完老魔，土司叫甲金煮熟公鸡，他和魔公边吃边划拳打码。甲金杀鸡、扯毛、扫骨头，忙了很久，连一块鸡肉都不能尝。

---

① 打老魔：一种迷信活动，由鬼师——魔公主持。

这天，土司又吩咐打老魔扫除火灾星。甲金把大公鸡的喉管割断，往滚水里一丢，捞起放在大碗里，就拿来上供。土司一看，气得要命；魔公一看，连说有罪。甲金却笑嘻嘻地说："以往我把鸡毛扯光，你老还要找我讨鸡毛、鸡血来贴；这回我把鸡毛留在一起上供，两件事情做一回办，还不好吗？"

罗美珠讲述

腰 带 田

甲金赶山砍焰①来到云雾山中，他想改种坝田熟地。土司哪里看得起"赶山帮子"，说那样也不肯把坝田熟地租给甲金种。甲金说来说去，土司忽然解下丝腰带丢给甲金，戏弄说："你拿去山上看看按着腰带的尺寸，开块地种吧。"

甲金拖着腰带离开土司家后，走到向阳坡上，把腰带丝抽出来，盘山绕岭地围了一大片山地，然后随着线圈圈开出了一块块又长又窄的梯田。由于勤劳的甲金精耕细作，稻谷长得非常好。惹得土司红了眼，他找到甲金气呼呼地说道："阿金，是哪个挨刀的叫你开老子的这么多田？"甲金一听，不慌不忙地说道："苏大，不是你叫我开的吗？你给我的腰带还没感谢你呢？看！用你的腰带把山都捆起来了。"

土司看着层层的梯田，哑口无言。从此之后，苗岭就有了绕山盘岭的腰带田了。

甘殿昌讲述

---

① 砍焰：刀耕火种。

摘　星　星

甲金给土司家帮工期满了，土司想赖掉甲金的工钱，故意作难耍赖说："阿金，还有一桩事，你做好了，我就开你的工钱。"甲金问："哪一桩事？"土司说："你给我把天上的星星摘下来。"

甲金答应了声"好"。第二天他把土司家的竹林砍了一大片，土司知道后，跑来心痛地质问道："甲金，砍我的竹林做哪样？唉！"

"搭'天梯'摘星星嘛！"甲金砍着竹子不紧不慢地说着。土司冲上去夺过甲金的砍刀，愁眉苦脸地大声说道："好了，好了，我认输，你去拿工钱吧！"

罗启贤讲述

租　　牛

春上，甲金到土司家租牛犁田，土司嫌他穷，怕开不起租金。可是当着满堂的客人，土司又怕客人讲他夹壳。于是他耍了一个滑头说："阿金，我家的牛是金包蹄子银包角，那家来租牛借马都要背着去，你要是扛得起背得动，就租给你。"

甲金高高兴兴地答应了一声"好"，就转到外面找来两颗大抓钉和一把开山斧，来到土司面前问道："苏大，牛在哪里？"土司见甲金手里的抓钉、铁锤，不明白地问："你这是做哪样？"

甲金说："背牛用的。"

土司慌忙问："怎么背法子？"

甲金举起抓钉说："钉在牛肚两边，背的时候好捆绳拉索。"

土司一听，慌了手脚，赶忙止住甲金，说："你是安心钉死我的牛吗！"

甲金故意装憨地说："那你说怎么背呢？"

土司被问得进退两难，摆了摆手，对甲金说："好了，好了，你把牛撵着走吧。"

于是，甲金扬着竹梢鞭撵着牛，离开了土司家。

王保　昌英讲述

以上六则世杰　文亮　岱年搜集整理

抬长的一头

土司的管家欺负甲金，经常叫他干重活。有一回修磨坊，管家硬逼甲金扛一丈多长的粗圆木，自己拈一根小木棒在后头催促。甲金决心要整治他一回。

一天，土司叫甲金把石磨从山上扛到磨坊。甲金说："苏大，我一个人怎么扛得动两百多斤的大磨啊，请你叫管家帮个忙吧。"

于是，土司喊管家去和甲金抬磨子。

甲金用棕绳捆好磨子，拿一根长杠子穿起。甲金拿住一头，叫管家抬另一头。管家看见这磨子很重，发愁地说："我怎么抬得过你呢？"甲金笑着说："我照顾你一点。"就把杠子往自己这边拉，让磨子离管家更近些。甲金说："我力大抬长的这头，你力小就抬短的那头，该好了吧！"

愚蠢的管家认为短的一头轻，连忙点头同意。甲金喊声："嗨左哩，快抬起！"管家只得硬着头皮抬起。走了几步，压得管家眼睛发黑，两脚发抖，叫喊起来，"哎哟，慢点，挨不住了！"甲金故意催促说："快点，快点，你抬短的头累，我抬长的头更累啰！"

杨秀昌搜集整理

一碗辣子饭

苏娅①是一个狠心的女人，大家都叫她朝天辣子。由于她经常吃甲金的亏，总想找机会报复甲金一回。

一天土司家办喜事，把甲金请去陪客。苏娅心想报复甲金的机会来了。席间喝过酒后，苏娅假惺惺地走上来为甲金舀饭，她借转背舀饭的空子，在甲金的碗里放了半碗辣椒粉，再舀一瓢饭盖住递给甲金。她想甲金这回该上当了，看他在这些体面的客人面前丢脸难堪吧。

甲金接过饭碗，忽然察觉苏娅神色不对，顿时心里犯了疑，警惕地端起饭碗闻了闻，只觉一股辣子味直冲鼻子。甲金猜到了苏娅的鬼板眼，这时苏娅刚巧给土司上饭，甲金灵机一动，站了起来，按照布依人尊重长老的规矩，把自己的饭送给土司说："苏大，你年纪大，先请。"说着甲金把饭碗换给了土司。

再讲土司，接过甲金的饭碗，心里高兴起来，拿起筷子，扒了几筷饭送进嘴里，不断地嚼着，辣子味突然在嘴里发了作，呛得他直打喷嚏，将嘴里的菜饭喷得满桌都是，弄得土司非常难堪。他打着喷嚏，望着一碗的红辣子，为了在客人面前换回面子，便指着苏娅直骂起来："你这个臭婆娘，好的不拿，拿一碗辣子给老子吃。"

张名学讲述

晒　蜡　染

这天赶街子，苏娅不准甲金休息，硬要他跟着去漂洗蜡染。甲金特意把洗过的蜡染布，晒在河边倒钩刺蓬上。太阳落坡时，苏娅来收布，倒钩刺钩

---

① 苏娅：布依语，意即土司的妻子。

着蜡布，她越扯，蜡布就被钩得越紧。苏娅是个愚蠢而又迷信鬼神的人，慌忙问甲金是怎么回事。甲金装着神秘的样子说："这是鬼在扯布。"苏娅一听，害怕得很，丢下蜡染布就跑走了。

甲金等她跑远后随便用一棵竹丫，从倒钩刺蓬的下面把布轻轻地往上一捅。就这样把蜡染布很快揭下来，拿着悄悄送给穷人家的阿妹子去。

以上二则世杰　文亮　岱年搜集整理

拴　马　尾

腊月十六是土司的生日。天擦黑，两个当官的各骑一匹高头大马前来拜寿。土司把他们让进上房，吩咐甲金通宵在马圈为他们看马，说："马跑了，要你的命！"

马圈里空荡荡的，寒风穿出穿进，甲金冷得上牙敲下牙。可是土司的上房里却不断传来划拳打码声。甲金火冒三丈，心生一计，把两匹马的尾巴扎扎实实地拴在一起，便到一个朋友家去了。

两匹马互相踢起来，又是跳又是叫，怒火翻天。土司和两个官听见了，丢下酒筷，赶到马圈，见两匹马正在对踢，甲金又不在，派人找也找不到。想解开马尾又不敢挨近马身边，想回上房又怕马互相踢伤，三人守在马圈边毫无办法，时间一长，冻得周身像筛糠簸米一样。

好容易熬到天亮，见甲金慢悠悠地来了，土司凶叉叉地吼道："你为哪样把马尾拴在一起？害我们冷了一晚上！"

甲金不慌不忙地说："苏大！你不是说马跑了要我的命吗？把马尾拴在一起它们就跑不了啦！至于说冷着老爷们，我不晓得，我只听见老爷们在划拳打码，高升喜！马踩你！叫个不停！"

土司和两个当官的你看我，我看你，哭笑不得。

祝光富讲述　文亮　岱年　则舜搜集整理

蒸熟的种子

一天，县官叫人把甲金传到县衙门，对他说："你们土司老爷告了你的状，说你老是整土司。现在我让你做一件事，你要是做得到，就不治你的罪。"

甲金弯腰行了个礼，说："请县太爷吩咐。"

县官说："这里有一升苞谷种和一升棉花种。你去开块荒地，把这些种子种下去。一个月后我来看长出来的芽芽。能做到吗？"

甲金说："有种就有芽，做得到。"

"要是做不到呢？"

"我甘愿挨罚。"

甲金带回种子，一边走路一边怀疑起来：这样简单的事，县官怎么拿来考我呢？莫非其中有故？……顺手抓几颗种子咬破：啊，芽胚都死了！种子是蒸过的。

甲金一点儿没声张，回来把种子全部种下去。一个月后，县官来找甲金：

"种子种了没有？"

"种了。"

"在哪块地？"

"这块。"

"怎么不出芽？"

"正在出，不信县太爷挖出来看。"

这时，土司走过来。甲金对他说："苏大！多谢县太爷送了两升种子，今年保管苏大你家得个好收成！"

县官一听，忙说："怎么？你把种子种在土司府的地上？我不是叫你开荒地来种吗？"

甲金不慌不忙地说："县太爷！你是晓得的，世上的地都不属长工，我哪点有荒开？我的活路就是种苏大的地呀！"说罢扬长而去。

要想换种重播，节令已过。县官和土司面面相觑，吃了哑巴亏！

王保　昌英讲述

对　诗

土司找的教书先生，腊下回家过年，由甲金划船相送。这先生袖着双手，稳坐船头。他没把甲金看在眼里，行船艰难也不帮一把，只顾自己观景吟诗。

船行到一处茂密的枫香树林脚，先生吟诗一句："风吹木叶满江红"，却老是找不到接处。甲金停下摇橹，大声补上一句："今日长工送长工"。先生听了生气，瞪甲金一眼，又吟得一句："眼前你我分贵贱"，甲金笑了笑，立马补道："算来工价一般同"。

这先生想起土司克扣教书工价的情形，心里觉得甲金对得不错，再也不向甲金装模作样啦。

常能中讲述
以上二则岱年　文亮　世杰搜集整理

盗贼与木箱

甲金被土司撵走以后，主要靠打短工为主，日子过得贫寒。

一天清晨，天还没有大亮，甲金起早准备去场坝上找活干，四个盗贼围拢他住的茅草房。甲金很警觉，立马躲进一只大木箱里头。盗贼听不见动静，冲开木门，到处乱翻，找不到一样值钱的东西。一个盗贼摇了摇箱子，觉得很沉重，就招呼另外三个找到粗绳、木棒，抬起箱子匆匆走了。

快到场上时，四个盗贼放下箱子歇气。他们互相笑着说："这回把甲金在土司府得的好东西都要来了，看他怎样办?!"

话音刚落，箱子壳突然被掀开。甲金伸出脑壳，笑嘻嘻地说："谢谢你们抬我一截路，我正要到场上卖掉这个空箱子，去还土司的阎王债呢。"

四个盗贼都呆了。甲金还要补上一句："土司的心肠比你们还狠啊!"

罗玉辉讲述　祖岱年搜集整理

扁担刻字

石头寨里头住着一个狠心的财主，仓库里堆满了粮食。到了秋收，他还要加重农民的租粮，搞得寨里的农民缺吃少穿。

农民恨透了财主，却又想不出好方法来对付，就请教甲金。甲金想了想说："大家伙今晚上回去，先在自家的扁担面上刻上名字，我们大伙再一道去治财主。"

当天晚上，甲金和寨上的农民一起，把刻了名字的扁担统统丢在财主家门口，随后又返回家去睡觉了。

天快亮的时候，甲金跑到财主家附近躲了起来。一刚刚，只见财主打开大门，探头一看门前，顿时欢天喜地，立马缩回头去喊儿子婆娘一起跑出来，把那一大堆扁担全部盘回了家，装在一间侧房里。

甲金急忙车身跑回寨里，领着大伙儿，一齐拥进财主家大院。财主气得骂起来："你们为啥跑到我家来，莫非是想抢东西?!"大家一本正经，气冲冲地说道："我们昨天给老爷送租谷来，当时天黑了，老爷家关了大门，我们只好把那几十百把挑大米粮袋堆放在你家门前，准备今天一早来给你搬进家去，怎么过个夜就不见了?"话音一落，人群中有人又嚷起来："东西是在老爷家门口不在了的，我们反正是交了租谷的。"财主一听，狂吼道："胡说! 你们不要要赖!"

院坝里，争来吵去，不可开交。这时，甲金走出人群，一字一板地说："大家不要乱嚷，老爷是知书达礼的人，咋个会做这种事呢?"财主一听，连连说："就是嘛，还是甲金懂道理。"甲金接着说："老爷，你干脆让大家随便看看，大家见不到自己的粮袋，就找不到话说啰。"甲金说着，带头涌进藏扁担的那间屋，人们一个个拿着刻上自己名字的扁担，转身过来围住财主说："财主，你说没有得我们送来的租谷，你看这些扁担面上刻着的名字，为哪样我们挑粮食的扁担跑到你家来了呢？你为哪样又把我们的扁担藏起来呢？"财主张着嘴巴，一句话也说不出。

祝登雍讲述　昊渺　汪勇搜集整理

买　橘　子

九月重阳那天，老财要请客，叫长工甲金来到面前吩咐说："你快去给我买一百个橘子来。记住，今天的客人高贵，你一定要选最好最甜的，酸的一个也不要。"甲金答应一声"是"，在老财的三老婆那里拿了钱就走了。

甲金在集上买了一百个又红又大的橘子，回到半路，见穷人们正在田里忙着为老财割谷子，他就坐在路边歇气，叫大家来吃橘子。穷人们说："我们吃了，你拿哪样去交割呀？"甲金说："你们一个橘子吃一半，留一半就行了。"

天快黑了，甲金挑着橘子，闪悠闪悠地回到老财家。老财见了，大声吼道："你咋个到现在才回来？客人们早已等得不耐烦了！"甲金说："你不是叫我选最好的吗？害得我上街选到下街，下街选到上街，好容易才选了这一百个橘子，所以现在才赶回来。"

老财听了，一时说不出哪样话，又吼道："还不快把橘子跟我挑到客堂去！"甲金又一闪一闪地把橘子送进了客堂。老财弯下腰拣橘子敬他的贵客，一看，个个橘子全都只剩了半边。老财火冒三丈，吼道："甲金，你这是搞哪样鬼名堂呀！"

甲金一边用衣襟揩着汗，一边不慌不忙地说："你不是叫我选最甜的，酸的不要吗？我的眼睛又看不出酸甜来，所以只好一个一个地尝了再买。害得我上街尝到下街，下街尝到上街，尝了一天，好容易才尝出这一百个甜的来。"老财听了，哭也不是，笑也不是，气得眼睛一鼓一鼓的。

财　　包

老财最吝啬不过了，每天等甲金起床下地做活后，他都要进到甲金住的茅棚里，把甲金头晚点剩的桐油，从灯盏里倒回来。

这天早晨，甲金出门去做活时，将一把挖锄放在柴门上，然后把柴门虚掩着，就下地去了。半早上了，太阳升有一竹竿高，老财懒洋洋地爬起来。他起来后的第一件事，就是到甲金住的茅棚里倒回点剩的桐油。当他拎着装有大半壶桐油的一个大瓷壶来倒油时，一推门，门上的挖锄一下砸了下来，不偏不歪，恰恰砸在他的秃脑壳顶上，顿时起了大青包。老财疼得只顾伸手护脑壳，却把手上拎的油壶落在地上砸烂了，大半壶桐油流了满地。

甲金做活路回来，见门口有一摊桐油，再一看，见老财头上有个大青包，心里有数，忍住笑，故意问道："你脑壳顶咋个了？"老财心里也有数："呵……"了半天说不出话来，又不好发作。还算他三老婆有灵变，急忙为他转弯弯说："他头上长了个大财包哩，今后一定要更发吉的。"甲金再也忍不住笑了，哈哈大笑以后，说："好，好！但愿他多生这样几个大财包吧！"

老财摸着疼痛的大青包，也装着欢喜的样子，张开大嘴："呵……呵"半天合不拢来，不知是笑还是哭？

打　　贼

老财实在太可恶了，他总是要想方设法叫甲金为他多干点活，因此，每晚半夜，都要钻到鸡笼里去把鸡捏醒，逗公鸡打鸣，然后又反过身来拍甲金的柴门喊："甲金呀，鸡都打鸣了，快起来下地做活去！"

起初，甲金老是感得夜短，觉睡不足，后来，才发现是老财在捣鬼。他气愤地说："好呀，你白天吃饱睡足了，夜晚就来整治我哩。哼！看我将你的拳头喂你的嘴!"

这天晚上,甲金准备了一根打猪的响篙①,就早早地和衣睡下了。他心里有事,没有睡着。等呀等呀,刚到半夜,只听到老财的房门"吱呀"响了一下,接着又听到鸡笼里的鸡受到惊动轻轻叫了两声。甲金连忙翻身下床,拿起响篙,轻轻推开房门,来到鸡笼边。只见老财脑壳钻进鸡笼里,屁股露在鸡笼外。甲金又气又想笑,就抡起响篙狠劲抽打,边打边高声喊:"打贼呀,有贼偷鸡喽!"

老财突然挨了打,屁股辣乎辣乎的,急忙从鸡笼里钻出来。甲金看得准,又没头没脑地狠劲抽呀打呀,打得老财直在地下滚,边滚边喊:"莫打莫打,我是老爷!"甲金装作糊涂,更是猛抽,边打边骂:"我就打你这光吃不做的恶贼,看你还敢不敢冒充老爷?"

打的直是打,滚的直是滚,一直等老财的三老婆点灯出来一照,甲金才装作吃惊的样子,丢掉响篙说:"呵?原来是你,我以为是偷鸡贼哩!嗨!幸好我用的是打猪的响篙打你,要是我用打狗棒捶你,你不是活该讨死!"

老财一边摸着满头满脸满身又痛又辣的条条印,一边结结巴巴地说:"呵……幸好!……好!"说完,由他三老婆扶着回房里去了。甲金拾起响篙,回到自己的茅棚里,美美地睡了一个大觉。

以上三则汛河搜集整理

"过时了"

有一天,财主阴倒蒸糯米饭吃,被甲金看见了。甲金跑到谷仓下面,用肩头去支住仓柱,大喊:"仓要倒了!仓要倒了!"财主慌了,急忙出去帮着撑住。甲金说:"你支住,我去找根棒子来撑。"他就跑到灶房里,把甑上的糯米饭吃光,把烂棉絮塞进去,完了,拿根棒子去撑谷仓。财主赶忙回去,

---

① 响篙:吆猪工具,用竹做成。

打开甑子一看，呀，怎么都是烂棉絮？甲金跟进来说："大家常说，过时就成烂棉絮①，你的饭蒸过时了。"财主叹道："可惜过时了。"

何有义讲述　黄义仁搜集

买　缸

有一个奸商，滑得比猴子还奸，他在场坝上开了个瓦缸店，谁要上他店里买缸，只准用眼看，不准用水试，买缸的人经常上当。这天赶街，甲金背着铁锤走进店子，围着几十个瓦缸转来转去，一会儿抱着这个缸子看看，一会儿掀着那个缸子望望，要是有人来买缸，他便说这是漏的，那是烂的，买缸的人经他这一讲，都走光了，气得老板板着面孔直盯着甲金，甲金走到老板面前指着瓦缸说："老板，你要价太高，能不能卖斤斤，称两两？"老板一听，他抱起一个大瓦缸试了试重量，脑壳里转了几个圈圈，盘算了一阵，才向甲金要了一个高高的贵价钱，甲金听了之后，二话没说，便举起铁锤对着瓦缸敲去，一口气便把几十个缸全打碎了。老板跑上来抓着甲金要他赔偿，甲金把老板的手一推，理直气壮地说道"讲好价，称斤斤，买两两，我又不是买口口，要个个，老板称缸吧，我一个瓦缸上要一斤。"

老板一听弄得哑口无言，心里恨透了甲金。

卢朝阳讲述　刘世杰　醒木搜集整理

女巫显灵

半坡寨有个女巫师，为了骗钱得礼，到处扬言自己很会过阴显灵。有一天，她来到一个小户人家过阴显灵。甲金也在一旁看热闹。只见女巫师躺在

---

① 过时就成烂棉絮：布依族俗语，意即过时就没有用了。

地上，肚皮上放着一个簸箕、一副石磨、一只盛满水的木桶，嘴里头念着咒语，这时，甲金见主人家正要掏钱敬神给女巫师，灵机一动，顺手拉过身边一个娃儿，低声咕哝了几句。那娃儿便走到女巫师身边，大声说道："姨妈，外面有人来说姨爹赌钱输光了，对庄来家搬东西、攥猪赶牛啦！"女巫师一听，一骨碌翻爬起来，弄得磨子满屋滚，水桶倒下来淋得她像只落汤鸡，逗得满屋子的人哈哈大笑。

杨有义搜集整理

背鼓上门

　　铜鼓山上有个看守铜鼓的老人，由于好酒贪杯，吃醉了酒，铜鼓便被人偷走了。老人焦虑万分，饭也吃不下，觉也睡不着，成天闷声不响，吧嗒着一杆叶子烟生闷气。

　　爱管闲事的甲金，明知道铜鼓是布依山寨的一宝，据说敲一锤可以消灾避邪，一年都不会发生火灾；敲两锤可以风调雨顺，雹灾、虫灾、兽灾、水灾、旱灾便没有了；敲三锤，就能五谷丰登，六畜兴旺。大年初一敲一锤要响到十五，听到铜鼓的声音，阳雀（杜鹃）就从山林里飞出来闹春了。于是，人们就牵牛下田，扛锄上坡，开始一年的辛勤劳动。所以人们把铜鼓当成宝贝。甲金不但不宽慰老人，反倒"嘻嘻嘿嘿"地捉弄他："波公，你是几辈子没喝过彬当酒？一气儿喝完一葫芦。"

　　老人哭笑不得，没好气地赏了甲金几句："人人说你点子多，又肯帮人解围分忧。我犯了寨上的禁，要是铜鼓找不回来，七七四十九天后，就要拿我去熬油点天灯。你不帮忙，还来取笑我！看来你那聪明能干，专打抱不平只是个空名啊！"

　　甲金听了老人的数落，大眼睛滴溜溜转了几转："嘿——"一声，一个找回铜鼓的计策就想好了。

　　甲金回家拿了一张狗皮，反转来在上面画了一个铜鼓，画了一个漂亮的

"媳丫"，然后把狗皮背在背上，出去走村串寨，边走边喊："我赌钱输了一个铜鼓，愿拿老婆给他换，哪个要？"

那个偷铜鼓的"光棍"，正要想找一个老婆安家立业，又晓得甲金的老婆生得漂亮，手脚又麻利。便不顾一切，背着铜鼓来找甲金，甲金诓他到铜鼓山，铜鼓老人看见"光棍"背的铜鼓就是他失落的那个：鼓中间有一个光芒四射的太阳，鼓边边上刻得有两条龙，两条龙的尾巴缠在一起的。老人便揪着"光棍"擂了一顿，那"光棍"做贼心虚，屁都不敢放一个，便夹着尾巴逃跑了。

韦宏林讲述　张静枫搜集整理

卜当的故事

（布依族）

○ ·········· ○

卜当是一个劳动者型的机智人物。他的故事多数以反抗压迫、剥削为内容，其中最引人注目的是故事主人公辛辣嘲讽、巧妙播弄形形色色的财主的作品。在布依族的机智人物里面，卜当的影响仅次于甲金。

○ ·········· ○

捉"仙女"

有一天，卜当风风火火地闯进财主勒岩家客厅，对财主说："刚才我路过大石板桥，见仙女在河里洗澡，嘿，说不完有多漂亮……"

"是吗？快带我去看看！"财主催促着。

走到河边一棵大树下，卜当指着碧绿的河心，小声小气对财主说："瞧，仙女在水底游玩呢！"

财主往卜当指的河底看去，见一团白色带花的影子在水底晃动，急忙对卜当说："你下河帮我拉上来！"

"我去拉？哎呀，仙女有个规矩，谁先摸她，就嫁给谁。我若先下河拉她，那仙女一定非要嫁给我不可，那时，老爷你咋个办？"

经卜当一讲，财主衣裤也不脱，急忙跳下河里。财主不大会游泳，一时心急，便似秤砣一样，咕噜咕噜地喝着水直往下沉。

卜当在岸上开心地看了好一会儿，才跳下水里，把喝胀得像头死猪样的财主拉上岸来，用脚踩在财主肚腹上，挤出满肚子的黄水。财主醒来，睁开眼，费力地问："卜当，仙女呢？"

卜当埋怨说："谁叫你这般鲁莽？你这一跳，把仙女都吓跑啦，哎，都怨你不该这样……"

听说仙女跑了，财主忍着疼痛，爬起来又要再往河里跳。卜当一把拉住他，说："仙女飞上天去了，你看，水里还照有仙女的身影。"

财主看看水里，又看看天上，只见一只风筝摇摇摆摆地飞向天边。原来卜当趁机拧断了捆在树枝上的风筝线，风筝飞走了财主便叹气说："仙女还来吗？"

卜当答道："每年三月来一次！"

"若果碰到，请告诉我一声。"

"只要老爷有能耐，肯吃苦，我愿意效劳！"

"喝点水算个哪样苦嘛！今天虽然没有捉住仙女，见到一眼，也是老爷我的福气啰！"

送　礼

卜当的郎舅结婚，老丈人对三个女婿说："这回是我的独儿子成亲，我心头很高兴，你们三个女婿一定要送重礼来，哪个送不起，就不要来了，免得丢我的脸面。"卜当不等大姨爹和二姨爹开口，就抢先答道："外公放心，我的礼物一定比别个重。"

喜期到了。大姨爹和二姨爹请了唢呐匠，叫帮工抬着米酒，红布，洋洋得意地来了。为了在众人面前摆阔气，俩人还各送了五十两白花花的银子。老丈人见了，喜得眉欢眼笑。客人都快到齐了，才见卜当和一个人抬着一样用红纸包盖的重东西来。老丈人上前扯开红纸一看，原来是个破了一个角的大石槽。他觉得莫名其妙，问卜当："你抬这个破石槽来做哪样？"卜当对丈人说："外公，你老人家不是说，送礼一定要送重的吗？我家这个喂猪的石槽保证比大姨爹、二姨爹送的礼重!"说完也大摇大摆地入席去了。

罗德凡　罗老平讲述　黄达武搜集整理

牵　肉

卜当在财主勒岩家一年苦到头，五谷六畜样样活路都是卜当干的，连杀猪炒菜都是卜当搞，就是得不到肉吃。

三月三那天，财主叫卜当把猪肉煎好，准备带去坟上祭祖宗。

财主一家老小先坐着轿子到了坟地，左等右等都不见卜当挑肉来。当财主急得像热锅上的蚂蚁时，卜当用绳子牵着肉来了。财主见祭祖宗的肉被拖在地上，沾满泥巴，气得骂道："该死的东西! 祭祖宗的肉都搞成这个样啦!"

卜当指着地上的肉，大声说："老爷不是叫我牵肉来上坟祭祖宗吗? 我怕老爷的祖宗牙齿不好，才把肉炖得耙耙的，一路牵着来给老爷祭祖宗!"

财主反被卜当问得哑口无言。

以上三则王封常搜集整理

艾玉的故事

（白族）

░░░░░░░░░░░░░░

艾玉系白族的一个著名机智人物。其原型艾自修，明代邓川（今云南洱源县）人，出身贫苦，小时当过长工。他勤奋好学，很有才华，后来考中了进士，但不愿为官，长居乡里。有关他的趣闻、轶事作品达百篇以上，在云南大理、洱源、剑川一带广为流传，脍炙人口。

░░░░░░░░░░░░░░

拜寿吃鸡

艾玉的老丈人有三个姑娘，大姑娘嫁了财主，二姑娘嫁了商人，三姑娘嫁给艾玉。

老丈人六十大寿，三个女婿都带了寿礼前往拜贺。大女婿带的是金银财宝，二女婿带的是绫罗绸缎，老丈人笑得嘴上的胡子直颤抖。艾玉带的是些瓜瓜豆豆，老丈人心里扎实不舒服，想：得好好教训教训艾玉，教他下回识相点。

吃饭的时候，老丈人说："今天吃饭，立个规矩，我夹起一块鸡肉，你们给它取个新名字，哪个取得好，就归哪个吃。"说完，悄悄地给大女婿、二女婿使了个眼色。

老丈人首先夹起一截鸡肠子问艾玉："三女婿，你说说，这个叫哪样？"

“鸡肠子。”艾玉答。

“不对。”老丈人摇头晃脑地说：“大女婿，你说说这个叫哪样？”

大女婿嬉皮笑脸地说：“叫紫金绳。”

“取得好，取得好！”老丈人连连点头称赞着，把鸡肠子放进了大女婿的碗里，又夹起一截鸡脖子，问艾玉：“你说这个又叫哪样？”

“鸡脖子。”艾玉老老实实地回答。

“不合。”老丈人把眉头皱成了疙瘩：“二女婿，你给取上个名字吧。”

二女婿白眉扯眼地回答：“这个叫鹅脖颈。”

“取得妙，取得妙。”老丈人笑眯乐呵地把鸡脖子放到二女婿的碗里。

第三次，老丈人夹起鸡腿问艾玉：“你好好想想，这个叫哪样？”

“鸡大腿！”艾玉照实回答。

老丈人哼了哼鼻子，大女婿抢先说：“这个叫打鼓锤。”于是鸡腿又落进他的碗里了。

老丈人夹起鸡头问艾玉，二女婿抢先说：“这个叫‘朝天叫’。”鸡头又归了二女婿。

碗里只剩一块鸡翅膀了，老丈人把它夹起，对艾玉说：“你要是连这个也叫不出，那就只有喝鸡汤的命啰。”

艾玉照实说：“鸡翅膀就是鸡翅膀。”

大女婿又抢先说：“不对，这叫有翅难飞！”

就这样，一顿饭吃完了，艾玉没尝到一块鸡肉。

第二天，老丈人叫三个女婿去砍柴。到了山上，艾玉乒乒乓乓几下就砍好一背了。大女婿、二女婿累得满头大汗，没办法，就去偷别人砍好的干柴，给人家抓住扣起来了。

艾玉回到家，老丈人问：“你两个姐夫咋个还没有回来？”

艾玉笑着说：“他两个偷人家的柴，被人家用紫金绳捆住了鹅脖颈，一顿打鼓锤搐得朝天叫，有翅难飞，回不来啰。”

老丈人一听急了：“你咋个不帮忙？”

"我只有喝汤的命，帮不上。"

老丈人气得直翻白眼。

吴崇仁搜集整理

对　诗

一天，两个有钱人家的秀才自恃才高，摆了一桌酒席请艾玉去赴宴，想借此奚落他一顿。张秀才先开口说道："听说艾先生才学过人，今天兄弟很想领教领教。"李秀才接着说道："兄弟提议，动筷之前每人吟诗一首，吟不出来不得吃。"两秀才的诗是早已想好的。张秀才吟道：

有去有来梁上燕，
有去无来弓上箭。
梁上燕，弓上箭，
小人无钱别赴宴。

李秀才接着吟道：

有去有来机上梭，
有去无来水上波。
机上梭，水上波，
小人无钱连汤也别喝。

两秀才吟罢，看着艾玉，洋洋得意。艾玉冷笑一声，随口念道：

有去有来口中气，
有去无来腹中屁，

口中气，腹中屁，

君子无钱受狗气！

吟罢，起身甩手而去。

郭淳搜集整理

我爹生我我生你

三个秀才暗地相约，想要难倒艾玉，借以出名，来找艾玉说："我们来说'四言八句'，说得不好的罚作东道。"说着拿出预先写好的一张纸来，上面写着奇怪的题目："不明不白，明明白白，容易容易，难得难得。"艾玉道："那就请说吧。"

第一个道："雪在天上，不明不白；下到地上，明明白白。雪化为水，容易容易；水化为雪，难得难得。"

第二个道："墨在夜中，不明不白；写出字来，明明白白。墨变为字，容易容易；字变为墨，难得难得。"

还不等第三个说，艾玉就拿起酒壶念道："酒在壶中，不明不白；倒出杯来，明明白白。我要吃酒，容易容易；酒要吃我，难得难得。"

三人见难不倒艾玉，挤眉弄眼，又出一个怪题，对艾玉说："请你以这座楼为题，作一首缩脚诗：第一句七个字，第二句五字，第三句三字，第四句一字，作得不好就出钱请客。"

艾玉看看楼上，说道："这不现成吗？"接着顺口念道："四四方方一座楼，挂上一口钟，撞一下，嗡……"

三人不服气，又拿出原来商量好的一道题："再来，每人说一句七字诗，要说出一物变三物，说不出来就开钱。"

艾玉说："好，你们先说吧！"

第一个秀才说："谷子出糠糠出米。"

第二个秀才说："棉花纺线线织布。"

第三个秀才说："木柴烧炭炭成灰。"

三人说完，都盯着艾玉，艾玉笑笑，指着三个秀才说："我爹生我我生你！"三人听了，气得说不出话来。

吃　银　子

有个知府想叫艾玉出丑，请他来吃酒席，在他的饭碗底放了十两银子，上面盖上一勺饭，看他怎样当众把这块银子吃下去。

艾玉接过这碗饭，觉得沉重，心里就明白了。知府说："请饭吧，请饭吧！"艾玉说："我在家里，第一碗饭必须孝敬我阿爹阿妈先吃，今天大人惠赐的这头一碗饭，我不敢占先，容我包回去。当今皇上以孝治天下，我想大人是会体谅我的。"说着，拿出手巾连银带饭一包就放到一边，叫人另添了一碗饭，面不改色地吃起来。知府眼睁睁看着十两银子被艾玉巧妙地包去了，虽然心疼，也没有办法。

巧审"大善人"

艾玉以在籍进士身份居乡，知县外出，请他理政一个月。恰恰遇着一桩案子，是告一个大财主霸占了一个寡妇。艾玉立刻传问老财，老财申辩道："我是有名的大善人，过去这个寡妇的男人和我相好，他死了，我怜悯他妻子生活贫苦，才时常去照顾，谁知他家恩将仇报，真是善门难开，行好不得好呀！"

艾玉对原告说："这样看来，你是诬告人家了。我也不罚你，你快走吧！"原告无法，只好委屈地回家去了。

艾玉又对财主道："你真个是菩萨心肠，广行好事的大善人，现在请你站在堂前，等我审完了别的案子，再请你吃顿饭。"财主以为代理县官请吃饭，很有面子，就留下了。

艾玉又审理第二桩案子，是一个姓张的告姓李的欠五十两银子不还。被告姓李的说："是的，我正准备卖房子还他，但房子破烂，没有人买，他又等钱用，真是没有办法呀！"艾玉想了一阵说："有了！现在有大善人在这里，这事情就好办啦。大善人，请你再行行善，替这个穷人还了银子吧！"老财无法，只好掏出银子代别人还了账。

第三桩案子是一位老人告儿子忤逆不孝。艾玉问："你儿子现在哪里？"老人说："儿子早就逃跑了。"衙役也说："拿不到！"艾玉就说："这种不孝子弟，应该重责三十大板，可他儿子跑了，打不成。如果不打，不足以教育后人。这样吧，大善人，你再行行善，替这位老人的儿子挨三十大板吧！"老财赶忙跪下道："大老爷，别的可以代替，这咋个能代替呀？"艾玉道："这也是行善嘛！"说完，就叫衙役把老财按翻在地，狠狠地打了三十大板。

艾玉笑着向老财说："大善人，你还想行善吗？我这里还有一大堆案子哩！"老财一边哭一边磕头哀求："小民不敢了，请大老爷开恩！"

判刑一百年

八府巡按到来之前，知府大人清理积案，表示要"案无留牍，监无冤狱"。为了标榜大公无私，清正廉明，把地方上有名的人都请去陪审。艾玉以在籍进士的身份被请去了，他发现所有的案子都是被土豪劣绅硬栽了"抗租""抗息"等莫须有罪名的。这些百姓连吃的都没有，哪里还有钱来行贿？因此长期关押在监牢里。一千多名"犯人"中，只有三个是真的刑事犯人。审理时，艾玉提议：第一，先把这三个真正的犯人放了，让监狱变得"青一色"；第二，把所有的"犯人"判处有期徒刑一百年，褫夺公权一千年。知府大为诧异："艾公，你喝醉了酒么？怎么说出这样无法无天的话？"艾玉道："结果有法有天，这些好人哪里还会押到监牢里来？"知府道："朝廷设官执法，哪有判到这样长刑期的，岂非胡话么？"艾玉道："依我看来，这刑期不为长。判他一百年，毕竟有个期限，他们服刑一两代人，总有刑满的一天。剥夺公权一千年，十代八代后总有得到公权的一天。比起这样无期关押好得多啦！"知府在大庭广众中，不得不把这些无罪的"犯人"统统放了。

以上四则杨宪典搜集整理

赵成的故事

（白族）

··

赵成是一个劳动者型的机智人物。他诙谐多智，善于用各种巧妙的办法对付官家、财主，那些骑在百姓头上作威作福的恶人在他的面前往往一筹莫展，狼狈不堪。他的故事流传在云南鹤庆、丽江一带白族聚居地区。

··

画财神像

赵贡爷叫赵成给他画一幅财神老爷赵公明的像。赵成画好后，把财神老爷的像贴在赵贡爷家家堂上。赵贡爷左看右瞧，便品头论足开了："赵成，为什么把财神老爷骑着的老虎嘴画成大张着？"

赵成答道："虎嘴不张，怎么吃千家万户？"

赵贡爷又问："为什么把财神老爷的护心镜画的比胸口还大一圈？"

赵成回答道："心大之人，不把护心镜画大点，怕他的心掉下来被狗吃掉。"

赵贡爷再问："为什么把财神老爷全画成黑色？"

赵成答道："他不但皮黑、骨头黑，连五脏六腑都是黑的。若心肠不黑，他哪来那么多的钱财？人们怎么会叫它'黑财神'？"

送 寿 礼

从前，有个县官十分贪婪。他摊派的苛捐杂税多如牛毛。除此外，他家逢上"喜庆"之日，还要各家各户给他送礼祝贺，弄的老百姓怨声载道。

一天，县老爷又叫差役传话通知各家各户：老爷明天要办五十大寿，大家要筹办寿礼前去祝贺。次日，赵成约上了三个受苦人，把一口白木棺材，抬到了县老爷的客堂上。县老爷一见这东西，不由火冒三丈。指着赵成的额头大骂："混账，今天是什么日子？你把这不吉利的东西抬到堂上干什么？"赵成眨眨眼睛，装着非常恳切的样子说："老爷，您叫差哥通知我们，各行都要拿出本行的土特产为您祝寿。我们木行只会做棺材，我想，这也是我们的特产。所以特地给老爷送来，以待备用。"

再不说不吉利的话了

人们传说，赵成说话很俏皮，别看他平时不言不语，只要他一开口，好似冲了埂子撞了坝的河水一般。秃头赵贡爷也是个说话很刻毒的财主，他很想会会赵成，看赵成到底有多少"脓血"。

一天，赵贡爷家竖柱子，赵成也来帮忙。赵贡爷走上前去，拉住赵成说："赵成，今天你别干活了，赔我说白话，若说的投机，有大酒大肉招待。"赵成装着很忙的样子，随口答道："贡爷，竖柱子没有我怎么行？若我赔您闲玩，到午时木匠误了上梁吉时，新房子被火烧了，您又要责怪我看的日子不是黄道，而是黑道了。"一句话，说的赵贡爷哑口无言。

这时，赵贡爷的婆娘在旁边听见了，走过来责备赵成："赵成，你说话怎么这样缺德？说多了缺德话不得好死！"赵成不生气，接口答道："太太，您说我不得好死，您一定会得好死，说不定你今天就会被新房木柱砸死呢！砸死了真算得是好死了。木匠现成，木料也现成，好给您做棺材。还有酒席也是现成的，送丧不必再办二次席了。"

赵贡爷听着忍不住了，骂道："赵成，快干活去，不准你在喜庆头上说不吉利的话。"赵成眨眨眼睛，很风趣地说："贡爷，您不是叫我别干活，赔您说白话吗？好，我不再说不吉利的话了，若再说，叫赵氏门宗死绝种啰!"

以上三则由章虹宇搜集整理

黄丈三的故事

（白族）

黄丈三，又叫谎张三、王张三或滑丈三，是一个劳动者型机智人物。他的故事在滇西、滇南白族及其他民族中广为流布。

讨 吉 利

中村富户申九，满脑子想发财，日谋夜算，得了个外号叫"小九九"。他对长工十分吝啬，可是给官家送礼，到寺庙进香，倒是满大方。

这年腊月三十晚上，申九备办了香蜡纸火、猪头三牲，准备封门除旧，祈祷新年大发大旺。为了初一开门时讨个吉利，他把长工黄丈三叫来："黄丈三，新年我要讨吉利，今晚你搬到大门外的牛圈里睡，明早天亮就来叫门。我问是谁，你就说是'进财'，懂吗？"

"搬就搬，不过你得早点起来开门，外边没遮没拦的，冻坏了谁来犁地？"黄丈三看看财主的那个样儿，恨不得啐他一口唾沫。

天寒地冻，北风刺骨。黄丈三裹着那床破被子，哪里睡得着！熬到头遍鸡叫，他就故意去叫门。叫了一阵，申九才慢条斯理地起来问："谁呀？这早就来恭喜发财啦？"

黄丈三不答应。申九以为黄丈三忘了昨晚教的话，就提醒他："呵，是进财吗?"

"进什么财，昨晚我要是冻死了，还要破财呢!"黄丈三顶了一句。

"唉，怎么不干不净的，今天是大年初一嘛。好了好了，少说两句。我本来想讨吉利，讨着你这几句背……"申九没有说出"时"字，心里骂了一句"丧门星"，只得开了门。

开春后，大少爷要去赶考。申九备办了满满一筐礼物，一是为了行贿，二是也想讨个吉利，就问背东西的黄丈三："重（中）不重（中）?"

黄丈三知道申九的用意，故意说："不重。"申九瞪了他一眼，又拿出几包东西加上，问"这回重（中）不重（中）?"

"还是不重。"

申九好不气恼，索性再加上几包东西。黄丈三说："再拿也是白搭，压是压得死，就是不重（中）。"

申九没奈何，急得那张本来就有点歪的蛤蟆嘴歪到耳根，吼了一声："算啦! 把东西都拿下来。"

黄丈三心里乐了，路上可以轻松些了。

打　　赌

小雪节令过后，农活少了。黄丈三来到甸东村，几天找不到活做，不得不去帮财主李铁算家翻犁冬水田。一天，财主老婆给黄丈三送来午饭，篮子里除了一碗陈年老仓米稀饭，就是小半碗又辣又咸的面酱，别说是油荤，连一点青白小菜也没有。黄丈三吃完稀饭，看看那碗面酱，心想：老子不吃也要给你倒掉，免得明天再拿来打发我。他把面酱倒在草堆上，碰巧草堆上有一泡狗屎，跟面酱颜色没有两样。那婆娘刚回去，李铁算就来了，他来看看黄丈三有没有偷懒，以后算账时好扣工钱。李铁算见黄丈三还在吸烟，虎着脸问："动口三分力，刚吃了饭，正是好使气的时候，你怎么还歇着?"

"催工莫催吃，你没见牛还在吃草? 人受得了牛受不了呵!"黄丈三边回答边思谋整治一下李铁算，见面酱堆旁的狗屎，有了主意："老爷，听说你和好几个长工打赌都赢了，我也想约老爷打次赌，让你再赢一回。"

"赌什么？"李铁算问。

黄丈三指着草堆说："这里有两泡狗屎，你要是吃了一泡，算我输，白干活一月；要是我吃了，一月工领两月钱，就赌这个。"

李铁算作难了：不出工钱他当然求之不得，可是这堆狗屎怎么吃呀？就说："我不信你能吃下去，赌就赌，你先吃，吃了算我输。"

黄丈三抓起那堆面酱吃了。李铁算见了，心就像刀割般疼，转着眼珠子忙打鬼主意："要是剩下的这泡我吃了，那就拉平，谁也不输不赢。"

李铁算横下一条心，抓起那堆真狗屎，憋着气往嘴里送，"哇"的一声，翻肠倒肚地吐了起来，再也吃不下去了。李铁算失算了，吃了狗屎还要出双份工钱，气得脸一下子就煞白了。

以上二则刘全搜集整理

流传地区：云南大理、云龙、洱源一带

阿朱尼的故事

（哈尼族）

阿朱尼是一个劳动者型机智人物，出自艺术虚构。他的故事大多描述故事主人公智斗有钱有势的各色人物，诙谐有趣，在云南元江和澜沧江之间的崇山峻岭中的哈尼族聚居区家喻户晓，广为人知。

地神作怪

山官车罗信山神、地神、家神、寨神、风神、雨神。野鸡飞进寨，大风把树枝吹断了，山官车罗都要和白莫①张罗祭神。阿朱尼因此常常用"神作怪"来作弄山官。

一次山官车罗砍了一大块山地，请阿朱尼和另外两个农民一起去挖。

这天，天气又闷又热，阿朱尼和那两个农民挖了一阵之后，便累得再也不想动了。那两个农民没精打采地说："现在要能躺在树荫下睡一觉，该有多好！"

阿朱尼停住手，笑了笑说："想睡就睡吧，睡饱了再说。"说着便朝地边的一棵大树走去。

---

① 白莫：巫师。

"不行啊，阿朱尼！要是被山官知道了，不挨打也准得扣工钱。"那两个农民担心地说。

"不用怕。"阿朱尼笑着说，"山官来喊时，你俩好好躺在地上，照我说的话说就行了。我保你俩不会吃亏，说不定下半天都得闲呢！"阿朱尼把那两个农民拉到树脚下，三个人一起在树荫下躺下睡了。过不多一会儿，树下便传出了呼噜、呼噜的鼾声。

不知过了多久，阿朱尼被一阵喊叫声惊醒过来。他睁眼一看，山官车罗正好站在自己的面前。"快起来干活！"山官愤怒地吼道。

"老爷，我们不能起来呀。"阿朱尼躺在地上揉着眼睛说，"我们躺在这棵树下全都是为了你呀！不然我们谁愿躺在这鬼地方睡觉呢！"

"快起来干活！"山官大声吼道，"再不起来，我就要动棍子了。"

"老爷，你可别动棍子呀！"阿朱尼一本正经地说，"我们要是一站起来，你就没命了。"

车罗吓了一跳，弯下腰去问："为什么呢？阿朱尼。"

"老爷，你家砍这块地时，一定没祭地神。"阿朱尼说，"刚才地神作怪，罚我们三人躺在这里不许动。如果我们不听地神的话，地神就要你的命。不信你去问他们两人，他们也听到了的。"

"你们真听到了？"车罗转身去问那两个农民。

两人忍住笑，齐声说："听到了，老爷。"

"啊，那该怎么办呢？"车罗问阿朱尼。

"快祭神呀，老爷。"阿朱尼说，"那个白胡子地神说要用一对公鸡来祭。祭神的鸡，主人还不能吃呢！"

"那么，你们好生躺着，谁也别起来。"车罗着急地说，"我这就回家去杀一对公鸡来祭地神。"

车罗走了一阵，阿朱尼和他的两个朋友放平身子舒舒服服地躺在地上休息。太阳快落山时，车罗和他的儿子把煮熟的一对鸡拿到地里来祭了一番地神。祭过神之后，阿朱尼和他的两个朋友才从地上翻爬起来。他们三人忍住笑把那一对鸡的肉分着吃了。阿朱尼问车罗："老爷，地明天还挖不？"

"不挖了。"车罗有气无力地说，"再挖，山神又会作怪呢。我们另找块地去种吧!"

他们离开那块地时，车罗心里急得不行。阿朱尼和他的朋友，则在后边暗暗发笑呢。

买 火 柴

一天，山官把两块银圆交在阿朱尼手里，说："你下山去买些火柴回来。"

阿朱尼带着银圆来到坝子里，买了两包火柴就返回倭尼山。半路上，碰到下大雨，阿朱尼的衣服被淋湿了，藏在衣服底下的火柴也受了潮。山官接过火柴，划了几根，一根也燃不着。山官气得把那些火柴摔下楼去，骂了阿朱尼一顿，并且要阿朱尼拿出银圆赔偿他的损失。

阿朱尼把山官丢掉的那些火柴全捡回去，晒干之后保存起来。从那以后，他天天用火柴点烟、生火，但一根火柴棍也不丢，仍然装在火柴盒里，一盒盒保存起来。

过了一段时间，山官又把两块银圆交给阿朱尼，仍然派他下山去买火柴。这次，山官反复对阿朱尼说，买火柴的时候一定要试一试，看盒里的火柴会不会着火。他还郑重其事地对阿朱尼说："如果再买回那种划不着的火柴来，那就要扣你一个月的工钱。"

阿朱尼问道："老爷，买火柴不试不行吗?"

"不行!"车罗山官果断地说，"如果你再不听我说的话，当心我把你这个月的工钱全部扣光。"

"老爷，我一定照你说的话办。"

这次，阿朱尼根本没去买火柴。他来到坝子里，掏出两块银圆买了一件新衣便返回家。回到家里，他把那些用过的火柴全部拿出来，一盒盒交给山官。山官打开火柴盒一看，里面装着的全是燃烧过的火柴棍。他拍着大腿吼道："阿朱尼，你怎么尽买些用过的火柴，这回我非扣你一个月的工钱不可!"

"老爷,你是说我没照你说的话办吗?"阿朱尼说,"其实我全照你说的办了。瞧这二十盒火柴,我全试过,每一根都燃得着火。"

"哎呀,谁叫你这么试呀!"山官又气又急地说。

"老爷,是你叫我这么办的呀。"阿朱尼说,"你不是说,不照你说的话做,就要扣我一个月的工钱吗?这回每根火柴我都试过了,你得把一个月的工钱拿给我。不然,以后你叫我劳动我就睡觉。"

山官无法,只好把阿朱尼一个月的工钱都给了他。

送给波朗的礼物

分管傣尼山的波朗①,是一个奸猾而贪得无厌的人。他每次到傣尼山来,都要派鸡、派肉、派酒,挨家挨户地逼门户钱。

一次,这个波朗骑着高头大马,带着几个耀武扬威的随从来到阿朱尼居住的山寨。进寨那天,他在头人的陪同下,便挨家挨户地收门户钱。他们来到阿朱尼家里的时候,阿朱尼恭恭敬敬地把一块银圆送到波朗的面前:"波朗老爷,这年的门户钱我一分不少地一次交了!"

波朗嘿嘿地笑着把钱揣在怀里,看着房里插着的那些鸟毛兽骨,说:"呃,你很会打猎吧?我想吃点新鲜的野味,你今天能送些来做礼物吗?"

阿朱尼摇摇头,说:"往天行,今天可不行!"

"为什么呢?"波朗问道,"看来你是不打算送我礼啰!"

"哪里话呀!波朗老爷,我愿送你一只鸡,十个蛋。"阿朱尼毕恭毕敬地说,"新鲜的野味肉,这两天实在找不到。"

波朗火了:"你快去打来,你要敢哄我,我就把你这烂草房烧了。"

阿朱尼无法,只好扛着猎枪,带着猎狗到山上去。他爬了几架山以后,发现一只饥饿的豺狗在追赶一只麂子,便迅速跑到一条小箐边,守在麂子和

---

① 波朗:傣族土司下面的官。

豺狗必经的小路上。当豺狗来到面前时，他稳稳当当地放了一枪，把那只饥饿的豺狗打死在地。

夜里，阿朱尼把豺狗皮剥下来留在家里，然后，把豺狗的心肝五脏和全部骨肉都送去交给了波朗。波朗和头人连夜炒肝煮肉，吃得个醉醺醺。

第二天中午，波朗离开偬尼山时，百姓们照例拿着鸡，提着干巴、鲜蛋，来给他送礼。这时，阿朱尼拿着那张未干的豺狗皮，当众献给波朗，说："波朗老爷，豺狗身上的东西，你都有了，差的只是一张豺狗皮。现在我把这张皮作为礼物送给你，请你收下。"

波朗没听出阿朱尼话中的话，就叫随从把那张皮子收下来。这时周围的百姓都挤眉弄眼地笑了。

以上三则杨胜能搜集整理

门帕的故事

（哈尼族）

门帕是一个劳动者型机智人物。他的故事以智斗大头人竜把头的作品最为精彩。这些作品流传于云南西双版纳傣族自治州境内哈尼族支系偻尼人聚居地区。

狗老爷开秧门

从前，按偻尼人①的习惯，竜把头②不开秧门，任何人都不能栽秧。即使过了节令，都是如此。谁要先开了秧门，竜把头就要收了他的田，烧了他的竹楼，然后把他全家赶出寨子。每年开秧门前，竜把头就下令收开秧门税。他不捞个够，是不会让人们栽种的。

有一个灾荒年，全寨的人都交不出秧门税，眼看没有办法活下去了，全寨的人都到竜把头家里向他哀求。竜把头的小眼珠顺着人群滚了一圈，看见门帕也站在人群中间。竜把头心想，这些年吃够了他的亏，今天借这个机会好好出出气。竜把头便指着门帕向大伙说道："你们要开秧门，好说。今年不要你们交秧门税了，但有一个条件：要门帕学狗爬一次，学狗叫一次。"

① 偻尼人：哈尼族的一个支系。
② 竜把头：偻尼人中最大的头人。

门帕听了不慌不忙地挤出人群说道："老爷，你叫我门帕学狗爬、学狗叫倒没什么关系，可我叫你老爷也学狗爬学狗叫，那你就难看了。"

"你要叫我学狗爬学狗叫？"竜把头不服气地问道。

"对。"

"多长时间？"

"三天以内。"

"三天内你要不能叫我学狗爬学狗叫怎么办？"

"随老爷的便。"

"烧了你的竹楼，割了你的舌头，打断你的腿！"

"要是老爷学狗爬了、狗叫了呢？"

"从此以后不再交秧门税。"

"好，一言为定！"竜把头说完折头就走。他心想：老子三天不出门，看他怎么办？到时候就烧他的竹楼，割他的舌头，打断他的腿。

"嗳，老爷，怎么就走啦？你不是要看我学狗爬吗？我马上爬给你看。"门帕说道。

竜把头听他说马上要学狗爬，高兴得停住了脚，大声叫道："快！快爬吧！"

"好，我马上就学狗爬。"门帕说着走到独木桥那边，站在田埂上喊道："老爷，过来看吧，我不但能在平地上学狗爬，还能在田埂上学狗跑呢。"

竜把头为了要看门帕在田埂上学狗跑，高兴地过桥去看。可走到桥中，看着独木桥下急湍的江水吓得叫了起来。平时竜把头过桥有管家扶着，今天只有他一个人，站在桥上抖得像筛糠。没有办法，只有折过头四脚四手地爬了回去。

"看！老爷学狗爬了！"门帕高兴地说道。

"老爷学狗爬了！""可以开秧门了！""从今后开秧门不交秧门税了！"人们也一个个兴奋地叫了起来。

"什么？！"竜把头恼羞成怒地说道："就算我学狗爬了，可我还没学狗叫啊，秧门不能开！"竜把头说着灰溜溜地逃回家去了。

第二天，竜把头起来后没事做，便把他看门的那条大黄狗拉来训练。他专门训练让狗怎么去咬人。门帕见后也拉着他那只瘦猎狗走到竜把头跟前。接着，不少的人也来了。

"你们来干什么？"竜把头问道。

"老爷，我牵狗来和你的狗比比看，是你的狗好还是我的狗好。"门帕回答说。

竜把头看了看门帕的瘦狗，得意地说道："你那狗也要来比，瘦得只有架骨头，风都吹得倒。我这狗，追起人来比风快，咬起人来牙齿比刀利。"说着，竜把头把手中的米粑朝远处一丢："去"的一声，狗飞似的向米粑扑去。竜把头更加得意地说道："看见没有？穷鬼，你哪配懂狗。"

"狗是一只好狗。"门帕又说道，"可刚才我听这狗叫的声音不行。这狗的声音可重要了，声音不响亮，贼根本不怕。"

"嘿！你的耳朵煽蚊子去了？"竜把头气愤地说道，"你哪配谈狗？刚才我听你那只瘦狗叫起来是'哇哇哇'，力气都没有，就像一只要断气的死狗；我这条狗的声音好极了，刚才你没听见，一叫起来就是'汪汪汪'！又响亮又好听。"

"老爷，我是不懂狗的声音，不过我刚才听你学狗叫的声音确实好听。"门帕说道。

"哈哈哈！我们的老爷学狗叫了！"

"狗老爷叫我们开秧门了！"

竜把头这时才发觉又上了门帕的当，狼狈得拉着狗逃出了人群。

人们呢，都高兴地下田栽秧去了。

上　税

一次，门帕在河里捞了几条鱼，刚煮好，竜把头和管家进来了。竜把头和管家是从远寨收租回来，一路上肚子早就饿得咕咕直叫。一见门帕煮好的鲜鱼，口水不由自主地从嘴里流了出来。他为了吃鱼，左想右想，终于找出了一条理由来了。

竜把头说："门帕，你知道这山是我的山，这水是我的水，你敢到我的河里去捞鱼，拿了鱼连鱼税都不上就先吃了，你还要不要命？"

说完，他凶狠狠地揭开锅，把门帕煮好的鱼吃了个精光。吃完鱼临走时又对门帕说："记住，今后无论是找到山上的、水里的什么东西，首先拿来交税，不交，烧了你的竹楼！"说完竜把头和管家扬长而去。

门帕没有吭气，心想：你今天吃得高兴，下次怕你就是吃了山珍海味也要你吐出来。

过了两天，刚好是倮尼人祭祖的日子。竜把头请来了各寨的头人，桌上摆满了名酒和山珍海味，准备痛饮一日。

祭完祖，开餐了，头人们正吃得高兴的时候，门帕背着一个大篮子进来了。

"你来干什么？"竜把头向门帕问道。

"给老爷上税来了。"

"是些什么？"

"都是在老爷山上拾的和在老爷的河里捞的。老爷留下一半吧。"

"对。以后就要这样。是些什么，快拿出来我看。"

门帕先从背篮里拿出一条大鱼。竜把头一见，喜欢得嘴都合不拢，叫管家收了。

门帕又拿出一把山鸡棕①。竜把头仍然笑得嘴都合不拢，同样叫管家收了。

门帕拿了鱼和鸡棕后，背起篮子就走，竜把头一看，篮子里面还有半篮子什么东西，连声问道："还有什么？"

"老爷，算了吧，我今早在山上找的，就留给我了吧。"门帕向竜把头哀求道。

"不行，既是我的山上找到的，统统都得归我！"说着他叫管家："给我

---

① 山鸡棕：一种夏季长在林中的野生植物，可食，味道特别鲜美。

全部倒出来，一点都不能留。"

管家抢过门帕的背篮："哗"的倒了出来。嘿，不倒则罢，一倒整个竹楼里臭气冲天，原天是半篮子鲜牛粪。弄得竜把头和所有的头人把刚吃进去的山珍海味全"哇"地一下吐了出来。

"你……你……"竜把头又气又难受，话都说不出来。

"别动气，老爷，你不是交代过我，无论找到山上的什么东西都要拿来给你上税，今天我要不给你送来，你不是要烧了我的竹楼吗?"

谢谢老爷

竜把头每次被门帕弄得下不了台，时时刻刻都在想找机会报复。一天傍晚，竜把头在竹台上喝酒纳凉，见门帕走来，便把门帕叫到竹台上，凶狠狠地向门帕说道："门帕，我上了你不少的当，今天你有没有本事把我这瓶酒骗去喝了? 要骗不过去，我罚你五十串钱，还得揍你五十大棍!"

"老爷，这怎么能呢……"门帕为难地说道。

"不能，不能我今天就……"

"哦，老爷，倒是看见酒我想起了一件事情。"门帕打断了竜把头的话。

"什么事情?"竜把头好奇地问道。

"我昨天到傣族坝子去，正好学会了一套魔术……"

"什么魔术?"

"把酒变成菜油。"

"真的?"

"不是真的敢在老爷面前吹牛。如果老爷想看，我就露露这一手。"

"好，你变。"竜把头说完把酒瓶递给门帕。门帕接过酒瓶咕咕咕一口气把酒喝了个精光，然后把空酒瓶朝地上一甩。

"变啊?"竜把头向门帕催道。

"酒哪能变成油呢……"

"你不是说……"

"老爷，你不是叫我把你的酒骗来喝了吗？要不骗你，我不就得交出五十串钱，还要挨你的五十大棍，谁受得了呢。"

竟把头没有办法，只有认输。为了报仇，又向门帕说道："门帕，刚才算你赢了。这回你能不能把我这块鸡腿再骗去吃了？要骗不过去，罚你一百串钱，打你一百大棍！"

门帕看了看桌上放着的鸡腿，说道："老爷，说真的，要骗你的鸡腿很容易，不过我看这只鸡腿不能骗，你就是送我我也不要。"

"为什么？"

"我看这只鸡腿准是有人在里面放了毒药。不然鸡腿怎么会是黑色的？做鸡腿这个人也太狠心了，还想毒死我们的老爷。"

"这鸡腿是用酱油卤的，当然颜色要黑一些。"竟把头解释道。

"怎么卤也不会卤成这个样子。算了，老爷，你就打我一百棍子吧，总比被毒死好些。"

竟把头看了看鸡腿，果然颜色有些不对。心想：真是再好没有了，趁这个机会把这家伙毒死，省得以后再受他的罪，便说道："门帕，你本事大，能不能把它吃了？"

"有毒的东西怎么能吃？不过吃是可以，可我死了怎么办，你能不能用桂花树给我做口棺材①？反正我苦日子也过够了，死了也好。"

"可以，可以。我山上有的是桂花树，我一定给你好好地做一口棺材。"竟把头说着把鸡腿递到门帕嘴边："快吃吧。"

门帕接过鸡腿大吃了起来。竟把头见门帕吃得津津有味，问道："有毒吗？"

"哪有毒呢。"

"你，你敢骗我！"

"老爷，不把鸡腿骗来吃了，你不是要罚我一百串钱，还要打我一百棍子。现在我走了。老爷，再见。刚才的酒不错，这次的鸡腿也很香，谢谢老爷。"

---

① 傈僳人认为人死了用桂花树做棺材装埋后便能升天。

病 好 了

一天早上，门帕因连日给竜把头干苦活，累得不想起床。他想了想，翻了个身，干脆又呼呼大睡起来。

太阳升起来了。竜把头还不见门帕下地，便气冲冲地去叫门帕。门帕见竜把头走来，便取下装水的葫芦，洒些水在脸上，又睡到床上。竜把头进屋见门帕还睡在床上，鼓起眼睛恶狠狠地喝道："懒鬼！怎么还不下地？"

门帕伸手抹了把头上的水，装作病重的样子，有气无力地说道："老爷，看我病得满头直冒冷汗，说不定活不到天黑了……"

竜把头听了，仔细一看，只见门帕一头的冷汗。他想：门帕一定是得了什么恶病活不长了。这回可好了，只要门帕一死，往后就再也没有谁来出我的丑了。竜把头越想越得意，伸开小短腿，高兴得连忙折回去，叫家丁摆起酒宴，又唱又跳。正当竜把头和家丁们闹得腰酸腿疼时，门帕慢慢地走来了。竜把头一见，惊奇地问门帕："你不是说你活不到天黑了，怎么病又好了？"

"老爷，"门帕说，"真多亏你们又唱又跳，把我身上的病魔吓跑了，我的病也就好了。太谢谢老爷了，要不然，我真活不到天黑啰。"

竜把头听后，一下子气得瘫倒在地上。

老爷比狗凶

一天，竜把头正在寨门口驯狗，见门帕走来，便得意扬扬地对门帕说："门帕，你瞧我这条看门狗凶不凶？"

"凶。"

"这回你该服我了吧？"

"我真从心里佩服老爷。老爷要不比狗凶，哪能训得出这样凶的狗？"

门帕说后，转身走了。

吃不进，睡不着

竜把头觉得门帕实在厉害，无法对付，便恼羞成怒把门帕赶出了傻尼山寨。门帕一时没落脚处，只好到傣族坝子去给傣族土司赶象。一天，门帕赶着大象到傻尼山上去拉木料，正好在路上遇见竜把头，门帕便笑眯眯地迎上去说道："老爷，近来身体好吧？"

"很好。天天吃得进，睡得着。"

门帕听了心想：好啊！你吃得进，睡得着，这回我要叫你吃不进，睡不着，于是，他对竜把头说："老爷，你坐过象没有？"

"没有。"

"没有，那你今天就坐着这头大象到山下傣寨里去看戏吧。今天傣寨里赶摆，正唱戏哩。嘿！真是好看极了，有公主，有王子……"

竜把头听说傣寨里赶摆唱戏，很想去看，但又怕夜深了一个人不敢回来。门帕看出竜把头的心思，便说："老爷，傣寨的土司要是知道山上的竜把头老爷下山看戏，他一定会摆宴招待你，陪你看戏，戏完后也一定会派大象将老爷送回山寨。"

竜把头听后真有说不出的高兴，便坐上大象随门帕下山去了。一路上，门帕有意牵着大象在山中瞎绕，一直磨到深夜才到了傣寨。这时候，赶摆、唱戏的人们都早已回家去了，街子上连个人影都没有。没有办法，竜把头只有缩在门帕的柴房里蹲了一夜，蚊子叮得他鼻青脸肿。第二天天不亮，门帕又一个人赶着大象上山去了，竜把头只有一个人汗流浃背地回山寨去。回到家后，他气得一连几天都吃不进，睡不着。

以上六则凝溪整理

沙依的故事

（哈尼族）

沙依是一位劳动者型机智人物，出自艺术虚构。他的故事大多为智斗形形色色吸血鬼、歹徒的作品，流传于云南红河一带的哈尼族聚居区。

何大爷拿鱼

人们都说沙依是个足智多谋的好汉，可是有个叫何大爷的老头不服气，他认为最聪明最有智谋的是他自己，从不把沙依看在眼里。每当人们称赞沙依足智多谋的时候，他总是摇着头说："沙依算什么，只有傻子才会服他，我从来就不上他的当。"

有一天，沙依外出回寨时，何大爷说："沙依，人们都说你足智多谋，我就不相信。假若今天你能骗我上当，我就服你，要不然，我就一直叫你蠢材。"

沙依灵机一动，一边卷裤腿，一边说："今天我有急事不得闲，明天再说。"说完，沙依急忙回家背了个大笆笼转出村来。

何大爷见了问道："沙依，你要到哪里去？"

沙依头也不回，边走边说："下边挖田，我要去拿鱼。"①

何大爷是个最喜欢拿鱼的人，一听哪里拿鱼，他宁愿忍饥挨饿也要去拿。因此，他一听沙依说要去拿鱼，高兴极了，急忙回家背了个大笆笼去追沙依，一边追一边喊："沙依——你等等我，沙依……"

沙依慢慢地走着，见何大爷赶上来了，又跑几步。何大爷在后边追的七喘八吁，满头大汗。到了半路，沙依在路边的草棵里躲起来。何大爷以为沙依往前走了，拼命向前追去。追了半天没追上，望望附近又不见人挖田拿鱼，只好失望地叹着冷气转回家来。当他回到寨门的时候，只见沙依坐在一旁对着他笑。便气粗粗地对沙依说："你今天是在搞什么鬼名堂？"

沙依说："是叫你上当呀。"

何大爷才明白过来，羞得低着头不作声了。

黄世荣搜集整理

智取宝马

有一次，沙依来到一个叫猛勒的哈尼寨，听人们说有一个强盗不知从什么地方抢来一匹马，打算去送给土司。那马浑身上下的毛像缎子一样光亮，马鬃和马尾像凤尾一样漂亮，跑起路来比风快，赛鸟飞。

人们叹息地说："良种马应该在民间传下去呀，关进土司的衙门，太可惜啦！"

沙依心想："是啊！良种马应该在民间传种。"当他听说那强盗还在一家人家喝酒吃肉，便约上一个伙子悄悄出了寨子，跑到去土司衙门必经的卡通老林。

那强盗酒足饭饱，醉醺醺地牵马来到卡通老林时，沙依见马披的是缎子马被，套的是丝绒笼头，乐了，顺手一把就把拴马的笼头脱下来，让跟来的

---

① 红河县不少地方，秋收以后就翻晒水田，放水挖田时正是拿鱼的好时机。

伙子把马牵进密林里，而自己披上缎子马被，套上笼头，然后抓起一把泥土抹在脸上，跟着强盗走了。这时，强盗酒醉还没有醒呢。走出一段路后，沙依猛地站住了。强盗拉不动，便"哦哧，哦哧"吆喝着，但还是拉不动。他朝后一看，一下子吓得心惊肉跳，魂飞九天。只见马变成了满脸污泥的怪相人，强盗心想可能是遇到鬼了，便丢了缰绳，没命地跑了。沙依和伙子忙把良种马牵到了猛勒寨去了。

所以，人们常说："马驹是猛勒传的，能人要数沙依。"

瞿和周　吴龙周讲述　赵迹整理

搓奎的故事

（哈尼族）

⋯⋯⋯⋯⋯⋯⋯⋯⋯⋯⋯⋯

搓奎是一位劳动者型机智人物，出自艺术虚构。他的故事
大多是智斗头人的作品，流传于云南部分哈尼族聚居区。

⋯⋯⋯⋯⋯⋯⋯⋯⋯⋯⋯⋯

交　　税

头人带着管家到后山上去闲逛，晌午过后肚子饿得叽里咕噜直叫，老远
看见搓奎家小屋顶上已冒出炊烟，就流着口水急急忙忙往搓奎家奔，刚跨进
门就闻见一股香味，他干咽着唾沫，揭开锅一看，见锅里煮着半锅鲤鱼。头
人和管家不管三七二十一，卷卷袖口就狼吞虎咽吃起来，边吃边说："搓奎，
山是我老爷的山，水是老爷我的水。今后不论是水里捞的，山上采的，首先
要给老爷我交上一份来抵税。"吃完，头人和管家擦擦嘴皮提起屁股就走了。

搓奎没有吭气，用眼瞪着，心想，今日你吃进去，明日定叫你吐出来。

过了几天，刚好是属牛祭祖的日子。头人为了摆阔气，抖威风，请来了
附近村寨的土司、招坝里长。桌上摆满了山珍海味，准备痛饮一番。

开餐了，各路老爷正吃得津津有味。搓奎大汗小水地背着一只大箩闯了
进来。

"你来干什么？"头人恶狠狠地用筷子指着搓奎问道。

"给老爷送税来了。"

"是些什么？"头人伸长公鸭脖子问。

"都是在老爷山上捡的和老爷水里捕的。"

"对！以后就是要这样，才是我的好百姓。这次送些什么东西来啊！快拿出来给老爷我看看。"

搓奎慢条斯理地从背篓里拿出一包鲜嫩的香菌。头人一看笑呵呵地满口夸奖搓奎是好百姓。搓奎又拿出一条活蹦乱跳的大鲤鱼，头人更是高兴得嘴都合不拢，叫管家一齐拿去下锅。搓奎拿了香菇和鲜鱼后，背起背篓就走。头人斜眼一看，背篓里还剩下一大包用笋叶壳包得严严实实的什么东西，就连声逼问道："还有什么？""老爷，该给的都给了，这一包是我今早在路上捡的，就留给我吧。"搓奎装作苦苦哀求的样子。

"不行，既是在我的地盘上捡的，统统都得归我，今天我家客人多，正等着做下酒菜呢。"头人向管家一挥手，管家一把抢过搓奎的背篓，哗啦倒了个底朝天，立时满屋子臭气冲天，原来是一包臭狗屎，熏得客人心翻肚绞，哇哇嘎嘎地刚吃进去的山珍海味连同黄胆苦水，全吐了出来。过了半天头人才翻着白脸伸着长脖子："你……你……你！"又气又难受，结果一句话都说不出来。

哄老爷下马

自那次输掉二十两银子，头人一直记恨搓奎，总想找个机会赚回银子，治治这穷小子。

一天，头人骑着一匹高头大马游山玩水回来，半路遇上搓奎。头人虽然知道搓奎这人点子多，上次又输过二十两银子，但心里还是不服气，心想：一个穷小子有多大能耐。于是，他大声八气地喊道："搓奎，人人都说你很会哄人。今天，你把老爷我哄下马，我这匹马就输给你，若哄不下来，你得用舌头舔三下马屁股。"

搓奎心里暗想：你们这些老爷，每天吃饱了肚皮撑得没事做，专想法欺负穷人，今天，你既然找上门来，我就出你一次丑，叫你偷鸡不着费把米。

搓奎打定主意，就说："我们穷人家，哪有富人聪明。占得今日我有要紧事，要不，我敢和你打赌，定叫你滚下马来。"说完急忙要走。

"你有哪样要紧事，分明是不敢打赌嘛！如果你认输了，那得先给我的马舔三下屁股。"头人得意地大笑起来。

"我刚说过，我不是怕你，今日我的确有要紧事。"搓奎假装很急，提脚要跑。

"你害怕了？你别走哇。"头人笑得更狂了。

"老爷，今天我确实有事，要忙着回家捡公鸡蛋，一个公鸡蛋可以换三匹马啊。"搓奎没说完脚已跨出几步。

头人先是一怔，然后嘲讽地说："你怕是穷昏了吧！我活到快五十多岁了，也没听说过公鸡会下蛋。"

"你这老爷也是少见多怪，不信你跟我一起去瞧。"

"瞧就瞧，我要看看你家的公鸡是怎样下蛋的。"头人边说边跳下马，他为那个可换三匹马的"公鸡蛋"，忘了自己刚才打的赌。

头人跟着搓奎刚进草屋，搓奎抬手一指门边的盐棒头，说这就是公鸡蛋。

头人睁大牛眼睛一看，急忙说："那是盐臼锤，哪里是公鸡蛋？"

"不是就算了，反正你已经自己把马送到我家了。"搓奎轻蔑地冷笑着。

头人一懵，蓦然醒悟自己上当了，面色如土，颤抖的手丢下马笼灰溜溜走了出去。

以上两则钱存广搜集

艾苏和艾西的故事

（傣族）

○ ·········· ○

艾苏、艾西两兄弟是受傣族民众非常喜爱的一对机智人物。他们的故事幽默辛辣、爱憎分明，广泛流传于西双版纳等地的傣族聚居地区。它们不仅在民众中口头流传，而且还被刻记在古老的贝叶经里。

○ ·········· ○

数　星　星

夏季的一个晚上，叭召勐坐在宫殿的凉台上乘凉。天上繁星闪闪烁烁，有的明亮，有的朦胧，数也数不清。他望着望着，突然想出一个可以难住艾苏的问题。于是，他派人把艾苏叫来。

艾苏站在凉台下问道："叭召勐半夜叫我来，有什么急事吗？"叭召勐说："艾苏，我是一勐之主，应该无所不能，无所不知。因此，也应该知道天上的星星有多少颗。我是可以数清的，但我太忙，顾不上数。从今晚起，你就不要睡觉，给我数数星星，数完了，你把数字告诉我。"

艾苏望了一下星空，一口答道："我一定数出来就是。"说罢，他回家睡觉去了。

第二天吃过午饭，艾苏就去见叭召勐。

叭召勐一见艾苏，就得意地问道："怎么，数不出来？我可是有话在先，说不清星星的数目，你不能睡觉。"艾苏有把握地说："早就数好了，你记着就是了。"叭召勐惊异地说："你快把数字说出来！"

艾苏扳着指头认真地数给他听："一株酸茭树^①的果，三棵松树的叶，八座沙滩的沙粒，九间仓库的芝麻，十挑箩筐的谷子，六只麻袋的豌豆。叭召勐，昨晚我细细数过几遍了，天上的星星就这么多。你把这几样加起来就是了。"

艾苏说完，转身大摇大摆地走了。

哭 死 马

叭召勐的一匹心爱的骏马死了。他向全城官员、百姓宣布："我的这匹骏马活着的时候，比你们父母的生命还要贵重。现在死了，你们要来为它哭丧，哭得要像死了父母那样伤心。"他派卫士把人赶到广场上，艾西也被强迫来了。

哭丧时，只见大臣、宫使、头人们，一个个围着死马，呜呜哇哇，捶胸顿足，哭得十分伤心。站在人群中的艾西看到这个情景，觉得太可笑了，忍不住仰起头来："哈哈哈"笑得前仰后合，站都站不稳。弄得那些哭着的人睁着流泪的眼睛瞅着他。沉默的百姓却为他担忧，捏一把汗。

果然，叭召勐见了，气得头昏手抖。他拨开人群大步走过来，骂道："艾西，你长着几个脑袋？竟敢有意和我作对！大家都在哭，你为什么偏在笑？是不是不想活了？"

艾西压低嗓音，十分难过地哀叹一声："唉，叭召勐，我太伤心了。不过眼泪都被竖起的头发、眉毛吸干了。"

"你还伤心！"叭召勐咬着牙说。

艾西难过地说："我见到这么多大臣、宫使、头人对着一匹死马哭，怎能不伤心。可能我才是真正伤心的人呢！"

---

① 酸茭树：西双版纳常见的一种果多而密的乔木。

愚蠢的叭召勐不理解这句话的含义，愤愤地说："你撒谎，你要是伤心，为什么仰头朝天哈哈大笑！"

艾西答道："哦，那是后来我看见你的死马变成活马，飞上天去了。这不应该高兴吗？我还向它祝贺呢！"

叭召勐被搞糊涂了，竟弄得不知说什么好。过了一会儿才问道："你怎么祝贺的呢？"

艾西望着天空说："我仰起头向他祝贺：'仙马，仙马，你现在终于离开了马厩，摆脱了马鞍，自由自在地飞到我们不知道的地方去了。为什么不把你的骑主也带往天堂呢！那是个好地方啊！'叭召勐，你说，我怎能不为这件事既伤心难过，又开怀欢笑呢？"

真 能 磨

寨子里的头人善于以各种名目拉穷人的白工，每年都要强迫穷人带着饭团去给他砍树、播种、收割。这一年热季开始的时候，头人又把艾苏、艾西叫去，吩咐道："历年你两兄弟的白工都没有好好干过，今年可要老老实实给我去山林砍树三天。三天内，你们不准躲在山林里休息、睡觉、偷懒，要不停地干活，明天，我要亲自来查看。"

第一天，艾苏和艾西走到头人指定的山林，转了一圈，又转了一圈。而后回到家里，休息到太阳落山。

天黑之前，头人赶到山林一看，一棵树也没有砍，就跑回寨子找艾苏、艾西。见他们坐在家里休息，他冒火了："懒鬼，你们一整天没有砍一棵树，就跑回来了！"

艾苏慢吞吞地说："头人，您的地太远，我们走到那里就累了。"艾西紧接着插进话来："哥哥说，走累了，歇口气吧！我说，不行！头人吩咐过，不准躲在山林里休息。我们就只好回家来休息。后来，又去，走累了，又回来休息。"艾苏坦率地承认："这样，我们就没有办法砍树了。"

头人气得直瞪眼，叹了一口气说："我是说不要偷懒，歇口气就砍树是可以的嘛！"艾苏抱怨说："那您咋不早说清楚咧。"头人咽了一口唾沫说："明天可得好好砍了！"艾苏、艾西答应了。

第二天，艾苏、艾西又来到那片山林。但是，每人砍了三棵小树，就坐下来，一直休息到天黑。头人跑来一看，气得捶胸顿足地叫起来："艾苏、艾西，你们的手是泥做的吗？一整天只砍倒六棵小树！"

艾苏走到头人面前，伸出砍刀给他看："头人，这能怪我们的手吗？我们年年给你们砍树，看，好刀都砍钝、砍缺嘴了！"艾西也把刀口翻过来朝天。头人一看，两把刀都钝得像树皮，怎么砍树呀！他就大声斥责说："你们真懒，刀也不磨一下。"艾苏申辩说："这也不能怪我们，我们既要忙着种地，又要给领主耕田，还得给您干白工，没有时间呀！"艾西担心地说："我们这两天再磨刀，不就耽误给您砍树啦！"

头人说："俗话讲，磨刀不误砍树工。刀不快，树就砍不断呀！明天我拿磨刀石来。但是，你们要在太阳没有出山前就到达山林，天不亮就磨刀。要是迟了，罚你们再白干三天！"艾苏、艾西又答应了。

第三天，兄弟俩果然天不亮就来到那片山林里。头人在河边找了一块粗磨石，用藤子捆起，提到工地。他把磨刀石放在艾苏、艾西面前，大声说："听着，你们要像牙齿嚼饭那样认真地磨刀。把砍刀磨得飞快，快到——像剃胡子刀那样。那么，嚓、嚓、嚓，一天工夫就可以把这片林子砍光了。听见了没有？"说完，他拣一块阴凉干燥的地方坐下来，在一旁监视着。

"听见啦，头人！"艾苏、艾西提高声音，爽快地回答："一定按照您的吩咐做。"说完，艾苏坐下来认真地磨刀。艾苏磨累了，刚站起身，艾西就坐下来磨；艾西正要走，艾苏又来磨第二次；艾苏还没有离开磨刀石，艾西试试刀刃，摇摇头，就蹲在旁边等着。两人你来我往，只顾轮流磨刀。

眼看太阳移到头顶，一棵树也没有砍。头人急了，喊起来："艾苏、艾西，刀还没有磨好？"艾苏一边磨，一边说："刀还不快。我们是在像牙齿嚼饭那样认真地磨着呢！"

太阳向西偏过去。头人气急败坏地叫起来："该死的艾苏、艾西，你们为什么只磨刀不砍树？"艾西细细地磨着，说："刀还不快。头人你不用着急，耽误不了，磨刀不误砍树工呀！"

夕阳落到树梢。头人气冲冲地跑过来，见艾苏、艾西还在不紧不慢地磨着，磨着。他心痛地看着那片没有砍的林子，跺着脚说："停下，不要磨了，时间都给你们磨完了！"

艾苏不愿意地站起身，天手试试刀锋，摇摇头，伸出砍刀说："不行啊，还不像剃胡子刀。您看看。"艾西干脆把砍刀塞在头人的手里，说："不相信，您剃胡子试试，肯定还剃不下来！"

头人气得说不出话来，抬头一看，天快黑了。三天就这样被拖过去了。头人白费了精神，却占不了便宜。

从此以后，头人再不敢叫艾苏、艾西去砍树了。

洗　　脚

有一次，景洪的召片领①庄严地向他统治的十二个勐宣布："我要在某一天，某个时辰，破例地请你们各地方勐的召勐、大佛爷、叭龙高②、摩古拉和聪明机智的人物，在同一个时刻进入王朝的金殿就座。望各勐认真推选做好准备。对召片领的这一通知，任何人不得怠慢！"

召片领神圣的通知传下来后，十二个版纳犹如潮水扑岸一般动荡不安。头人、大佛爷、摩古拉议论纷纷，猜不透召片领邀请这么多人进宫，是为了什么重大的事情。最后他们认为，一定是召片领要提升一批大官了。于是，他们预先捧场祝贺，准备珍贵的礼物，备好最快的骏马，以便抢先到达召片领宫殿的大门，得到召片领的赏识。一切准备停当，他们像公鸡盼着黎明似的等待着召片领的最后通知。

傣历九月：③下旬，大雨过后又是几个阴雨天，通知下来了："原来通知的人不准骑马乘象，只准光着脚板走来。在通知的第三天到达。到达后，在

---

① 召片领：傣语，土地之主，即傣族最高统治者。
② 叭龙高：傣语，总头人。
③ 傣历九月：为公历七月，是西双版纳最多雨的月份。

宫殿门口等待召片领的布置和安排。"各勐的召勐、大佛爷、叭龙高和摩古拉，只好打着雨伞，背着礼品，踏着烂泥赶来。

既然召片领通知中还说，要聪明机智的人前去，乡亲们理所当然地推选了艾西。他也在第三天赶到宫殿门口。

那一天，达官贵人们光着脚、踏着宫殿广场的烂泥巴，不断地徘徊走动。焦急不安地等待着召片领出来引进。但是，久久不见召片领的面。最后，一个宫廷大臣跨出门来，昂头挺胸地站在高台上宣布："我们至高无上的召片领，正在辉煌金殿的宝座上等着你们。金殿上铺着地毯，撒下香水。在进去之前，你们每个人都得把脚洗干净。谁先洗干净脚，谁先进去，谁就坐首席。洗不干净的，就站在门外，不准进宫！"接着，宫廷大臣又对士兵们大声吩咐："快端洗脸洗脚水来！每人限用一份。"

这时，只见三百多个士兵每人手里拿着一个鸡蛋壳，往桶里舀出清水，一一交给大家。宫廷大臣又大声宣布："开始吧，用你们手中蛋壳里装满的水，把你们双脚的烂泥巴洗干净！"

召片领这一命令太意外，把所有的召勐、佛爷、叭龙高、摩古拉惊呆了。各自望着自己脚上厚厚的泥巴，又看看蛋壳里的水无法可施。他们哭丧着脸，呆若木鸡。"这点水，洗一颗纽扣都不够，怎么用来洗脚呢？别说一个蛋壳了，就是一百个，也冲洗不净我们脚上的厚泥呀！"达官贵人们着急地议论着："这一下把我们害苦了！"他们面面相觑，只有艾西神态自若，满脸微笑。

这时，召片领突然出现在台阶上，大声命令道："赶快洗脚进来。为什么还不洗脚？"

召勐、佛爷、摩古拉听了这个命令吓坏了。有的畏畏缩缩，把蛋壳里的水往脚上倒；有的心慌意乱，把仅有的一点水泼洒了；有的把蛋壳打碎了。他们慌乱了一阵之后，空着手站在那里，脚上的泥巴依然如故。

这时，只见艾西举起手中的蛋壳，对台阶上的召片领说："无比慷慨的召片领，洗洗手脚，何必用这样一大盆水呢，半盆就够了！"说完，离开人群，走到一块大石板上坐下，从腰间拔出一块竹片来。他先用竹片把脚上的泥巴——仔细刮干净。又从口袋里掏出一片鸡毛，然后用它蘸着蛋壳里的水，均匀地、从上至下擦洗起来。不多时，两只脚洗得一干二净了，而蛋壳里的水还剩下一半呢！

艾西这一绝妙的办法，把所有的人，包括召片领都惊呆了。召片领非常失望，他感到原来自己手下的高官贵人，个个愚蠢透顶，比不上一个普通的种田人。

艾西站起身说："这台阶太脏了，应该用一千倍一万倍这样的水去冲洗！"说完，并不走进宫殿，沿着原路回去了。

称 棉 花

有一个波嘎赶着几匹马，来到艾苏、艾西住的寨子卖棉花，同时也买当地的土特产。

这是冬季，杠果树下的篱笆旁边生着一堆火。虽然天气冷，波嘎的生意还是很好。他规定上午买，下午卖。这几个人走了，那几个人又去。但是，艾西在远处发现波嘎在没有人的时候，拿着铁盘到火上烤一下。"铁盘也像人一样怕冷哩！"艾西笑着对自己说。并走过去悄悄一瞄。原来铁盘底下粘着一块大蜂蜡。买进的时候，波嘎烤一下，蜂蜡脱在一边；卖的时候，他烤热铁盘，往地面上一放，蜂蜡又粘上了。人们吃了他的亏也不知道。

下午，许多人正在那里买棉花。艾西决定也要买一点。当他走过去的时候，他发现大铁盘底下已经粘着一大坨蜂蜡了。

艾西按照要买的斤数交了钱，波嘎就往大铁盘上堆棉花，然后拉过秤砣来过秤。艾西不吭声，只是抬脚到火堆上烤一烤，伸进铁盘底下，跷起拇指，把棉花和铁盘向上顶起。波嘎的秤砣往下掉，他赶快一把抓住，生气地叫起来："你们看，艾西买棉花伸脚伸到秤盘下往上顶，你们见过这样狡猾、这样想占便宜的人吗？"

人们围过来。艾西的脚还顶在铁盘底下不放。他皱眉咧嘴地说："这能怪我吗？天气凉，你的铁盘怕冷，我的脚也怕冷。我烤了一下脚，你的铁盘就把我的脚粘住了。它太奇特了!"

这一下,波嘎的骗人把戏露底了。人们看到秤盘底下那一大坨蜂蜡,全都闹起来。一传十、十传百,村寨里买了棉花、卖了茶叶的人,都要来重新过秤。有的干脆要退钱。波嘎对付不过来,弄得十分狼狈。

施　　肥

艾苏和艾西还小的时候,母亲借了寨子头人的五小斗谷子。说好收割时如数偿还,过期加倍。

谷子刚打下来,母亲就请了三个邻居,挑了六斗谷子去还。她以为多挑去一斗,绰绰有余了。没有想到头人抬出大斗来量,六斗变成三斗。

母亲很气愤,与头人辩理:"借谷的时候,你用二十五升的小斗来量,为什么今天拿五十升的大斗来量?"头人冷笑一声说:"树枝会发新芽,竹子会长嫩笋。借去的谷子就不会长利吗?现在你家还欠我五斗谷子。"

母亲怀着满腹的怨恨走回家来,生了一场大病,不久离开了人间。这笔债就落到艾苏和艾西的头上了。头人把谷子折成钱,年年翻倍,等到艾苏、艾西长大成人,这笔债就翻到整整一百块钱了。

艾苏和艾西是有骨气的人,他们拼命干活,要傣历五月挣够了一百块钱,拿去还给头人。

头人看见艾苏、艾西年轻力壮,有一身的力气,就打主意再刮他们一点油水。他装着慈善的样子说:"我们都是一座山上的马鹿,一塘水里的鱼儿。何必这么认真。你们好不容易挣这么一点钱,拿来赔了账,要娶老婆怎么办?我倒有个主意,帮你们摆脱债务⋯⋯"艾苏不耐烦地打断他的话:"不要扬花抹粉了。收下钱,两清!"艾西却把哥哥拉开,问头人:"把你的主意说出来吧!"

头人指着田坝说:"我那五十亩田需要施肥,如果你们在几天之内在上面施满肥料,这一百块钱就给你们结婚用了。要是完不成,钱得偿还,活算白干。你两兄弟身强力壮,一次可以挑一两百斤,铺满一层肥是没有问题的。但是，先说明，每堆肥要堆尖，相隔不能超过两步。"艾西扯扯哥哥的衣服，对头人说："一天可以吗？"头人不以为然地说："施满为原则，半天也行。"他们找了几个邻居作证人，就这样确定下了。

艾苏和艾西回到家后，便带上砍刀、扁担、绳子，往森林走去。他们砍了许多叶子茂密的树枝，挑到头人的田里，一枝枝插入田里，枝距都不到两步。天黑不久，他们就插满五十亩田了。

第二天早晨，艾苏和艾西告诉头人，五十亩田施满肥料了。头人站在平台上远远一看：田块上确实凸起了一堆一堆的。再仔细看看，好像长起一株株茶树。艾西问道："头人，你看是不是每堆都堆尖了？"头人疑惑地说："是堆尖了，不过那是什么东西？"艾苏说："你过去看看吧，保证是肥料。每堆相隔不超过两步。"

于是他们和证人一起走到田里。头人一看，不到两步就插了一枝树枝。他气急败坏地叫起来："这是什么肥料！"

艾西微笑着说："树叶是绿肥，等树枝干了，你一烧，不就是很好的灰肥吗？头人，你说的我们完全做到了。"

头人气得说不出话来。

借 谷 种

杜果树披了一身土黄的花簇，撒秧的季节到了。艾苏家没有谷种，他就拿着一个口袋到村寨头人鲩龙波乃曼家去借。

鲩龙波乃曼见艾苏拿着空口袋走进来，知道是来借粮食，就翘起小腿，讥讽地问道："艾苏，你这么早到我家，一定有什么贵重东西送给我吧？"艾苏说："我家最贵重的是一口旧铁锅，想来你不会要吧！我和弟弟开了两亩田，没有种子，想借一斗糯谷做种，秋后赔还。"

鲩龙波乃曼鼻子哼了一声，心里暗自好笑：帮工出身的艾苏、艾西，家里穷得连一根水牛毛都没有，还想借糯谷种自己种田！我倒要嘲笑、愚弄他两兄弟一次。于是，他假惺惺地堆起笑容说："你们要自己种田啦！祝贺你们。为了帮助你们，别说借一斗，借一石也行。只要秋后双倍偿还。"说着，从家里抬出烤过酒的糯谷渣，一边用斗量着一边说："这是我家泡过的谷种，让给你家先用吧。让我家这头等糯谷，在你家两亩地上，生根发芽，扬花结穗。祝你们新田丰收，粮食满仓！"

篱笆外面几个正要来借粮的穷苦人见了很气愤，也不愿开口借粮了。艾苏却撑开口袋把谷渣装了进去，用感激的口吻说："我感谢你的恩德，秋后一定双倍偿还。"说完，背起口袋走了。

一回到家，艾苏和艾西就把谷渣倒进槽里喂了猪。然后。向亲戚家借了一斗谷种，播了下去。到了傣历十二月，打谷子那天，他俩把糯谷扇了又扇，把扇出来的瘪谷、稻叶、糠灰统统扫拢，量了两斗，装进两只口袋里，然后，由艾西挑去鲹龙波乃曼家去了。

鲹龙波乃曼见艾西挑着谷子来，高兴地说："艾西，辛苦了，赔我的谷种来啦！"艾西放下扁担答道："收成还不错。我们说到做到，借一斗还两斗。请拿你家的斗来量吧！"鲹龙波乃曼拿来斗，解开艾西的口袋一看，都是瘪谷和糠灰，气得暴跳起来，咧着嘴叫喊："好啊，狡猾的艾苏、艾西，当初我借给你家上等糯谷，今天你却拿瘪谷来还。这连鸡都不吃！"

艾西无可奈何地叹了一口气，说："这叫我怎么解释呢？鲹龙波乃曼。我们也感到实在惊奇：您借给的那斗谷种，一到我家就竟然说起话来，它们纷纷哭着说，你对它们太残忍了，用滚沸的开水煮它们，弄得它们皮开肉烂，又用不透气的酒甑子蒸它们，把它们身上的营养汁水榨得一干二净。俗话说，播什么种子结什么果。我们把它撒到田里，今天就长出这样的空心谷来了。我们怎能忘了你，一打下来，就赶快送来赔还给你了。请收下吧，两斗，一颗不少！"

艾西把两袋瘪谷倒进斗里，又从斗里倒在鲹龙波乃曼的楼板上，拿起扁担和口袋，走下楼来回家去了，弄得鲹龙波乃曼无可奈何。

人腰长牛里肉

泼水节来到了。这天一早，艾西就和寨子的几个人到河边杀牛。寨子里一个小头人也去了。牛杀好后，小头人把牛肉牛骨头分成几堆，有意把最好的一块里肉提起来，让大家看见，然后放进艾西的箩筐里，故意大声地说："艾西，你就挑这两箩回寨吧，长长的牛里肉也在里面了。"说完，把一些骨头堆在上面。

一切料理好了，大家都到河边洗脸洗手洗刀子，小头人却从艾西箩筐里把那条牛里肉抽出来，勒在他腰间，别进裤带里，而后若无其事地到河边洗手。

回到寨子，大家分肉的时候，发现最好的一块里肉不见了，都问杀牛的人。这时，小头人抢先说："大家都看见，我把它装进艾西的箩筐里的。艾西，你怎么挑着挑着，就只剩骨头了。真是大怪事！艾西，我看你是拿不出更多的钱买肉才这样做的。一条里肉算不得什么，只要你向大家赔个不是就行了。"

艾西从小头人在河边的举止和现在的言语中一眼就看出了问题。他微笑着说："头人说丢了里肉是个怪事，这有什么奇怪的呢？最奇怪的是，我们有个人腰里长出牛里肉来了！"一听这话，小头人做贼心虚，不由自主地摸了一下腰间。

这个动作逃不过艾西的眼睛，他心里更明白了。他拍腿哈哈笑起来："头人，你刚才说我没更多的钱买肉。你有钱，为什么不买一根裤带，而用牛里肉做裤带呢？看吧，这根肉裤带因为你身上太热，都滴水下来了！"小头人慌慌张张掀开衣角偷看一眼。

这时，人们也就发现了小头人"腰里长出来"的牛里肉啦！

挑盐和骑马

大佛爷为了在众人面前逞威风，一到街子天①，总要骑在马背上，让艾苏牵着去赶街。

一次，赶街②回来之前，他为了当众显示能指使艾苏，就买了五十斤盐巴，大声大气地喊道："艾苏，快把盐巴挑回缅寺去！"

艾苏一声不吭地挑起盐巴走在前面，大佛爷骑着马走在后边。这正是热季的中午，太阳又热又辣，山路高高低低，坎坷不平。马没有人牵，尽走一些坑坑洼洼的地方。大佛爷在马上左摇右晃，抱着马脖子还坐不稳。走了不到一半路程，他颠簸得腰酸背痛，一身是汗。他一看艾苏，挑着担子，轻悠悠的，走得十分轻松。再一听，似乎还听见艾苏打鼾的声音。他心想，艾苏挑着担子，好舒服呀，走着走着都睡着了。想着，他大声喊道："艾苏，你是喘气还是打鼾？"艾苏有意不回头，一直向前走去。大佛爷连喊三次，他依然不作声。大佛爷打马追上前去，破着嗓子大喊一声："嗨，艾苏，我叫了几声，你没听见吗？"

艾苏这才停下步，转过身来，把闭着的眼睛睁开，又打了一个呵欠，慢条斯理地说："啊，是您叫我？我睡着了。"

大佛爷一听，心想：果然睡着了。你倒怪舒服的。我要叫你尝尝骑马的苦味！于是他从马背上跳下来，对着艾苏呵斥道："好啊，艾苏，你倒好舒服啊！放下担子，我来挑盐，你骑马。"艾苏故意推辞说："还是您骑吧，我还没睡够哩！"

大佛爷火了，骂道："少废话。我叫你干什么你就干什么。辛苦的事就不想干啦？"

艾苏这才不慌不忙地放下担子，连声说："好，好！让给您，让给您！"

---

① 街子天：逢集。
② 赶街：赶集。

他跳上马背说："大佛爷，我先走了，您慢慢来吧！"说完，抽了一鞭马，一溜烟走了。

大佛爷挑起盐担子，摇摇晃晃地走了几步，就觉得扁担压得肩膀辣痛。他那肥胖的身子，穿着袈裟，迈步都困难。太阳热得像一团火，不一会儿，他就出了一身大汗，头昏眼花直想吐。他想叫艾苏转回来挑盐，可艾苏走得连影子都不见了。

鸡　换　鸭

艾苏、艾西家没有鸭子，他们想养几只母鸭下蛋，就由艾西捉了家里的一只大母鸡到街上去，准备卖了再买两只母鸭回来。

街子上，一个贩鸭人见艾西抱的母鸡有四五斤重，想占便宜骗过来。于是，他热情地问道："你想买鸭子吗？"艾西说："我想要母鸭下蛋，但要卖了它，才有钱买你的鸭子。"

贩鸭人说："你何必卖呢，一卖一买，滚水烫猪肠两头缩，你会吃亏的。同我的母鸭交换既不吃亏又省事，不更好吗？"他指着笼里的鸭子说："大的那只绿头鸭是母的，交换了吧？"艾西一瞧，这个笼里装三只鸭子，最大那只绿头鸭是公的，小一点的两只才是母的。贩鸭人用公鸭充母鸭骗他。

艾西忍住笑，把这只公鸭拿出来，用手掂了掂，幽默地自言自语道："啊，黄脚绿头的家伙，你的主人说你是母的，你一天下几个蛋呢？"贩鸭人认为艾西果真辨不出来，赶忙说："这只母鸭一天可以生两个蛋。"艾西问道："怎么个换法？"贩鸭人说："一只母鸡换一只母鸭，或者两只公鸭。你不是要母的吗？提去吧！"

艾西爽快地把母鸡给了贩鸭人，说："那好，就换那两只公的吧。我怕这只绿头鸭生下的蛋自己都吃了！"说完，把绿头公鸭放进笼里，提着两只小母鸭走了。

金 不 换

有一个做盐巴生意的波戛①，赶着两匹骡子到艾苏、艾西所在的寨子卖盐。

寨子里很缺盐，波戛的生意很好。有一位无依无靠的大妈，很久没有尝到盐味了。她很想买上点盐，但家中没有分文。只好从菜地里挖了一些红薯，洗得干干净净的，装在篮子里提去，想换一点盐巴。

大妈为难地低声对波戛说："召波戛②，我实在不好意思，家里没有盐，又没有钱买，拿点红薯来，随你换给一点盐巴！"波戛抬起头来，打量了咪涛一眼，傲慢地转过脸去，不理睬。

这时，艾苏正站在旁边等着买盐。他看不下去了，便挤上前去，为大妈说情："波戛，这位咪涛等了很久了，你就换点盐给她吧！"波戛横眼瞟了艾苏一眼，指着大妈的红薯，轻蔑地说："红薯猪都不吃，我要它干什么！没有钱，就不要吃盐。"

大妈难过地低着头走了。艾苏挤出人群追上去，对她说："您老人家别难过，我家正想买一点红薯。我这里有几个钱，您拿去买盐吧！"大妈十分感激艾苏，接过钱，把红薯给了他。然后她回去向波戛买了盐，高高兴兴地回家去了。

其实，艾苏家也早就没有盐下锅了。他给大妈的几个钱是想买盐卖了一只母鸡得来的。艾苏拿着红薯回家，把事情的经过讲给了艾西。兄弟俩把红薯煮熟，当作这一天的三顿饭。

人们争着买波戛的盐巴。波戛高价卖出，贱价买进茶叶，一口气买下了三百斤干茶。三百斤干茶体积很大。波戛累得满头大汗，好不容易才把茶箩捆在骡背上。他想很快赶到外地赚大钱，就午饭都顾不上吃，赶着两匹骡子

---

① 波戛：傣语，商人。

② 召波戛：傣语，对商人的尊称。

出发了。过了平坝，爬上山坡。羊肠小道又弯又狭窄。走着走着，前面那匹骡子一失足，茶驮子翻下来，滚到坡脚了。后面那匹骡子一惊，也歪倒了，茶驮子卡在树桩上。波戛急得哭爹叫妈，费了很大力气才拴住惊恐的骡子。但是，他一个人茶驮子抬不上坡来，滚也滚不动。他累得斜躺在树干上喘气，肚子也饿得咕咕叫。他想，这个时候，不会有人走山路，请不到人帮忙，又不能在森林过夜，走了，茶叶就丢了。怎么办？

山上不是没有人，有！就是艾西。这时，他就在这片森林砍柴呢。他向拴骡子的大树走来。正哭丧着脸的波戛立刻眉开眼笑，他只觉得这一下有救了。

艾西走到离波戛不远的地方坐下来。波戛半闭着眼睛叫道："小兄弟，帮帮忙，我给你很多钱！"

艾西看也不看地答道："我干活也累得一点力气都没有了，我是来这里休息吃饭的，你就给多少钱我也不干！"说着，从筒帕里掏出叶子包的酸菜，把它打开，又掏出几个红薯摆在石板上，津津有味地吃起来。

波戛早就肚子饿得难以忍受，听到艾西嚼酸菜和咬红薯的声音，口水早就淌到胸口上了。他想：有钱还能吃不着东西吗？就艰难地爬起来，歪歪倒倒地走到艾西面前，脸上堆起笑容，讨好地说："小伙子，你的红薯分一个给我吃吧！"

艾西抬起头，横了波戛一眼，不理不睬，把手里的一根红薯放进嘴里。波戛又说："我肚子实在太饿了，这红薯——"艾西打断他："这红薯，猪都不吃呢！"

波戛咽着唾沫，苦笑着说："我用钱买你这两根红薯！"说着拿出一把大洋。艾西看都不看，又拿起一根红薯咬着，讥讽地说："你把大洋吃下肚吧，它最顶饱了！"波戛又从口袋里掏出一根黄灿灿的金条，捧在手上，递到艾西的面前，低声下气地恳求："我用纯金条换你一根红薯，总可以吧！"

艾西把头一摆，说："你弄错了，这不是红薯。"波戛问道："不是红薯是什么？"

艾西大声说道："这叫金不换！"说着，拿起吃剩的红薯大步流星地走了。

长毛的刀

寨子里有一个惯于偷偷摸摸的人，偷了艾西邻居菜园里的五棵甜笋。他把甜笋背回家，用尖刀削了笋壳，煮吃了三棵，剩下两棵藏在隐蔽的角落里。到了夜深人静的时候，他又悄悄地把削下的笋壳倒在艾西的鸡圈上。

第二天，失主发现甜笋被人偷了，就向人们询问，被问的人都说不知道。而偷笋人虽然失主没有问他，他却主动走过来，装模作样地说："我听到一点风声，说你的甜笋被人偷了。你为什么不挨家挨户搜查呢？俗话说：偷鸡人藏不住鸡毛，偷谷人会留下糠秕。偷笋人再馋也不能把笋壳吞进肚子里去呀！"

失主听了，觉得搜查不合适。不能因为几棵甜笋伤了乡亲的感情。可是偷笋人却说："在篱笆外面走走，发现痕迹，再进家里看看，总可以嘛！这样不就弄清楚啦！"说着，拉着失主的手沿着巷道向前走。到了艾苏、艾西门前，他便有意放慢脚步，说他们的鸡长得好看……

这人不寻常的举动，艾西注意到了。却万万想不到那失主的笋壳竟然会在自己家的鸡圈上面！艾西惊异中又听见这人啧啧咂嘴："什么，甜笋在艾苏、艾西的鸡圈上面？这么说，事情清楚了！唉，真是知人知面不知心呀！"

人群的眼睛转向艾西。他们背着的黑锅似乎就是流沙河的水也冲洗不白了。艾西默默想到："我都不知道自己鸡圈上有这些笋壳，为什么这人就好像事先有所觉察？而发现笋壳他就断定事情清楚了！唔，倒是我心里明白了几分。"于是，艾西开朗地大声说："既然发现笋壳在我家，就请大家进来看看、搜搜吧！"他把那人让进家，除了笋壳，什么都没找到。于是，艾西对那人说："现在该到你家看看了。"那人神色惊慌起来："凭什么到我家去？"艾西说："进家本来是你提出来的。现在进了我家，也应该到你家去。扁担挑水要两头平嘛！"大家也说艾西讲得有理，这人没法子，只好和大家一起走进自己家里。

艾西走进屋里，不看别的，只看一样东西——刀。他把每把刀都仔细查看。突然，他举起一把尖刀自言自语起来："尖刀，好古怪的尖刀。你是铁家伙，怎么还会长毛?"人们走过来，仔细一看，发现了刀刃两面沾着笋叶毛，黑黑的，同甜笋壳上的一个样。

艾西笑着说："笋壳可以送给别人，而笋壳毛这小东西却只能留给自己。"一听这话，偷笋人的脸色顿时变白了。大家赞同地点头。有人认真地找了一下，终于在一个隐蔽的角落里发现了另外两棵甜笋。于是真相大白了。

艾西说："做贼人叫喊捉贼的声音，有时比敲铛锣还响!"

以上十二则岩温扁　吴军搜集整理

召玛贺的故事

（傣族）

◇⋯⋯⋯⋯⋯◇

　　召玛贺是傣族的一个著名机智人物。他聪明睿智，卓有谋略，曾在宫中当大臣，辅助国王治理国家，为老百姓做了许多好事。他在傣族人民心目中是智慧的化身。他的轶事、趣闻在云南傣族聚居地区广为人知。

◇⋯⋯⋯⋯⋯◇

借　眼　珠

　　年轻的召玛贺来到勐答戛苏学本领。他刚踏进勐答戛苏的土地，就看见迎面走来一个独眼布波。独眼布波问道："远方的客人，来我们勐干什么？"

　　"尊敬的主人，我是来贵勐学本领的。"召玛贺弯下腰彬彬有礼地回答。

　　独眼布波气势汹汹地说："去年你爸爸向我借了一颗眼珠，我就是在这儿等着你来还呢！你把眼珠带来没有？"

　　召玛贺心里明明白白地知道，这是独眼布波要害自己，于是就回答说："尊敬的主人，我爸爸借你的眼珠我带来了，放在筒帕里。只不过，我看你的上下眼皮都粘在一起了，无法把眼珠装进去，等我用匕首把你的眼眶修好后再装还给你吧！"说着便拔出刀子准备要挖独眼布波的眼眶。独眼布波一看，觉得自己斗不过召玛贺，便一边说："不要你还了，不要你还了！"一边急急忙忙溜走了。

朱光灿搜集整理

做　沙　绳

从前，在弥辟腊这个国家里，有个聪明人召玛贺。他很受老百姓的拥护，也受弥辟腊国王的器重。这件事引起了王府里四个大臣的不满。

有一天，四个大臣商量好要捉弄召玛贺。他们一起来到王宫里对国王说："尊敬的国王，您不是很喜欢召玛贺这个人吗？他聪明能干又有本事。您应当出道难题考考他，如果他能解答出来，那么可以把他选进宫里，直接为国王服务。"

国王一听这话，很感兴趣。他向四个大臣问道："你们说说看，出什么样的难题考他？"

四个大臣互相挤了挤眼，便把早已商量好的办法告诉了国王，那就是叫召玛贺用沙子做一根拴象的绳子，并限他一个星期做好。

国王想：拴象的绳子又粗又长又结实，沙子怎么能做绳子呢？四个大臣怕国王不同意，又赶忙说道："尊敬的国王，有本事的人任何事情都能成功，您该相信召玛贺……"国王终于点了点头。

第二天，四个大臣来到召玛贺家，告诉他："国王限你七天之内用沙子做一根拴象的绳子，七天后我们来取。如果做不到，就要砍你的头！"

召玛贺不慌不忙地说道："好吧，七天后你们来取吧。"

四个大臣回宫后，立刻派了一名心腹人到召玛贺家打探消息，看他究竟如何做沙绳子？谁知一连六天都过去了，打探消息的人回来说召玛贺没有任何动静，整天在家里睡大觉。四个大臣一听，不禁哈哈大笑："这下可难倒了召玛贺了！他做不出来的，解气、解气……"

第七天一清早，四个大臣大摇大摆地来到召玛贺家，开口就要召玛贺拿出沙子绳来。

召玛贺用手拍拍后脑勺："哎呀，真对不起，这几天很忙，我把这事给忘了。"

四个大臣一听，立刻吼起来："国王的命令不容违抗，今天既然是第七天了，交不出沙子绳就要砍你的头！"

召玛贺毫不在乎，慢腾腾地说道："别忙，别忙，我搓沙子绳子快得很，保证让你们今天取走。"召玛贺用手指指江边的沙滩："你们看，那里沙子很多，我马上就动手搓沙绳，只是请四位大人回王府把原来用的沙子绳拿来给我做个样子，我保证搓出的沙子绳和你们要的一模一样。"

四个大臣一听，全都傻了眼。你看我，我看你，谁也说不出一句话来。这沙绳到哪里去找呢？他们没办法，只好灰溜溜回到王府，把情况告诉了国王。

国王生气了，对四个大臣喝道："不可能做到的东西你们要别人做出来，明明是你们打坏主意害人，你们都不是好人！"四个大臣耷拉着脑袋，一言不发。

原先国王就想把召玛贺召进宫，这件事召玛贺又一次博得国王的赞许。于是，召玛贺被国王召进宫了。他辅助国王，把国家治理得越来越好。

刀保矩讲述　李晓坤　倪文瑞翻译整理

包头和木屐

岩吞是勐巴拉纳西有名的木匠师傅。国王要岩吞盖一座漂亮的宫殿，岩吞画好图样，计划好尺寸后，便要工人施工。

时间过去了三个月，工程进长很快，离立柱的时间只有七天了。岩吞仔细检查屋架的尺寸，发现柱子都比原来尺寸少了一尺五寸，岩吞十分焦急，心想：损失了国王的材料，轻者撵出勐，重者会杀头。岩吞回到家中，坐立不安，愁眉苦脸，整天饭不咽水不喝。岩吞的妻子看在眼里，急在心上，问丈夫："孩子他爹，你有什么心事？为什么整天愁眉不展！"

丈夫把事情告诉了妻子。妻子说："那不能想办法了吗?"

"我是出了名的沙拉,我没有办法,还有谁能想出办法?如果到了第七天还没有办法,我们老夫老妻要离别了……"

时间过了三天,全家沉默了三天。

这天,妻子突然惊喜地叫喊起来:"有了,有了,我去找召玛贺想想办法吧!"

岩吞的妻子找到了召玛贺,把岩吞遇到的困难告诉了他。

召玛贺说:"你回去后收拾打扮一下,把包头缠得高高的,再穿上木鞋,让他看看你,他就知道了。"

岩吞的妻子照着召玛贺说的做了。她在岩吞的面前来回走动,并把木鞋拖得"哒啦哒啦"地响。岩吞听见响声,抬头一看,见妻子打扮得美丽极了。

岩吞生气地说:"我急得要死,你还有闲心打扮,是有意要气死我吗?"

"哎,他爹,今天我穿的好看吗?"说完又"哒啦哒啦"地拖着木鞋走出走进。沙拉岩吞再仔细地从头到脚打量着妻子,妻子比平时长得又高又美丽。他看着看着,突然猛省过来,立即跑到工地,要石匠凿石墩,要木匠做矮人架。

立柱了,国王亲自参加立柱仪式,看到屋架高大雄伟,每棵柱子下面还垫了一个圆圆的石墩,高兴地说:"岩吞啊,你真不愧是一个出色的沙拉弄啊!"

哪一端是桥头

一天,四个年轻的小布冒骑着四匹骏马,要到很远的地方去串姑娘。他们来到一座桥旁,一位年过半百的老吾弄拦住了他们去路:"英俊的小伙子,打扮得这样漂亮,要到哪里去啊?"

四个年轻人赶紧下马拜了老人说道:"尊敬的老人家,我们四兄弟要到远方去寻找心上的姑娘。"

"聪明的人要过桥，先得回答：这座桥，哪一端是桥头，哪一端是桥尾。回答不出，就别想过我这座桥！"

四个年轻人沉默着，你看着我，我看着你，老半天谁也答不出来。年轻人细商量，决定去问召玛贺先生。于是他们扬鞭去找召玛贺去了。

"召玛贺先生，我们四兄弟要到远方去寻找心上的姑娘，途中遇一座桥，守桥老人要我们回答哪一端是桥头，哪一端是桥尾，如果回答不出，老人就不让我们过桥。请你告诉我们，哪一端是桥头？"

召玛贺听了说："年轻人遇事要多想一想，一座桥两端都一样，从这端过桥，这端就是桥头，从那端过来，那端就是桥头。"

四个年轻人谢了召玛贺，骑着飞一般的马来到桥头，回答了守桥老人，便愉快地过了桥。

丢个石头试水深

召玛贺从勐答戛苏回勐巴拉纳西的途中，有一条碧波荡漾的江水挡住了他的去路。召玛贺来到渡口，看见一群男女老少穿着节日的盛装要渡江。正在吵吵嚷嚷看什么，召玛贺走到人们的跟前，说："尊敬的父老兄弟姐妹们，我看见大家穿着这样美丽的衣裳，就像彩蝶朝花，我猜得出，一定是你们要过江去办喜事。"

"是啊！"大家异口同声地说。

"年轻人，你是从哪里来的客人？"一个上了年纪的艄公问道。

"受人尊重的老人家，我是从勐答戛苏学本领来的。"

这时，大家把喜悦的目光投到召玛贺身上，似乎看见一线有救的希望，一下子议论纷纷。

老艄公走到召玛贺跟前说："聪明的年轻人，我虽然不能和大家一起去喝喜酒。但是我要考一考这个新郎，要结成对，配成双的人儿，有没有本领。没有本领的人怎么能成家立业呢？"

新郎焦急地对召玛贺说："远方来的哥哥，这位多才多智的老人家，要考考我，不下水，要我试出水的深浅？说对了才渡我们过江，说得不对就不渡我们过江……"

召玛贺问新郎："幸福的新郎，你是怎样回答老人家的呢？"

"我说，只要用老人家的竹竿试一试就知道了！"

召玛贺和大家又看看老艄公。只见老艄公摇摇头，摆摆手。

大家又七嘴八舌地议论开了。

"怎样才知道啊！"

"没有别的办法了！"

新郎用恳求的目光看着召玛贺，说："远方的哥哥你说该怎样才知道啊？"

"是啊，请远方的哥哥说一说吧，该怎样才知道呢！"大家你一言我一语地说。

"尊敬的各位主人，我答得不对请老人家指教。"

召玛贺拣了两块有拳头大的石头，一块丢深水里，发出"咚咙"的响声，另一块丢进浅水里，发出"啪啦"的响声。召玛贺说："发出'咚咙'响声的是深水，发出'啪啦'响声的是浅水。另外还有一种办法，可以听听水的声音，响水不深，深水不响。"

老艄公满意地伸出大拇指，乐呵呵地拿起竹竿走上筏子。顿时，渡口发出了"水、水，水"的欢笑声。

以上三则朱光灿搜集整理

断　案

在一个昏暗的傍晚，一队诱人耳目的驮马，浩浩荡荡走进了去向勐巴纳西途中的一座城，并在城的一角停了下来，准备过夜。所有赶马人都忙碌起来，卸马驮的卸马驮，架锅的架锅，找柴的找柴，淘米的淘米……

这时，一位名声很大的沙铁①，正好从这里路过，看见了这队壮马，他心里顿时发痒，不禁喃喃自语："我有的是田地，有的是金银，就是没有像这样的走南串北的马队，哦，要是我能把这些马……"他一路耷拉着脑袋，在苦思着。

深更半夜，沙铁竟带着一伙亮刀晃矛的家仆，把赶马人团团围住，蛮横无理地指着赶马人，说："你们快跟我走，做我家的人……"赶马人听了这话，感到莫名其妙。领头的赶马哥叫宰西，他按捺着心中的愤怒，挺身质问沙铁。不管怎么说，霸道的沙铁一口咬定这队驮马是属于他所有的，比拦路抢劫的盗贼还无耻。最后，赶马哥宰西只好跟着沙铁去找城里的召勐评理。

召勐是一个昏庸无知、糊涂透顶的君主，他在断案的时候，不问宰西与沙铁争执的详情，也不问宰西是从哪里来要到哪里去，却先对沙铁发问："马帮是你的吗？""一点不错，尊敬的召勐！"沙铁喜形于色地向召勐合掌，说："昨夜，天神特意赐给我一个梦，说这队驮马的主人是我，而不是另一处土地上的什么人。"召勐不等宰西分辩和驳斥，就草草率率地作了判决，他癫声癫气地说："哦，马是天神赐给沙铁的，我们不能违背神的意志，不然要遭天斧劈死的，听我说，今天下午日挂竹梢时，赶马人要把马赶到我大门前，让我验证一下就叫召沙铁赶回家去。"

宰西回到赶马伙伴身边，一言不发，泪水涟涟，后来，当大家知道了事情的经过时，都异口同声地咒骂召勐，痛恨沙铁。正在这时，有本事的召玛贺来到了赶马人中间，他很同情赶马人的遭遇，决心帮助赶马人制服召勐和沙铁。他那星星一般闪烁着智慧的眼睛，给赶马人带来了希望。大家听了召玛贺提出的办法，个个变忧为喜，高兴得蹦跳起来。

召勐规定的时辰到了，宰西和伙伴们从容不迫地将驮马赶到了召勐府的大门前。沙铁带着家仆也老早就在那里等候着了。大铓响过一阵以后，召勐才慢腾腾地走出大门口。宰西和伙伴们立即按照召玛贺的话行事。忽然，一齐动手摇动起马颈上的铜铃，叮叮当当震耳响，惹得召勐连声大吼："住手！

---

① 沙铁：即富有的人。

住手!"两眼直盯着赶马人"你们是在讨媳妇还是在赶摆?怎么在这里瞎闹!""对!我们就是要讨媳妇啰,"宰西抖擞精神,一面说一面走到召勐面前,"尊敬的召勐,沙铁在昨夜晚梦见天神把我们的驮马赐给了他,你也就按天神的意志将驮马判给了他;可是,谁想到啊,福气也来到了穷苦人的身上,就在我们来拜见你之前,我也做了一个美妙的梦,梦见天神把召勐的公主赐给了我,让公主做我的媳妇,天神还嘱咐我好好继承你的王位和财产,请你不要违背天神的意志,尊敬的召勐,啊,不!尊敬的老岳父!"

召勐听了宰西的这番话,大惊失色,看样子是要大发雷霆了,但又找不到话说。最后,他只得暗自责备自己的糊涂,连忙命令沙铁和赶马人都一齐收回自家的梦。从今以后,不准谁再来找他断案了。

甘蔗和蜂蜜哪样好吃

在勐巴拉纳西的一个寨子里,住着一对年轻夫妇,男的叫约相,女的叫罗恩。他们的名字取的都很好听,约相就是最明亮的宝石的意思,罗恩就是最洁白的银子的意思。约相和罗恩相亲相爱,生活虽然贫苦,日子却过得很有乐趣。他俩除了劳动,还喜爱栽花、捉鱼和游泳。只要气候开始暖和一些,小两口每天从田地里劳动回来,都要到寨子边的河里洗浴,用净水洗刷一天的疲劳。不幸,就在一次洗浴的时候,像婻吞罕①一样美丽的罗恩,被一位路过的王公大臣瞄见了。这个一贯贪色的大臣,是从不放过一个入眼的女人的。

不过三天,大臣就带着一伙卫兵来到了约相和罗恩的家,要抢走美丽的罗恩做他的妻子。但是,这个寨子的男女老少比较相顾相依,他不敢明目张胆地抢走罗恩,只得挖空心思地刁难约相,以便找到娶走罗恩的借口。大臣当着全寨子的人的面,对约相说:"酿透了的蜂蜜和成熟了的甘蔗,哪样好吃?约相来回答!如果答的不对,就把罗恩输给我,如果你说对了……"说

---

① 婻吞罕:傣族长诗里的公主,这里指的是婻吞罕在龙湖边洗浴的情景。

到这里，他狡猾地收住了口。

约相不知道怎样回答。如果说蜂蜜好吃，又怕大臣说蜂蜜比甘蔗腻人；如果说甘蔗好吃吧，又怕大臣讲甘蔗没有蜂蜜甜。他急得六神无主，痛苦地跑进屋里对着妻子大哭起来。

这时，一个老人走到约相的身边说："哭有什么用？还不赶紧去找召玛贺请教！"约相像沉梦中猛醒，他立即擦干泪水，跳上马背，扬鞭奔去……

没有多久，约相箭一般地飞回来了，他那汗水洗过的双面，愁云已消散。大家心里暗自欢喜，断定他带来了召玛贺的智慧。果然，约相胆子壮壮地站在大臣的面前，放开洪亮的嗓音："大臣，请你洗耳恭听吧，我说甘蔗和蜂蜜都是一样的好吃，一样的润肺。"

"哈哈哈"大臣听后欢喜若狂，指着约相："甘蔗怎么会甜得过蜂蜜呢？你输了，你输了！哈哈哈……"

"大臣，假若你把甘蔗蘸着蜂蜜吃，那流进你肚肠的蜜泉，你能分得清哪一滴是甘蔗汁，哪一滴是蜂蜜汁吗？"

大臣被约相问得哑口无言，不得不认输了。

一瞬间，人群里发出了得意的欢呼声，为约相助威，也是为聪明的召玛贺致敬。贪婪的大臣虽然有权有势，但始终做贼心虚，对百姓的一举一动仍然有些害怕的。所以，也只好灰溜溜地回宫去了。

从此，约相和全寨的乡亲们都明白一个道理，今后要想不被恶人欺辱，就应该向召玛贺多学本事。

以上二则岩林搜集整理

干达来的故事

（傣族）

⋯⋯⋯⋯⋯⋯

干达来是一个文人型机智人物。他的故事流传于云南各傣族聚居地区。

⋯⋯⋯⋯⋯⋯

分 鹿 头

在傣族的一个村寨里，有两个勇敢的猎人，一个叫嘎西达，一个叫加苏，人们都叫他们盘满讷①。他们狩猎从来不用刀枪，只凭自己的机智和勇敢，用木棍打猎，而每次上山总是满载而归。

有一天，两个猎手约好一起上山打猎，当他俩走进一个山箐时，就发现前面有一只大金鹿，正向他俩走来。他俩互相使了个眼色，便悄悄躲进草丛里，当大金鹿走到跟前的那一瞬间，两个人一跃而起，同时下棒，把大金鹿打死在地。这个大收获，使他俩高兴得又跳又喊。立刻把鹿的全部骨肉平分了。可是分到鹿头时却把他们难住了。原来，按照风俗，头应当属于打死大金鹿的猎手，这是不能违反的古规。可这一只大金鹿是他们俩同时下棒打翻的，该分给谁呢？要平分么，一个鹿头又怎么好平分？祖先传下的规矩和诚实的道德风尚，使他俩都不能随便要下不属于自己的东西。经过商量，他们

---

① 盘满讷：好运的猎手。

决定一同去找干达来先生，请他帮助解决这个难题。

干达来问两个猎人："大金鹿是谁发现的？"

两个猎人回答说："我们一起发现的。"

"那么是谁先打的呢？"

"同时下手的。"

"谁多打一棒了？"

"谁也没有多打，谁也没有少打。"

干达来也知道，猎人是从不要不属于自己的那份猎物的，所以，要合理地解决这个问题，使他们双方都心服口服，还需要从中找出办法来。

干达来抽着烟，思考着……

没有多大一会儿，干达来便大声问两个猎人："你们的木棍带来了没有？"

"带来了，先生！"

"你们去把自己的木棍在秤上当众称一下。"

两个猎人照干达来的吩咐，当着乡亲们的面称了称。结果，嘎西达的木棍比加苏的木棍要重些。干达来当即宣布："谁的木棍重，鹿头就归谁！因为他比木棍轻者使出的力气更大。"

嘎西达和加苏两个猎人，敬佩地望着智慧的干达来先生，齐声感谢道："多谢先生，你替我们解决了难题。"说完，他们俩高高兴兴地走了。

谁的事最急

从前，在勐纳西有两个农夫，一个住在勐东，一个住在勐西。他俩每天都要经过一条小河上的独木桥，到自己居住的相反方向去劳动。

一天，他俩都在各自的田里劳动着，突然，有人来报信，说他们两个人的家里发生了意外的事，要他们赶快回家处理。不由分说，他俩同时放下了手中的活计，拼命地朝各自的家里飞跑。说来也巧，平日他俩从来没有在独木桥上会过面，偏偏在这个节骨眼上，两个人在独木桥上相逢了。这怎么办呢？各有各的急事，难以相让，都争着要先过桥。勐东农夫说："快点给我让路，我的事比你的急。"勐西农夫说："我的事是火烧眉毛，还是让我先过吧，我会报答你的好意的。"两个人争执不休，一急之下互相撞撞攘攘起来。结果，两个人都从桥上掉进了河里，把家里的急事都给耽误了。

两个农夫拉扯着上岸来，勐东农夫先开了口："好呀，你误了我的事，要赔给我一百两银子，补偿损失。"勐西农夫也不让步，他冲着勐东农夫大叫："是你夺走了我去处理急事的时间，该你赔偿我的损失！"俩人争得面红耳赤，都说自己有理。看热闹的人越来越多，有人怕他俩打起来，就建议他俩去找干达来解决。

干达来在办事的地方接见了两个农夫。干达来问勐东农夫："你家里发生了什么意外，使你这样急于要回家处理？"勐东农夫回答："干达来先生，今天上午我在田里劳动，突然得到父亲去世的噩耗，所以才急着回家。"

干达来又问勐西农夫："那么你又为什么这样急于回家呢？"勐西农夫哭丧着脸说："我是一个早早丧父失母的独身汉，今天在田里劳动的时候，突然听说家里失火了，我不能不急着去抢救财产啊！"

干达来仔细听了他们两个人的叙述后，说："看起来，你们两个人都是为了急事而回家去处理，可是，也不能半斤八两。以我之见，勐东农夫的父亲已经死了，快一步回家或晚一步回家都是可以的，最终是把丧事办好就行了。而勐西农夫却面临倾家荡产，如果他晚走一步，那就是眼巴巴地看着多少年的劳动积累付之一炬了。你们说，谁的事最急呢？"

勐东农夫自知理亏，低着头不再说话了。

选拔大臣

勐纳版召勐名叫叭达嘎西，因他年老多病，又无儿子，所以想从手下办事的一百零一名官员中提拔一个，来当他的助手。但选谁好呢？哪一个是老实而又忠诚于国家和百姓的官员呢？为了此事，他整天满面愁容，左思右想拿不定主意。后来，还是他那耳听四方的老婆告诉他，听说勐纳西有位主意高明的干达来先生，他能解决许多疑难问题。于是，召勐就照着老婆的话，派人到勐纳西请干达来商谈。

干达来受邀来到勐纳版，他听了听叭达嘎西的主张和要求后，略思考了一会，就对叭达嘎西说："召勐，您不必担心，我有主意了。"

"什么主意，你快快说出来。"

干达来不慌不忙地说："这件事，说好办也好办，说难办也确实难办。"说着，干达来叫召勐派人去找来一百零一个麻黑尕①和一百零一个麻棕布②，然后把他的想法悄悄告诉了叭达嘎西。

到了开门节③的那一天，召勐让西纳涛④通知各地的官员到勐府来开会。全勐一百零一名大小官员奉旨而来，前前后后聚集在府上。

会前，叭达嘎西遵照干达来的吩咐，请官员们先吃水果。

侍女们领命，将麻黑尕端上来，分给在座的官员每人一个。叭达嘎西自己却另外拿起一个麻棕布，同各位官员一起吃。叭达嘎西边吃边赞美，说："不错，不错，这水果又香又甜，确实好吃，你们大家说是不是？"众官员明知自己吃的水果是又苦又涩的麻黑尕，但为了讨好召勐，个个争先恐后地说："是啰，我们吃得也很舒服，同您吃的味道一个样。"唯有一个年轻官员把麻黑尕扔到一边去，随口道："呸！苦死了，我真吃不下。"叭达嘎西将他的话听进了耳里。

侍女们又端上麻棕布分给官员们吃，叭达嘎西自己却拿起一个麻黑尕啃起来。众官员吃着又香又甜的麻棕布，巴不得一口就把它吞下。突然，只听见召勐指着侍女大骂："这么苦涩的水果，为什么拿来给我们吃！谁干的好事？"随即命令士兵把这些仆人关进木牢。

正吃得津津有味的众官员，惊奇地望着大发雷霆的召勐，叭达嘎西皱着眉问大家："诸位官员，你们吃的水果是不是也一样苦涩？"众官员都怕得罪

---

① 麻黑尕：一种好看而苦涩的果子。
② 麻棕布：一种味美的果子。
③ 开门节：佛教节日。
④ 西纳涛：老大臣。

召勐，一个个把水果扔掉，连声说是。但那个年轻官员却不肯跟着大家丢掉手里的果子，硬是把它啃光了。然后，站起来对叭达嘎西说："尊敬的召勐，我要求退出这次集会。"叭达嘎西问："为何要退出？"这位官员毫不客气地回答："我与召勐想的不一样。"

这时，众官员都为这个胆大的年轻人捏了一把汗。

年轻人又严肃地说："你们把两种水果的味道搞颠倒了，本来是苦涩的偏要说成是甜美的，本来是甜美的偏要说成是苦涩的，假若替百姓办事，我看在座的大人们也会颠倒黑白的。所以我看不惯这种真假不分，美丑不辨的坏现象。"

叭达嘎西听后哈哈大笑起来，足足笑了好大一阵儿，他才指着年轻官员，对众官员说："你们在座的一百零一个官员，敢在我面前说真话的只有他一个人，现在我以召勐的名义向你们宣布，从今天起他就作为我的总管大臣，府内一切事情由他调理，大家都要服从他的安排。"

干达来的这个办法很顺利地见效了。叭达嘎西很佩服他的高明，就赏了他一千两银子。

以上三则刀国安　刀正明　岩林搜集整理

细维季的故事

（傣族）

细维季是一位身份独特的机智人物，以国王的身份出现在故事当中。他睿智幽默，富有正义感和同情心。有关他的故事在云南傣族聚居区流布，颇受民众喜爱。

宝珠不见了

从前，有两个商人很要好。一次，一个商人出门到远方去做生意，他有一颗宝珠，带在身边不安全，放在家里又不放心，就把宝珠缝在口袋里，寄放到他的商人朋友家，说："我要到外边去做生意，宝珠放在你家里，请你替我保管，等我做完生意回来拿。"他的朋友说："你放心去好了，在我家如同在你家一样。"辞别了朋友，他便上路出门去了。

朋友才走，在家的这个商人馋涎欲滴，很想把这颗宝珠夺到手，就不顾一切把口袋剪开，把真宝珠取出，换上一颗假宝珠装进口袋，请裁缝照样把口袋缝好。

转眼三个月过去，做生意的商人回来了，到朋友家取出口袋一看，袋子里的宝珠是假的，不是原来的那颗，就询问他的朋友："这颗宝珠不是我的那颗嘛，我的那颗到哪里去了？"他的朋友说："不是这颗是哪一颗？袋子又没有打开过，怎么会变的呢。"于是两人你一言我一语，互相争吵起来，只好告到国王那里。

国王叫细维季，是个很聪明的人。他问做生意的商人："你的宝珠怎么丢的?"他回答说："禀告国王，我的宝珠装在袋子里寄放在他家，宝珠不见了，换了个假的。可是他还不承认是他拿的。"偷宝珠的商人说："我真的没有拿，口袋又没打开，我怎么拿呢?"他的朋友当国王的面问："你不拿，宝珠会到哪里去了?"他又强辩说："也许是你的运气不好，珠子飞走了!"边说，一边眼睛滴溜溜地在偷看国王。国王早已看见了，他想：宝珠肯定不会飞，更不会被别人换了。根据双方的申诉，看看两人的脸色，宝珠十之八九是被在家的商人偷换了。但是，不便当面揭穿他，又需要调查一下，便说："把口袋留下，七天后听我公断。"

国王退堂后，叫人把口袋全部剪开，折叠起来，又叫个丫头去洗干净，故意对她说："要认认真真地洗，莫把口袋洗毛了。"丫头洗好后送给国王，国王嗔怒道："叫你好好地洗，你怎么不小心，把口袋洗毛了。你要把它缝得和原来的一样，不然我要惩罚你。"丫头只好拿着口袋去请人缝补。正好找到曾经补过这口袋的那个裁缝。裁缝一针一线，把口袋缝补起来，缝得和原来的一模一样。

国王一见口袋就问丫头："是哪个缝的?"丫头说："是请一个裁缝补的。"国王就把裁缝找来，问他："你缝这样口袋缝过几次了，手艺真高超呀?"裁缝老老实实回答说："一样的口袋我缝过两次了。"国王问："怎么缝法?"裁缝回答："第一次缺了个口，我照原样缝补好;第二次口袋全剪开，我又照旧把它缝成原样。"国王又问"你仔细看看，是不是同样的口袋。没看错吧?"裁缝说："禀国王，这口袋的颜色、布料、大小我都很熟悉，不会看错的。"国王让裁缝回去了。

第二天，国王把偷宝珠的商人传来，对他说："我知道宝珠是你偷走的，还叫人缝补过口袋。但为了不丢你的脸面，给你重新做人的机会，才没有说出来。你快把宝珠拿出来，让我还给你的朋友。"商人很感动，就把宝珠交给国王。

七天期满，国王把两个商人传来，对做生意的商人说："你看看这宝珠是不是你的?"商人接过宝珠一看,连连点头说:"是是是,没有错,是我的宝珠。"商人问国王,宝珠是怎么找回来的。国王说:"是我吹了一口气吹来的。"商人千谢万谢,一定要送国王一些金子,国王谢绝了。

等做生意的商人走后,偷宝珠的商人倒头跪在地下,号啕大哭,很羞愧地向国王保证:"国王啊!我的生身父母,要不是你给我脸面,我今生今世怎么做人呀!我错了,财宝迷了我的心窍,宝珠遮了我的双眼,从今后,我一定做你的好臣民呀!"国王说:"为人不能牟取不义之财,还是老老实实地做你的生意去吧!"

菜味能闻得走吗

有一个穷人,穷得没钱买盐吃。有一天,经过商人家的厨房,闻到炒菜的香味,禁不住停了下来。商人看见穷人站在那里,对他产生了怀疑,问他:"你站在这里干什么?"穷人说:"我经过这里,觉得炒菜的香味很好闻,就停了下来闻香味。"这商人接着说:"呵!难怪今天我家炒的菜吃起来没味道,原来是你把香味闻走了,你得赔我一百两金子。"穷人与商人争吵不休,你拉我扯,去请国王评理。

国王细维季问商人:"你为什么告他?"商人说:"他把我菜的香味都闻走了,我要他赔我一百两金子,他不赔。"穷人说:"闻闻,怎么会把你的菜味闻走呢?"国王听完两人的申诉,对商人说:"你的菜香被他闻走了,可是他穷,赔不起一百两金子,由我来替他赔吧。"并叫二人第二天来宫里。

第二天,国王命人抬来一百两金子,又找来一面镜子,把金子对着镜子挂起来。国王指着镜子里的金子,对商人说:"这是不是一百两金子?"商人回答说:"是的。"国王接着说:"好,你拿去吧!"镜子里的金子,看得见,拿不着。商人干瞪着眼,不知如何是好。这时,国王说:"你拿不到镜子里的金子,他也闻不走你的菜味,这都是一个道理嘛!你为什么要叫他赔钱呢?"说得商人哑口无言,羞愧退下。

珠子到哪里去了

春天到来，满园百花开得十分鲜艳。有一天，天气特别晴朗，细维季吃罢饭，心情格外愉快，便约妻子到花园里逛逛。妻子见清澈如镜的水，蹲到沟边去洗头发，把戴着的珠子取下，叫随行的丫头守着。谁知丫头困倦睡着了。这时树上有只老猴，往下一看，见到珠子闪闪发光，好奇地下来把珠子拿走了。丫头醒来不见珠子，吓得魂飞天外，叫喊起来："有强盗，珠子被偷了！"国王马上下令追捕。

这时，有个人正在花园外沟里捉鱼，听见喊声，也跟着去追。追捕强盗的士兵见他的模样，以为他就是贼，把他捉来见国王。那人怕受拷打，承认是自己拿的。国王问："珠子哪里去了？"穷人扯谎说，卖给商人了。国王又派人把商人抓来审问，商人莫名其妙。他吓慌了，回答国王说："我拿着了珠子，已经送给四大朝臣了。"国王又审四大朝臣，四大朝臣也怕得厉害，稀里糊涂地说："已经交给妃子去了。"国王想：一颗珠子怎么会牵连到这么多的人，怎么复杂呀。就把这件案子交给最小的臣子去办理，想试试他的才干。

小朝臣先把几个人关在一起，看看动静。结果，妃子骂四大朝臣："你们谁给过我珠子？"四大朝臣又骂商人，商人又抱怨穷人。穷人老老实实地说："你们都没有拿，我也没有拿，我是怕拷打才乱说的呀！"负责审案的小朝臣听见后想：既然不是他们拿的，难道是花园里什么鸟兽拿了不成。于是先把他们放了。

小朝臣叫士兵用鹿粪串成串，挂在树枝上。不久，猴子来到花园里，见成串的鹿粪，觉得好玩，就拿来挂在脖子上，抓头搔腮，活蹦乱跳，互相夸耀自己的那串好。唯独老猴不下树来。猴子们便吃吃笑闹，好像是嘲笑老猴没有珠子，不好意思下来。那老猴便把珠子拿出来给小猴看。躲着察看的士兵便去报告小朝臣。他立即把花园围住，捉住了老猴，拿回了珠子，交给国王。国王细维季见小朝臣能干，便升他为大朝臣。

以上三则云南大学中文系　民族民间文学调查队搜集　杨秉礼整理

光加桑的故事

（傈僳族）

光加桑，一作黄江桑或刮加三，是傈僳族民间故事中的著名机智人物，属劳动者型。其故事近百篇，反映的社会生活面较广，诙谐生动，富有戏剧性。这些故事主要流传于云南怒江傈僳族自治州各县及保山地区、德宏傣族景颇族自治州的部分地区。

祭　鬼

山寨里有一个富人，为人十分刻毒。

这一年，山林里蝉儿叫得欢了，富人忙着要播种。可是寨子里的人谁都不愿帮他家做活。富人很着急，就请来光加桑给他犁地。每天天还不亮，富人就催光加桑出工，挨黑才叫收工，一天两头黑，苦死苦活的，还只让光加桑尽吃些残羹剩饭，从来没有吃过一顿饱饭。

阿傈僳有句话：最狡猾的狐狸也骗不了机智的猎人。每天，光加桑只犁一小阵地，大半天工夫就躺在地边树荫下睡觉。这事被富人发觉了。他嘴里不说，却暗暗到地里监工，不让光加桑偷闲。

这天，光加桑扛着犁架，吆着牛，慢悠悠地来到地里。那富人一摇一摆地也来到地里。光加桑见了，心里骂道："哼！今日老子偏就不做活，倒要吃顿好饭哩!"光加桑骂着,正在想计策。这时候,只见两条大牯子牛头逗头地吃着草。光加桑见这情景,一下子计上心来。他连忙拿起牛杠去架牛,一条顺架着,另一条倒架着。然后,他套上犁架,挥鞭用力抽打牛。牛一惊就往前冲,因为两头牛不是顺架着,这头要冲过去,那头要冲过来,两头牛头斜叉着,把牛杠推过来,又推过去,就像顶架一样,一步也前进不了。这时,光加桑故意大喊大叫,不停地打着牛。富人见了心疼得要命,忙跑过去大声叫道:"你疯了吗?你咋个这样狠心的抽打我的牛?打死了你赔得起吗?"

"是我疯了,还是你的牛疯了?你睁着眼睛瞧不见么?这样子还能犁地!"光加桑指着牛生气地说。

愚蠢的富人,看不出光加桑搞的名堂,瞪着两只圆鼓鼓的眼睛,站在一边看两条大牯牛在"顶牛"。

一会儿,光加桑装出一副着急的样子,一本正经地对富人说:"哎哟!今日怕是撞着鬼了,看样子地是犁不成啦!你赶紧跑去路边祭鬼的那棵大树跟前求求看,是不是撞着鬼?"

"是啰,是啰!"富人无可奈何,只好连连答应着,急急忙忙地跑去求鬼去了。

光加桑见富人拐弯转了背,就抄近路快步跑到富人前面,躲藏在祭鬼的那棵大树背后。不一会,富人气喘吁吁地走来了。他双脚跪在大树根下,连连叩头求道:"鬼呀鬼!今天我的两条大牛头对头的顶架,地也犁不成,是为哪样呀?"光加桑在大树背后怪声怪气地说道:"阿嘟嘟,我左眼瞧,右眼看,瞧来看去,看去瞧来,是你撞着山鬼啰!"富人一听,吓得忙问道:"鬼呀鬼,我撞着山鬼咋个整呢?"富人说着,又一连叩了几个头。光加桑回答说:"你得赶忙抱一只大公鸡,拿些米来祭山鬼。祭了山鬼,明日天就犁得成地啰。嘿!要不然,莫说犁不成地,两条大牛和你都要遭殃呢!"光加桑有意提高嗓门说。

富人听罢吓得直发抖,满口答应说:"照做,照做,求鬼保佑!"

光加桑又抄近路,一溜烟跑回地里去了。

过了一会儿，富人才垂头丧气地走回到地里来。

光加桑见富人走来，故意问道："求来了？鬼咋个说的？"

富人听了"鬼"说的话，心里又害怕又忧愁，便把"鬼"说的话，一五一十告诉了光加桑。

光加桑装出非常惊讶的样子，说："阿嘟嘟，那得快些祭鬼啰，要不然，犁不成地倒是小事，两条大牛和你都着鬼害死才了不得呀！"

光加桑这一说，富人更是害怕极了！他浑身颤抖，跌跌撞撞地跑回家去了。

过了两三顿饭的时间，富人抱着一只大公鸡，背着米、锅来"祭鬼"了。

于是，光加桑一边暗自好笑，一边帮着富人在箐边杀鸡，煮饭"祭鬼"……

就这样，这一天，光加桑不做活，却美美地饱餐了一顿。

赶　　羊

对门寨子里，有个贪心、吝啬的富人。邻近寨子上的穷人，都被他刮削得一干二净了，可他仍不知足，见财如命，贪心得很。光加桑早听得这事，心里打定主意，要好好整他一下。

这天，光加桑坐在山路口一棵树下，正在想捉弄那贪心的富人的主意，一个牧羊人赶着一大群羊走过来。光加桑一见这情景，一下子自言自语地叫起来："有啦，有啦！"

牧羊人走近，见他这举动，很为奇怪，问道："啊嘟，光加桑，咋个啰？有哪样哟？"

"大哥，我想借你的羊群用一下。"

"借羊群？"牧羊人惊奇地问。

"我要去整治一下对门寨子的那个富人，为穷人出口气。"光加桑说。

"光加桑老弟，为穷人出气我赞成，只是这群羊是土官的，万一少了一只怎么办？"牧羊人为难地说。

"大哥，你放心，保险不会少你一只，难道你不相信我吗？"光加桑恳切地说。

"光加桑老弟，我相信你是个有智慧的人。"

"那好，大哥你就坐在大树下等我，一会儿就回来。"

说完，光加桑拿起牧羊人的鞭子，吹了一声响口哨，把羊群赶走了。他赶啊，赶啊，把羊群一直赶到对门寨子山上放牧着。也巧，寨上那贪心吝啬的富人正从光加桑放羊的山上走过，一见光加桑放的一大群欢蹦乱跳的羊，心里很惊奇，就走近光加桑问："这么一大群羊呀！你帮哪家放？"

"帮我自己放！"光加桑故意神气地说。

"帮你自己放？"贪心富人奇怪地问。

"莫话多，"光加桑装出不耐烦的样子，拖着声音说，"不给我放，还给谁放？"

富人听了，瞪大了眼睛问道："这么一大群羊！你是哪里赶来的？"

"这个，嗨！你莫问了。"光加桑有意半吞半吐地说，"反正嘛，我不是偷来的，也不是抢来的，是……"

"你说话不要像喝酒那份，喝一口，摆一下酒壶！"贪心的富人动心了，很想知道羊是从哪里赶来的。

"合啦，箭直射，话直说，"光加桑做出神秘的模样，小声小气地说，"你可莫跟外人讲，我这群羊是从龙王老爷家里赶来的。"

贪心的富人一听这话，更为惊奇，忙问道："是真的？你咋个赶来的？"

光加桑故意比画了一阵儿，不紧不慢地讲道："那天我给人家到江边背磨，一不小心踩滑了，连人带磨滚到江里，嗨！你不晓得，我一滚就滚到龙王家里。龙王家里正缺一盘磨，就换一群羊给了我，你瞧，就这大群羊啊！"

贪心的富人听了光加桑的这番话，贪欲的心像开了花似的，只是心里还有点不相信，问："哎，光加桑，这回不是扯谎哄人吧？"

"嘿！扯谎哄人？这大群羊你不是见着？"光加桑说着，做出生气的样子，不满地说，"你倒不信实，我还怕你信实了跟外人讲出去哩！"

光加桑这一说，富人信以为真了，急忙说道："那我家里有磨，你领我去一趟，我也去换一群羊。"

"唉！晓得莫跟你讲，一讲你就起黑心了。"光加桑装作后悔的样子，"你这富人也是，自家有羊群，还要打龙王老爷家的主意，真个是富人愈富，心也就愈黑啊！"

"莫说这份儿话了，走，走，挨我走一趟吧！"富人贪心更切了。

"往后天吧，今天我得放羊哩！"

"还等到哪天呀？这就走！"富人贪心切，急着要走。

"你这就走，那我指点给你路！"光加桑见贪心富人上了圈套，心一动，说，"那天我背去的是一扇公磨，今天你就背扇母磨吧！这样，龙王老爷家里就可搭配成一盘磨啦！他会大大地给你一群羊呢！"

于是，富人急急忙忙地跑回家里，背了一扇下磨，跟着光加桑来到了江边。光加桑在江边走过来走过去，找了一个很深的旋涡塘，指着"哗哗"直响的浪花，对富人说道："你瞧！你瞧！就在那点儿，你闭起眼睛，死死抓着磨盘绳子，纵身跳下去就到龙王家啦！"

贪心而愚蠢的富人，财迷心窍，照着光加桑的话，背着磨盘"扑通"一声跳进了江里，结果活活淹死啦！

光加桑替受苦人出了一口气，大摇大摆地回到半山腰，把羊群赶回，给了那牧羊人，并把摆弄富人的经过讲了一遍。

说完，光加桑掖着弩弓高高兴兴地走了。

报　　复

一次，光加桑去打整一家富户，可不巧，被富户家里的人发觉给抓住了，把他关在土牢里，准备好好儿的惩治他一下。

谁知，到夜深人静时候，光加桑扒洞翻了出来，又轻手轻脚地摸进另一间房子里。他想顺手弄走点东西，报复一下。可是这房里只摆着一篮子棉花和一罐蜂蜜，再没有什么可值得拿走的。他在房里转悠了一阵儿，心想：没有东西可拿走，那也得想个办法报复一下，不能这样不声不响地走了。他想着想着，眼睛又落到那篮子棉花和那罐蜂蜜上了。忽然，他眉头一皱，想出了个好办法，便端起那罐蜂蜜，往自己身上一倒，又把一篮子棉花贴在身上，这下子他变成一个白花花的怪人物。然后，他悄悄地溜进富户家祭神的房子里，爬在台子上，跷起二郎腿，装成一个神，一动不动地坐着。

天麻麻亮的时候，富户起来解手，路过祭神的房门口，发现房门大开着，就走进去看。这一看，啊哟！只见一个白花的怪人坐在台子上，吓得他魂不附体，三步两步的急忙倒退出来。他以为是显灵了，转身跑回住房里，把全家都轰起来，一齐跑来跪在光加桑脚下，一个个吓得胆战心惊，浑身直冒冷汗！一家人又是作揖，又是磕头。富户嘴里还不住地喃喃许愿道："神呀！我杀一只大公羊祭你。"光加桑听着，摇了摇头。富户又连忙说："神呀！我杀一头猪祭你。"光加桑又摆了摆头。富户急了，忙祈求道："神呀神！我杀条大牛祭你吧！"光加桑轻轻地点了点头，并伸出了大拇指头。富户见神允许了，就立刻拉来一条大牛，拴在木桩上杀了。他把牛头，牛大腿祭在光加桑脚下，又磕头作揖跪拜了一阵，这才低着头，弓着腰退走了。

这时候，光加桑把身上的棉花抖去，扛起一只牛大腿，大摇大摆地走了。

过了一会，富户到祭神房来送熟食来祭神，进房一看，那白花花的神不见了，他很奇怪，再仔细一看，牛腿不见了一只，满地是粘着蜂蜜的棉花，这时，富户已明白了几分。他正要走出门，他那胖老婆歪歪扭扭地跑了进来，气呼呼地告诉他说，一篮子棉花，一罐蜂蜜让人糟蹋了。富户一听这话，怒气冲天地跑到土牢房门前，打开门一看，啊呀！关在土牢里的光加桑不见了。他四处寻找了一阵，连光加桑的影子也没见着。富户这才恍然大悟。

顿时，富户家里乱成一窝马蜂，一个个手提棍棒去追光加桑，可是光加桑早已不知去向了。

"尽力气背"

一天，光加桑去大雪山一个小寨子，走到山坡上，碰见一个背柴的老人。这老人已是白发银须的了，可他背着一背好大的柴，压得他脚杆直打闪，在山坡小路上，十分艰难地一步一歇地走着。光加桑仔细一看，见老人脸上的汗水，就像七月的山雨，滴滴答答地往下落，便关心地问道："老阿爸，你这么大年岁，咋个背这样大的一背柴呀？山路丁拐难走，莫伤着骨架了。"

那背柴的老人，吃力地微微仰起头来，抹去了脸上的汗水，望着光加桑，叹了口气，低声说："唉，年轻人，你不晓得，不多多地背，我家老爷不饶人啊！"

老人说着，把柴歇在山坡坎上，气喘吁吁地又对光加桑说："我是帮人家的人，老爷家有条规矩，给他家做活背东西，要'尽力气背'，要不，他就不饶你的呵！"

光加桑听老人这一说，再一细问，才知道，原来这背柴的老人是土司家的帮工。光加桑对土司的这苛刻条件，十分气愤，也很同情这位老人，他想了想，亲切温和地对老人说："老阿爸，我帮你背回去吧！"

那老人眼泪汪汪地望着光加桑，感动得一句话都说不出来。

光加桑背着柴，走进了土司家。他把柴摔在地下，正想找土司出几句气话。正巧，土司一摇一摆地走过来，光加桑火气直冒，便责问道："大老爷，你为哪样规定替你背东西要'尽力气背'呢？"

土司一听，斜着眼，上下打量了一阵儿光加桑，显出一丝奸笑，说："喂，你是哪架山梁子上跑来的山麂？脚跟都还没有站稳就乱叫？你该晓得帮老爷背东西要尽力气背，到年尾老爷也让他尽力气背回家一背东西，这可是老爷家的阿公阿祖传下的老规矩。"

光加桑听了土司的这话，狠狠地瞪了土司一眼，转身凑近那老人的耳朵，低声小气地说了几句话，然后大步流星地走出土司家。

雪山上的山茶花开了，已是岁末时节。土司家正忙着准备过年的食物。这天，光加桑背着一支囤箩大的大尖底篮子，大摇大摆地走进土司家里。说来也碰巧，土司家正要让那背柴老人尽力气背一背食物回家，算作一年的工钱。光加桑一见老人，使了个眼色，他一句话也不说，转身就替老人用他的大尖底篮装食物。不大一会儿，光加桑替老人装了满尖尖的一大篮子食物。接着，他又抱了土司家准备过年喝的一罐水酒，一罐蜂蜜，还提了几大串肉，一齐搁在篮子上面。土司见了，气红了眼，大声吼叫："野牛！为哪样背走老爷家的这多吃食？"

这时，光加桑两眼凶凶地盯着土司，不慌不忙地说道："老爷，你莫出气，'尽力气背'这是你家阿公阿祖传下的规矩啦！这我光加桑是晓得的。"

土司一听这话，气得肚子滚圆，直眉瞪眼，可嘴里活像塞了一团泥巴，有话说不出来。他只好咬咬牙齿，干瞪着眼，看着光加桑替背柴老人背了一大尖篮吃的走了。

光加桑把东西背到那老人家里。老人非常感激光加桑。

惩治恶鬼

离光加桑住的山寨不远的一个大寨子里，有个很残暴的土官。他有钱有势，把这地方的穷苦的百姓剥削压迫苦了。这还不算，他荒淫成性，邻近百姓家的年轻漂亮姑娘，差不多都被他侮辱了。只要一提起他，大伙又是气又是恨，但又都奈何不了他。

专爱打抱不平的光加桑，为这事情愤愤不平，说："这恶鬼太可恨了，老子一定要好好整治整治他，为大家出得这口气。"

这天，照山民的习惯，又是官寨赶街日子。一大早，光加桑就把自己打扮成一个年轻的姑娘，背着一只篮子，故意绕道从那土官寨子路过。

原来，这土官每到官寨街子天，就拦路抢拉过路的姑娘。这天，他也照例蹲在路边，大瞪着两只贪馋的红眼，瞟来瞟去，盯着过路的女人。这时，他一眼瞅见走过去一个陌生的年轻"姑娘"，立刻口涎流得三尺长，便死死地盯着尾随过去了。

光加桑见土官跟踪过来，便加快脚步往前赶路，土官也就在后面紧追。来到官寨街子上，土官越盯越紧。光加桑发现土官已中计，心里暗自高兴，就有意在街子上走来走去地转悠着，贪婪的土官自然心神不定地一直跟踪在他的后面。因为土官时常趁街天抢拖姑娘，不少姑娘遭到侮辱，这样山寨姑娘都不敢来赶官寨街子了。土官串来走去，整个街子上，只看见这个唯一的"姑娘"，他就像饿豺狗突然看见一只小山羊一样的馋呢！

山寨的街子赶的早，散的也早。不大一会，赶街的人都三五成群地开始散去了。渐渐地人越来越少。土官盯了光加桑一天，这时候，他就死皮赖脸的要接近光加桑，可光加桑总是不让他靠近，但又总是逗引着他。这阵子街子上人少了，光加桑发现土官想要耍赖下手，他怕事情败露了，就趁土官不注意，一步溜进一个熟人家里。土官一转眼不见了他一直跟踪的"姑娘"，心里又急又气，慌慌张张地到处寻找着。他找了好半天，结果连"姑娘"的影子也没瞧见。他只好闷闷不乐地拖着两只沉重的歪脚，就像夹尾巴狗一样往回走。

这一下，光加桑从熟人家里走出来，倒反盯上土官啦！他看见土官懒洋洋地溜回去，也就在他背后悄悄地跟着。

土官东歪西倒地在前面走，光加桑不声不响地在后面跟。走到离土官寨子不远的地方，光加桑突然快步追上土官，让土官看见他。接着，他又紧一步慢一步的，躲躲闪闪，做出害怕、不好意思的举动。

土官突然又看见他跟踪了一天的年轻"姑娘"，真是喜出望外，忙站在路当心，拦住"姑娘"去路，咧开鸭皮嘴，嬉皮笑脸地说："哎喂！姑娘，天都黑啰，莫回去喽，今晚就在我家歇一夜吧！"

光加桑一听这话，心里乐开了花。他从早到黑，跟土官周旋了一天，就是要达到这个目的。可他假意做出羞怯的模样，低下头去不说话。

土官见这般情景，只以为"姑娘"依顺他了，兽性一下子冲动起来，动脚动手地把光加桑拉进他家的一间房里去了。

晚上，土官瞒着他那胖女人，偷偷摸摸地溜进光加桑住的房里。他衣服剥得光光的，一头扑到床上。他心想，年轻"姑娘"在床上呢！谁知，光加桑把事先准备的一葫芦马蜂放在床铺上，然后盖上了被盖。土官扑到床上，一掀开被盖，马蜂"嗡嗡嗡"地叫着乱飞，一齐飞扑在土官光身子上，又是蜇，又是叮。顿时，土官痛得"哎唷哎唷"的鬼喊鬼叫，一骨碌从床铺上栽倒在地下。

这时，光加桑站在房角落里，极力忍住笑。他故意问土官一句："咋个啦？"

土官痛得忍耐不住，直嘶哑地喊叫："赶快打我身上的马蜂！赶快打我身上的马蜂！"

土官的话还没落地，光加桑顺手从篮子里取出早准备好的一节木棒，一边劈头盖脸的乱打土官，一边大声大气的叫喊："快来打马蜂！快来打马蜂！……"

土官的胖老婆和帮工，忽然听到这喊叫声，都以为有贼来偷东西，打着松明火把，提着柴棍，急急忙忙地赶来打贼。在明晃晃的松明火光下，只见一个年轻"姑娘"，手举棍棒在抽打一丝不挂的土官。再仔细一看，土官已被打得皮开肉绽，鼻青脸肿，躺在地上直哼哼。

土官胖老婆见此情景，知道土官又瞒着她拉年轻姑娘来睡觉。一下子，她火上加油，怒气直冲天，举起手中的烧火棍，大骂着冲上去，也狠狠地打了几棍棒在土官那死狗一样的光身子上。

光加桑却趁机高高兴兴地走了。

捡 金 银

光加桑聪明机智，大胆有为，专一替穷苦人伸张公道。因此穷苦人民都很喜欢他，称道他，而那些富人、土官都恨他恨的不得。可光加桑主意牛毛一样的多，胆子有山岩一样的大，本事有碧罗雪山一样的高，那野牛一样凶狠的土官，也只得干瞪眼，拿他没办法。

一天，光加桑在一个很深的蝙蝠洞边挑蜂蜜，正巧被寨子里那个恶土官看见了。土官眼珠子转了两转，一下子起了一条毒计，想趁机把光加桑除掉。于是，土官立刻喊了两个心腹，急急忙忙地来到光加桑挑蜂蜜的地方。他们悄悄地绕到光加桑背后，趁光加桑不提防，突然朝光加桑背后猛推一把，光加桑身子一晃，一脚踩空，掉进望不到底的蝙蝠洞里去了。

土官一看脸上便显出一丝奸笑，他以为除掉了心头之患，便十分得意地回寨子去了。

再说光加桑，掉下蝙蝠洞还没落到底就抓住了一蓬藤子，然后顺着藤子爬出了洞。他在洞口歇了一阵子，吸了一锅草烟，想出了个报复土官的主意。他没回寨去，却到别寨转悠去了。

过了几天，光加桑回到寨子。他挎着一筒帕从一家富人家里打整来的金子银子，大摇大摆地走进土官家。一见土官，就装作非常感激的样子，对土官说："官老爷，实在得谢谢你啰！……"光加桑说着，作了个揖，然后绘声绘色地说："猎人小的时候曾听老人讲，蝙蝠洞里金银珠宝样样有，只是不曾有人亲眼见过。咳！这回子，我可是亲眼见着啦！那天，官老爷推我掉进蝙蝠洞，落到洞底一看，啊嘟嘟，真是个满洞满地都是金银珠宝哩！你看，我这不是捡来一筒帕金子银子？只可惜我只挎着个筒帕，装处没有，只拿这点点来。"光加桑说着，故意抖抖筒帕，让土官看见。

土官一见光加桑，起初是大吃一惊，他以为光加桑掉进那无底的蝙蝠洞，再也出不来了，不想光加桑又神抖抖地站在他面前。更使他惊奇的是，他也曾听老辈子讲，那蝙蝠洞里有金银财宝，但传说归传说，谁也没亲眼见过，也从没有人敢下那无底深洞。眼下，光加桑真的捡回金银来，一下子，财迷心动了。就瞪大眼睛问光加桑："啊喂！这可是真的吗？不是又哄骗人吧！"

"官老爷，不是你使人把我推进蝙蝠洞的吗？难道你哄你自己？"

"这……这……我是生怕你又在哄我……"土官结结巴巴地说。

"莫说这份憨话。"光加桑做了个神秘的动作，一只手半遮着嘴巴，凑近土官的耳朵，小声小气地说："你千万莫挨外人讲，因为是你推我掉进蝙蝠洞的，我发了大财，心里头也就着实的感恩你，才暗暗挨你漏点风。你要是走漏了风声，人家都抢着去捡，往后我就捡不着金银啰！"

贪财的土官，听了光加桑这番话以后，完全信以为真啦！他立即抓起一只大麻袋，要光加桑领着他去蝙蝠洞捡金银，说："光加桑，你就跟我走一趟，我也去捡一点金银回来。"

光加桑听了，心想：好啊！该是老子出气的时候了。但他先有意推说了几句，然后拿着一条粗粗长绳子，把土官领到蝙蝠洞口。又故意做出急于下洞去捡金银的样子，对土官说："官老爷，你在洞口拉着索子，我抓着索子吊下洞去捡点，我捡够了上来后，你再下去捡吧！"

土官生怕光加桑先下去捡完了，忙说："你捡过一回啦，这回先让我下去捡。"

说着，把绳子的一头交给光加桑拉着，一头拴在他的腰杆上，双手抓住绳子，就往蝙蝠洞爬下去。

光加桑站在洞口边，拉着绳子头，心里狠狠地骂了一句，放走了恶狼还会伤人，让你去见岩鬼吧！他见土官吊下去很深一节，便朝洞里大声喊道："喂！官老爷，莫把金银珠宝捡光啰！要不，我可没捡的啰！"

说着，他把手里的绳子头一放……土官再没有爬出洞来。

智娶富人姑娘

从前，有一个富人，他有两个姑娘，都长得聪明、漂亮。但两个姑娘有个很古怪的脾气，就是从来不跟任何生人说话。富人因此得意地说："谁家的小伙子能让我的姑娘跟他说上三句话，我就把姑娘嫁给他！"

自从传出这话以后，富人家的门前，就像蚂蚁窝口的蚂蚁一样，拥挤着来自各山各寨的青年人。有的吹着动听的笛子，有的弹着悠扬的琵琶，有的唱着悦耳的调子，有的跳着欢乐的舞蹈，有的讲着动人的故事……他们都想博得两个姑娘的欢心，逗引她们说话。可是逗来逗去，没有一个小伙子能逗得两个姑娘说上半句话。

这件事传来传去，也传到光加桑的耳朵里。他不以为然地说："逗姑娘说三句话有什么难的？等我去试试看！"说罢，他不慌不忙地拉起一头猪，大摇大摆地朝那富人家走去。

他来到富人家门口，把猪按翻在台阶上，然后，拣起一块长条的石头，朝着富人的两个姑娘，一边"啊哩哩，啊哩哩"地哼着，一边用石头戳着猪脖子。他杀了好半天，因为石头不快，杀不出血来，猪却不停地发出刺耳的惨叫声。

这时候，富人的一个姑娘看着实在好笑，禁不住对光加桑说道："哎哟！有像你这样用石头杀猪的格？"她走进家去拿来一把刀子递给了光加桑。光加桑头也不抬地接过刀子，一手用刀子戳猪脖子，一手拿起把筛子接猪血。

那姑娘看着，又急忙惊叫起来："阿喂！筛子接血还有不漏的？"说着，忙跑进家去拿来一个木盆递给光加桑接猪血。

光加桑把猪杀完了。接着，他又抱来一大捆干叶子、干柴放在富人家房子旁边，掏出火镰来，"吧嗒吧嗒"地打火准备烧猪毛。富人姑娘看着，又惊叫起来："啊！你在这里烧猪毛，还不把我家的房子烧着了？"

听那姑娘这一说，光加桑大步流星"登登"地走进富人家里去了。一跨进门槛，他就大声对富人说："大富人，你家有个姑娘跟我说了三次话，我倒是半句也没跟她讲。按你的规矩，你这个姑娘该嫁给我啦！"

富人听了这话，大吃一惊，他不相信光加桑说的话，便把两个姑娘叫到跟前，一问，那个对光加桑说过话的姑娘照直说了。

富人一听，气白了脸，有口说不出半句话来。

光加桑就这样娶了富人的姑娘。

找 金 子

山寨里有两个懒汉，整天东游西串，不劳动，光是坐享其成。

俗话说，懒人尽想懒主意。这两个懒汉馋嘴，又不想劳动，想去想来，想出了个主意，便来找光加桑。一见光加桑，两个懒汉忙说道："阿啰！光加桑，人家说你弄了富人的好些金子，我俩吃没吃的，穿没穿的，可怜巴巴的啰！老辇子说下的话：有烟一同吸，有酒大伙喝嘛，你分上点金子给我们吧！"

光加桑听了这话，想了想，便笑着说道："是啰！是啰！只是眼下手头没得金子喽，过些天，我弄到手后再分给你们好啰！"

两个懒汉听了，高高兴兴地走了。

过了几天，两个懒汉又来找光加桑要金子。光加桑两手一摊，很认真地说："唉，金子弄是弄着一些了，可我不小心，装在筒帕①里没装好，丢失在山箐边啦！我正要去找哩！走，走，走！你们跟我去找，要是你们两个找着了，算你们运气好，金子全归你们两个；要是我找着了，算我有福气，就对半分，亏不了你们嘛。"

两个懒汉听光加桑这一说，瞪大眼睛，大声地问："真的吗？光加桑！"

"是真的啰！走吧！"光加桑做了个肯定的手势，"得赶紧去找，迟了别人拾走啦！"

两个懒汉立刻高兴起来，便跟着光加桑来到山箐边。光加桑领着他们在密密麻麻的丛林里转悠了好大一阵子，然后说道："朋友，有树蓬遮着，实在不好找呀！我看这样吧，我们三个把树棵砍倒找好啰！"

光加桑一说，两个懒汉也觉得这是个办法，便同意了。

于是，光加桑就领着他们砍了几天，把一大片树都砍倒了，连草也割光了。可是，找去找来，找不着金子。

这时，光加桑又说道："准是砍倒的树叶遮盖住了，过些日子，枝叶硒干了，放把火烧了树枝，金子就会露出来啦！"

过了些日子，蝉儿歌唱了，人们烧地播种了。光加桑约着两个懒汉，来到山箐边，放火把砍倒的树枝烧了。可是，金子仍然没找到。

光加桑又对两个懒汉说道："朋友喂，既然烧好了地，金子找不着，那不如播撒些旱谷种。"

两个懒汉听了，觉得有道理，也就同意了。这样，他们在烧好的一大片坡地上播撒了旱谷。不久，旱谷长得绿茵茵的了。光加桑领着两个懒汉又是

---

① 筒帕：挎包，俗称朝香袋。

锄地，又是拔草，一次又一次，旱谷长得齐刷刷的，很逗人爱。

收获时季到了。光加桑约着两个懒汉来到旱谷地里，一边割，一边收打。打下的谷粒金灿灿，亮闪闪的，装了一箩又一箩。

这时候，光加桑指着一箩箩金黄的谷子，猛然惊讶地大叫起来："哎哟哟，我的两个朋友，我丢失在箩边的金子今日找着啰！"

两个懒汉听罢，伸伸舌头，你看看我，我看看你，他们这才恍然大悟，光加桑说的丢失在山箩边的金子，原来是劳动果实——金黄黄的旱谷呀！

自这以后，两个懒汉改掉了懒惰习气，转变成脚勤手快的人了。

于是，人们到处传着，光加桑不但会整治富人、土官，还会整治那些爱吃不爱做的懒汉呢！

他说的是实话

光加桑有一条驯顺了的大黑狗。这狗非常听主人的话，主人叫它做什么，它就做什么。光加桑不论上山打猎，还是下地做活，总是把大黑狗带上，既做他的伙伴，又做他的助手。

这天，光加桑在大路边犁地，叫大黑狗牵牛。犁了一阵地，光加桑觉得又累又饿，正想歇歇气吃午饭，只见远处黑麻麻的走来一伙人。光加桑仔细一看，原来是那伙经常随意抬高市价，盘剥山寨人民的投机商人。光加桑痛恨这些商人，老早就想打整他们一台，可是找不到好机会。现刻，他灵机一动，决计打整他们一下。

光加桑主意打定，把牛喝住站着，插好犁，拿起一竹盒饭，叫上大黑狗，来到路当心坐下，叫大黑狗也像人一样盘腿坐在他的对面，然后扒一半饭给它吃着。

不一会，那伙商人走近了。一见光加桑和一条大黑狗坐在一起亲亲热热地吃饭，就嗤笑起来。

"唉，真是小人之见！"光加桑骂了一句，然后故意做出十分神奇的样子，"你们哪知道，我这只大黑狗不同一般的狗呢？""怎么个不同法？"商人们睁大眼睛问。

光加桑慢悠悠地说道："我这只大黑狗呀，叫它做啥它就会做啥，最通人性啦！"

商人们一听，以为光加桑又在说谎骗他们，问道："这话可当真？不是又哄人吧？"

"哄人？我光加桑在什么地方哪个时候哄骗过人呀？"光加桑故意提高嗓门大声问。

"得啦！得啦！谁不知道你时常骗人上当啊？"

"怎么？不信？那就打赌试试看。"光加桑挑衅地说。

商人们以为光加桑哄骗他们，便连想也没想就一口同意了，说："可以，可以。"

"赌什么？"光加桑又逼上一句。

"随你。"商人们说。光加桑眼珠一转，说道："我赌输了，你们吆走我的这一架牛；你们赌输了，得给我三十两银子。怎么样？"

那伙商人一听输一架牛给他们，一下子眼红了，连忙点头说："可以，可以！"

"好啰，一言为定！"

"一言为定。"商人们喜形于色地说。

于是，光加桑一步纵起身来，问道："你们要叫我的大黑狗做啥，由你们说，我叫它做给你们看。"

这时，商人们倒惊慌了，想了半天，才说道："叫你的大黑狗也跟人一样站起来吧！"光加桑对着大黑狗比了个手势，大黑狗果然像人一样地站了起来。商人们看了，更是惊慌了，忙对光加桑说："叫你的狗在地下打上三个滚。"光加桑又朝大黑狗比了比手势，大黑狗立刻在地下不多不少地打了三个滚。光加桑很得意地问道："怎么样？"商人们眼看三十两银子就要白拉拉地输了，个个愁眉苦脸，过了好半天，才又想出个主意，叫光加桑犁地时，让大黑狗帮他牵牛。光加桑头也不回地喊起大黑狗，走到地里犁起地来。光加桑在后面扶犁，大黑狗在前面牵牛。商人们一看，顿时，一个个红脸气成了白脸啦！

光加桑犁了几转地，然后让牛停住，走到商人们眼前，说道："说话算话，三十两银子，一钱也不能少了！"

商人们因为有言在先，无话可说，只得一个凑上一点，凑得三十两银子，给了光加桑。光加桑拿上银子，大摇大摆地走了。

商人们一个望着一个，气冲冲地说道："只听人们讲，光加桑尽说谎话，鬼晓得，他说的是实话。"

整　龙　王

有个贪心、吝啬的富人，上了光加桑的当，背了个磨，跳进江里淹死了。他的阴魂跑到了龙宫，向龙王告了光加桑的状，龙王就派了一块磨来传光加桑，临走时龙王嘱咐磨说："光加桑是一个聪明绝顶、计谋多端的人，要特别小心，莫上了他的当。"

磨一边点头，一边收拾行装，匆匆地出发了。它一路走，一路打听，终于找到了光加桑。它脸孔一板，说："走吧，光加桑，龙王老爷叫我来喊你，你有什么话到龙王爷跟前讲吧！"光加桑不在乎地说："好哩！只是我现在刚下山来，手脚冻僵了，烧堆火烤烤，烤热乎了好赶路。"说着，光加桑抱来一大抱干柴，烧着了火。然后一把把磨推来烤火，磨被烤得"啊喷喷，啊喷喷"地直叫。它耐不住烤了，边叫边拼命地打滚，跑回龙宫诉苦去了。

后来，龙王派了牛来传话，光加桑便准备了两大箩炒过的黄豆。两条大牛一见光加桑就愤愤地说："走吧，龙王叫我们来传话，叫你去一下。不然，就怪不得我们不客气啰！"

光加桑装出一副笑脸，说："不见吗？我还没吃饭哩！你们也还没有吃饭吧？我请你们俩吃一顿饱饭，吃饱了肚子，赶起路来才有气哩！"

两头牛一听，忙说："是的，我们还没有吃。"

于是，光加桑就抬出事先准备好的两大箩黄豆给两头牛吃，因为黄豆是炒过的，吃起来怪香喷的，两头牛就拼命地吃，一下子把两大箩黄豆吃的光光的。光加桑又背来两筒水给牛喝。吃了炒黄豆，口渴得很，一口气又把两筒水喝了个精光。这下子，两头牛的肚子胀得圆鼓鼓的，难受极了。它们才恍然大悟，知道上当了。两头牛怕再上当，不敢久留，便悄悄地溜走了。

回到龙宫，龙王不见光加桑来，问道："光加桑呢？"龙王这一问，两头牛动一动，就放出一个响屁，动一动，又放出一个响屁，光放屁，说不出话来。龙王见这情景，怒火直冒，知道又上了光加桑的当。

这一次，龙王派两个得力的水鬼来传话。又让光加桑料到了，他立刻弄下一竹筒蜂蜜放着。两个水鬼找上门来，光加桑故意把门闩紧，让两个水鬼直挺挺地站在门外。两个水鬼气呼呼地喊道："光加桑！光加桑！跟我们走。"

"稍等一下，我知道你们要来，正收拾行装哩！"光加桑在房里回答，又像自言自语地说，"这一走，可得要月把半月，我这里还有一筒蜂蜜，吃了就走。"

两个水鬼一听，从门缝里看进去，只见光加桑捧着一竹筒蜂蜜，正伸长舌头往竹筒里舔呢！两个水鬼看了馋的口涎直淌，就向光加桑要蜂蜜吃。

光加桑装出和和气气的样子，说："你们要吃就把舌头从门缝里伸进来，我把蜜筒逗来给你们吃。"说着，光加桑把蜜筒逗朝门缝，两个水鬼一下子把舌头伸进来了。这时，光加桑一刀把两个水鬼的舌头砍下了一节。两个水鬼咿咿呀呀地惨叫着，一溜儿烟逃走了。

两个水鬼逃回龙宫，龙王见了问："光加桑拿来了没有？"两个水鬼没有了舌头，一句话也说不出来。

龙王知道又上了当，气得火冒三丈。无可奈何，他骑着龙马亲自来拿光加桑。一见光加桑就怒气冲冲地说："光加桑！我派来的磨、牛、水鬼都着你骗了，今日我亲自来，你有什么说的？快乖乖地跟我走一趟。"

"龙王爷，我是要早去的，只是前些天丢不开手。"光加桑翻动了几下眼珠，"瞧，行装都收拾好了，怕误了时间，还准备骑我这只宝绵羊去哩！"他指着拴在木桩上的绵羊说。

龙王一听"宝绵羊"，心里动了一下，忙问道："你的'宝绵羊'走得过我的龙马么？"

光加桑不回答龙王的问话，却反问道："龙王爷，你的龙马一步能跨几架山？"

"一步能跨三架山。"龙王神气地回答。

"哟！那你追不上我呀。"光加桑故意提高嗓子说。

龙王听了这话，问："你的'宝绵羊'一步又能跨几架山？"

"不多也不少，一步能跨九架山！"光加桑得意地说。

听光加桑这一说，龙王半信半疑地问："真的？"心里在想：万一"宝绵羊"一步真的能跨九架山，光加桑朝前逃走了怎么办？想来想去，想出了一个主意，就笑呵呵地对光加桑说："喂，我两个换骑一段路，我骑你的'宝绵羊'，你骑我的龙马，你上前了等我，我上前了等你。"

光加桑装作不同意。但是，龙王纠来缠去，非换骑不可，光加桑做出一副勉强的样子，慢吞吞地说："可以是可以的，只是我这只'宝绵羊'很认主，要换骑，我两个连衣服行装都得换一换，要不，我的'宝绵羊'恐怕不依你生人骑呀！""可以，可以。"龙王欣然同意了。他急急忙忙地脱下了龙袍，取下行装，跟光加桑换了。光加桑换上了龙袍，一步跨上龙马，头也不回地走了。

光加桑来到龙宫，宫殿里的龙子龙孙，都以为龙王回来了，个个出来迎接，把光加桑迎进了龙宫。光加桑吩咐说："光加桑骑着一只大绵羊，走得慢，晚上才会到。这家伙实在难对付，他要是闯进来，会闹翻天的。他一进门，不管三七二十一，要狠狠地打，把他打死。"

晚上，一个穿着一身破烂衣服，牵着一只大绵羊的人跌跌撞撞地朝龙宫里走来。门卫一见，大叫："光加桑来啦！"龙子龙孙、水鬼、牛一听这喊叫声，一齐拥了出来，抓住龙王就劈头劈脑地乱打。

龙王被打得怪喊怪叫："哎哟！别打，别打！我……我是龙王！"这时，两头大牛愤愤地说："你这个光加桑，还想骗人，上回我们上了你的当，这回再也不上你的当了。打呀！打呀！"说着，冲上去把龙王活活地顶死了。

以上十则祝发清　左玉堂搜集整理

岩江片的故事

（佤族）

岩江片是一个劳动者型机智人物。他不但喜欢捉弄、惩治大官、财主、佛爷，而且能够降伏、鞭挞鬼卒、阎王。他的故事流传于云南沧源、耿马等县佤族聚居地区。

打 苍 蝇

一天，岩江片到佛爷家里去，遇到佛爷有事要出去，就叫岩江片给他看着家，守着肉。

佛爷出去后，岩江片把肉全吃掉了，然后捉了许多苍蝇放进肉罐里。

佛爷回来后，焦急地询问："肉还在不在？"

"全被苍蝇吃掉了。"岩江片回答说。

佛爷不信，连忙打开肉罐察看，果然肉没有了，飞出很多苍蝇来。他气极了，就叫岩江片帮着打苍蝇："这苍蝇太可恨了，快给我用棒棒狠狠地打，歇在哪点打哪点！"

岩江片真的打起苍蝇来了。他东一棒子西一棒子，几下子就把佛爷家打得稀烂。有个苍蝇歇在佛爷头上，他又一棒打去，把佛爷打昏了。

撵　马　鹿

有一次，岩江片去问财主丈人借谷子。丈人把秕谷借给他，他记在心里没说。

又有一次，他去丈人那里，正碰上吃饭。丈人见他来了，急忙把吃着的腊肉藏起来，换豆腐吃。岩江片看见了，也没有说。

有一天，岩江片约丈人去撵马鹿，并约好："我在后面撵，你在前面堵。"丈人往前走了，岩江片睡在树下，见一个蚂蚁在树上，当蚂蚁往上爬时，他就大叫："上去了！上去了！"

丈人听见后，就往山上跑，但是没有看见马鹿。

当蚂蚁向下爬时，岩江片又大叫："下来了！下来了！"

丈人听见就往下跑，连马鹿的影子也没有看见。丈人跑得筋疲力尽，回来看见岩江片在看蚂蚁，很不高兴地问："你在干哪样？"

岩江片漫不经心地拖长声调说："秕谷当饱谷，豆腐换腊肉，蚂蚁是马鹿。"

丈人听了，又气又羞，半天说不出话来。

种　　地

岩江片不但能惩治大官、佛爷，还能降神伏鬼。有一次，他与鬼们合伙种地，在种庄稼前约定种出的庄稼谁吃哪部分，鬼们提出要吃尖尖和秆秆。

这一年，他们种下了芋头。到芋头长大时，鬼们把芋头叶和秆秆割去吃了，落得岩江片尽吃芋头。鬼们看见了，才知上当了。

第二年要种庄稼了，岩江片问鬼们："今年你们要吃哪部分？'

鬼们见芋头是根根，便说："今年吃根根。"

这一年他们种了苞谷。苞谷成熟后，鬼们吃根根，落得岩江片尽吃苞谷。鬼们见了才知道又上当了。

鬼们连吃了两年的亏，第三年便提出全部都要吃。这一年种的是谷子①，到了谷子熟了时，岩江片悄悄把谷穗全部勒走了，鬼们只能吃到光杆儿。

鬼们接连吃了几年的亏，就和岩江片分了地。岩江片地里的石头很多，他又想了个办法，捡了几块石头丢到鬼的地里。鬼们见了十分生气，就把他们地里的石头，都捡了丢到岩江片的地里。

一天，岩江片兴高采烈地在地里干活，鬼们问他为什么这么高兴，他说："怎么不高兴呢？我地里有那么多石头！一块石头三斤油，三块石头换得到一头牛。可惜我地里那些牛屎、狗屎、马屎臭得很，我很不喜欢。"

鬼们信以为真，便去把岩江片地里的石头全捡到他们的地里，又把自己地里的牛屎、狗屎、马屎丢到岩江片的地里。

这一年，岩江片的庄稼长得非常好。

打死阎王

小鬼怎么搞都斗不过岩江片，便告到阎王那里。阎王立即派了两个鬼兵来捉岩江片。岩江片知道后，毫不畏惧，想了个主意，就把门紧闩着，若无其事地在家里煮糖稀饭吃。

两个鬼兵来到岩江片门口，见门紧闭，就从门缝里窥望，见岩江片吃得正香。两个鬼兵走得又累又饿，越看越馋，就大声叫岩江片开门，岩江片哪里肯开。两个鬼兵重重捶门，岩江片仍然不开，反而吃得津津有味。

两个鬼兵打不开门，就改变主意说："你不开门算了，那你给我们点糖稀饭吃吃嘛！"企图用这个办法骗开岩江片的门。

岩江片说："你们要吃，就给你们一人吃一碗，从门缝里把舌头伸进来，我来喂你们。"

两个鬼兵没法，肚子又饿得慌，就真的把舌头伸了进来，贪婪地等着岩

---

① 谷子：即水稻。

江片喂饭。岩江片敏捷地拿起早已准备好的剪刀，一个一下，就把他们的舌头给剪掉了。

两个鬼兵痛苦极了，哭着回到阎王面前，好比哑子吃涩果，什么也说不出来。

阎王气极了，决定亲自去捉拿岩江片，看看这是个什么样的人。他骑着大马出城时，吩咐守城的鬼兵说："我把岩江片捉来时，他说七说八都不要听，你们只管打死他。"

岩江片听说阎王亲自来捉拿他，又心生一计，骑着羊到半路上来遇阎王。

他们果然在路上相遇了。阎王惊奇地问岩江片："你怎么骑着羊走路？看我骑的马，又高大又走得快！"

岩江片说："哪里，我的羊才跑得快哩！你不信我们来比赛试试，看看是你的马快还是我的羊快？"

阎王不以为然，同意比赛。话刚说完，岩江片打着羊就先跑了。他跑到阎王看不见的地方，就下来扛着羊跑。因为他的力气很大，就先跑到了。当阎王跑到时，岩江片风趣地说，"你看谁的快？我烟都吸够了你才来！"

阎王说："就算你的羊快吧！现在你跟我到城里去。"但他又怕岩江片骑着羊跑了，要跟他换羊骑。

岩江片说："换是可以，不过你要穿着我的衣服，羊才跑得快。"阎王信以为真，又和他换了衣服。

岩江片骑着马，阎王骑着羊向城里走去。

忽然，岩江片扬鞭跃马先跑起来，不一会儿就到了城门口，他对守城的鬼兵说："岩江片就要到了，他说七说八你们不要听，只管把他打死。"说完进城去了。

羊哪有马跑得快！等阎王赶到时，鬼兵们都拥上来打他。

"岩江片已经来了，你们怎么不打他？"阎王痛得直叫。

"我们打的就是岩江片！"鬼兵们说。

不管阎王如何喊叫，鬼兵们不由分说，你一锤，我一棒，把阎王活活打死了。

以上四则南腊佛寺长老讲述　周建明翻译　尚仲豪搜集整理

达太的故事

（佤族）

达太是一个劳动者型机智人物，出自艺术虚构。他常同土官、头人、财主、佛爷作对，使对方处于被动地位，甚至狼狈不堪。在故事中，他多与朋友尼亚一起出场，配合有致。其故事流传于云南沧源县一带的佤族村寨。

土官戴“帽子”

有一个土官，听人说达太非常聪明，他很不服气，就来找达太说："太！听说你很聪明，很会骗人，可是我就不相信你能骗得了我。限你三天时间，如果你能使我受骗一次，我就恭维你，如果你不能，那就别怪我对你不起！"

第二天有人杀猪。达太向人家要了尿泡。他把尿泡吹得胀胀的，然后晒干。第三天晚上，他来到土官家里，悄悄把吹火筒换成箫。夜深了，土官上楼以后，达太就把楼梯搬了。然后在楼下支了一个碓窝①，碓窝里放着尿泡。

到了半夜，达太去打猪，猪大叫起来，他也大叫："快追，快追，豹子

---

① 碓（duì 队）窝：春米的用具。

抬猪啦！"土官从梦中惊醒过来，急忙起床去迫。刚走出房门，要下楼梯，就一头栽下来了。他的头恰好抵在碓窝里的尿泡上。尿泡给顶炸了。像一顶帽子一样，套在他的头上。土官伸手去摸他的头，头上光溜溜的，他以为脑袋炸开了，大声叫老婆起来吹燃火看他的头。

土官的老婆去拿火筒吹火，箫发出了悠扬的声音。土官骂道："你这该死的婆娘，老子的头都跌炸了，你还高兴吹箫！"

这时，达太在旁边笑道："怎么样，相信了吧！"

土官气得半天也说不出话来。

李尼块讲述　黄伦搜集

沙子着火

有个孤儿，父母早死了，只给他留下了一条很壮实的牛。

寨子里有一个富人，很想得到孤儿这头牛。有一天，他跑去对孤儿说："孤儿，这头牛是我的骡子生的，借给你家这么久了，现在我要拉回去！"

孤儿知道牛不是富人的，骡子也不会生牛，但又说不过富人，就对富人说："这事要请全寨的人来解决，他们说是你的，你就拉去。"

这天，全寨的老人、小孩、男人、女人都聚在一个山上，大家议论纷纷，有的说："骡子怎么能够生牛！富人那么凶狠、刻薄，还愿意把牛借给穷人呀？真是骗子！"有的说："怎么达太还不来呀。"

过了一会，达太来了。

富人问达太："你是做什么去了，隔了这么久才来？"

达太说："我在路上看见沙子着了火，我赶忙用很多草去扑火。把火扑息了才来，所以来迟了。"

大家听说沙子着了火，感到很奇怪，就悄悄谈论起来。富人也骂道："沙子怎么会着火，草哪里能够把火压熄？真是笨货！"

达太说："是的，沙子不会着火，草也压不熄火。那么，骡子怎么能够生牛呢?"

富人再没有话回答了，不得不把牛还给孤儿。

赵岩三讲述　万家明搜集

"天亮了"

达太后来到了傣族地区，寄宿在缅寺里。有一天睡觉时，佛爷对达太说："明早早点儿喊我，我要去收租。"

半夜，月亮白生生的照进屋里，达太故意喊道："佛爷，天亮了，快起来吧!"

佛爷起来后对达太说："我走后，要有人来喊开门，你不要给他开。"

佛爷到寨子里一看，家家都还关着门，再看天上，原来是月亮在当空照射着。他又走回来："太，快开门!"

达太在屋里回答："佛爷说了，任何人来都不开门。"

"我就是佛爷。"

"你瞎说! 你不是佛爷!"

佛爷急了："我就是佛爷! 人家都还没有起来，我才回来的。"

达太还是没有给佛爷开门。佛爷只得在外面蹲了一夜。

岩宰讲述　郭思九搜集

打　猎

一天晚上，达太约他的朋友尼亚和桑色上山打锦鸡。三个朋友发现榕树枝上正睡着一只锦鸡，达太便举枪瞄准锦鸡的肚子。达太正要扣动枪机，尼亚用手压住他的枪口，悄声说："喂，还是打头好。这么小小的一只锦鸡，把身子打烂掉，我们吃什么呢?"

桑色又走上前来插嘴了："我看还是打翅膀吧，锦鸡的头和羽毛比肉更值钱呢。"

说着说着，"扑"的一声，锦鸡飞走了。这晚，三个朋友一无所获，空手而归。

第二天夜晚，三个朋友又去打马鹿。他们来到山坡的一块豌豆地边上，远远地瞧见一头带茸的大公鹿，正低头吃着豌豆苗苗。达太托着枪，匍匐着向马鹿爬过去。

不料，达太身后的尼亚和桑色又开始争执不休。尼亚说："这头鹿一定会打中的，回去咱们剥了皮，先炒它一锅瘦肉下酒吃……"

桑色不同意，对尼亚说："虽然我打猎不在行，可是用酸竹筒煮鹿肉，却是我的拿手好菜，煮吃比炒吃鲜美多了。"

听了这话，尼亚涨红了脸，就像鹿肉已在面前，他抢着高声说："不！不！不！大葱炒鹿肉更有味道。"

尼亚的声音惊动了正吃豌豆苗的马鹿，还没等达太瞄准它，那头马鹿便箭一般地飞奔走了，一霎间，连个马鹿影子都不见了。结果三个朋友只好垂头丧气地往回走。

猎人打不到野物，总是不甘心的。

第三天晚上，三个朋友又相约攀上山顶，去打黑熊。他们的运气真不错，很快就在山顶上的岩石洞口，发现了一头大黑熊。

这回达太可就不客气了，他还不等两个朋友开口，远远地就举起枪："嘣"的一声朝黑熊屁股打过去。放过这一枪，达太也不招呼自己的朋友，扭身就往回跑。

这时，被打伤的大黑熊龇牙咧嘴，疯狂地向尼亚和桑色扑过来，吓得他俩胆战心惊，扔下手中的枪，急忙往大树上爬。黑熊上不去树，绕着大树吼叫，把树皮扒了一地。可怜尼亚和桑色在树上冻了一夜，直到天亮，他俩看见树下的黑熊走了，才跳下树往回逃。

尼亚和桑色悻悻地返回寨子，越想越气，觉得达太甩掉他俩，真不够朋友，就一同去质问达太。

达太问明白了情由，就微笑着说："你们的空谈当然头头是道，可是不能跟你们去打猎。因为打野物用的是枪，而不是高谈阔论。"

刘允褆搜集整理

锄 棉 田

春季，阿佤山上毁林开荒开始了。森林被一片一片地烧掉，点种上旱谷、黄豆、荞子、小红米、棉花……庄稼虽然播种上了，可是山顶和山腰变得光秃秃的，水源变得越来越少，气候变得越来越坏。为了这事，达太伤透了脑筋，怎么办呢？

转眼间夏锄季节来到了。在新开的荒地里，庄稼和杂草生长得都很快。尼亚是个勤劳的庄稼汉，也是个毁林开荒的能手，可是任凭他三头六臂，也锄不完自己棉花地里的杂草。有一天清早，尼亚去约他的朋友达太帮忙锄草，达太满口答应下来。

吃过早饭，两个朋友一同到棉花地里干起活路。开始，达太锄草挺认真，一边锄，一边同尼亚说笑。锄着锄着，两人的距离慢慢拉开，达太故意把棉花根刨断，棉株却还是直挺挺地立着，尼亚只顾埋头锄草，也没有注意。就这样，他俩干了一整天，锄完了一坡棉花地里的杂草。晚上收工回到家里，尼亚的妻子准备了丰盛的晚餐，还特意抬出一葫芦香醇的水酒请达太喝。尼亚很满意今天的劳动，两个朋友举杯祝愿今年棉花大丰收。

第二天一大早，尼亚起了床就兴冲冲地来到棉花地边上。他抬头一望，吓出了一身冷汗，只见一行一行的棉株倒了下去，叶子枯黄了。尼亚赶忙走进地里东瞧瞧，西看看，总是找不到原因。他又焦急又伤心，决定赶快回去找达太，商量一个补救棉田的办法。

尼亚回到寨子，一直冲上达太家的竹楼，将棉株枯死的情形告诉了达太。达太听到这个消息，装作非常吃惊的样子，安慰他的朋友。接着，达太便一本正经地说："你千万不要着急。这样吧，把你的包头解下来，放在我的枕头上，看看晚上我会梦见什么？我想，总会得到个妥善的办法的。"尼亚听了，信以为真，马上把自己的包头取下来，小心翼翼地放在达太的床头上，就告辞回去了。

心焦火燎似的尼亚翻来覆去，一夜没有睡着觉。他不等天亮，就来到达太的床边问究竟怎么办。达太揉揉眼睛，笑着说："尼亚老弟，这回我可全明白了。是山神说的，你为了开一块地种棉花，砍伐了一片森林，烧毁了山神的宫殿和庙宇。山神宣称这是断子绝孙的坏事情，他一怒之下，就铲断了你种的棉花根……"

"我的好朋友呀，智慧的达太，山神有没有告诉你，我该怎么办呢？"尼亚心急地追问。

"好办，好办！"达太很神秘地说："我为你向山神求情，他说他眼下没有住处，又缺水喝。罚你在对面秃山顶上栽种一百丛芭蕉树，再栽一百丛竹子，芭蕉树要像脚芭蕉，竹子要凤尾竹。你完成了，山神就保你今年棉花丰收。"

"行！"老实的尼亚头也不回地走了。

尼亚为了挽救自家的棉田，对"山神"的处罚只得照办。他起早贪黑地到对面山顶上栽竹种树，整整忙了六天六夜。就在这几天，达太也悄悄来到自己的棉花地里，选择最苗壮的棉株移栽进尼亚的棉田，浇水施肥，再认真的人也看不出来，尼亚的棉田曾经发生过棉株枯死的事。

尼亚的棉田又复原了，棉株整整齐齐，生长得很好。这件事一传十，十传百，村村寨寨，凡是毁坏过森林的人家，都怕得罪了山神。人们听达太的话，争先恐后地到荒山上植树造林。这一年，阿佤人的庄稼果然获得了丰收，而且许多秃山梁子披上了新装，群山一派翠绿。

刘允禔　王有明搜集整理

械　斗

有一年旱季，岩隆部落的头人布金动员全部落各寨的大小头人，准备挑起一场械斗。达太和他的朋友为了制止这场械斗，专程来到岩隆部落。他俩进寨之前，悄悄钻进寨边的树林，往木鼓里灌满了水。然后，两个朋友才绕道进寨门。

头人布金见达太和尼亚来了，就很骄傲地问达太："聪明的达太，是哪阵风把你吹来的？看来我们这一仗一定会打赢啰。"

达太按照佤族的礼节，没有马上回答头人的问话，他很谦恭地把手伸进自己的筒帕里，摸来摸去，结果摸出来三根黑鸡毛。达太显得非常惊奇，又把筒帕里的鸡毛全部倒出来给布金看，筒帕里倒出的都是白鸡毛，一根黑的也没有。按照佤族的传统风俗，这是很不吉祥的情况。于是，达太便很遗憾地对布金说："尊敬的头人，看来你这场仗是打不成了，如果硬要打，肯定要失败。你看嘛，仅有的三根黑鸡毛全让我摸到了……"

布金听了又急又气，但又不好发作。他无论如何也舍不得放弃械斗，就像喂到老虎嘴边上的肉，怎么能不咬它一口呢？这件事情只有尼亚明白，三根黑鸡毛事先已被涂抹了粘手的松香。他站在一旁微笑着。

一贯专横自信的布金虽然明知这事不吉利，可是他偏要气一气达太。他大喊大叫地命令："快去敲击木鼓，马上集合全部落的勇士，今天就出征。我要让你们两个聪明人亲眼看看，我布金的这次械斗打得成打不成！打得赢打不赢！"

达太和尼亚看着布金投来的蔑视的目光，就像没有事一样，平静地坐在火塘边吸烟。两袋烟工夫，敲木鼓的人气喘喘地跑回来报告："不好了！咱们的木鼓潮湿了，水淋淋的。我们怎么用力击打，也发不出声音。"这话对好战的布金又是当头一棒，他丧气地一屁股坐在火塘边，今天出征的计划又成了泡影。

第二天早晨，不到深渊心不死的布金又盘算出新点子。他命令在太阳当顶的时辰，当众剽牛。一来是鼓舞士气；二来是预祝械斗成功。人们手忙脚乱地选牛和通知各村寨的人观看剽牛。

达太和尼亚没有事情做，乘机来到剽牛场，只见两个阿佤大汉正挖坑竖牛桩。两个汉子挖得汗如雨下，见达太和尼亚这么清闲，就说："兄弟，不要光瞧热闹，来帮帮忙嘛。你们看，我俩快累死了。"

"好！"达太挽起袖子，招呼着尼亚，并对那两人说："你们喝点水，到树荫下歇口气，让我们两人接着干。"那两个汉子眉开眼笑地走了，两个朋友抡起锄头，故意把桩坑挖得又宽又大，立牛桩时，坑里填的全是杂草和松土，只在牛桩周围堆了几块石头，使牛桩倒不下来，似乎很稳。他俩干完了活，就约着正在乘凉的两个汉子，一同喝水酒去了。

红日当空，剽牛场的四周人山人海。人们把一头大水牛牵来，拴在场子中央的牛桩上。六个赤膊大汉站成一排，一齐举起梭镖，准备向水牛投刺过去。剽牛场上沸腾了，那头受了惊的水牛使劲把头一甩，便把松动的牛桩拔起来，拖着牛桩向场外猛冲，围观的人们赶忙闪开一条道，水牛径直向远远的山箐飞跑。

剽牛场的人们立刻骚乱起来，他们高喊：

"剽牛连牛都跑了，械斗哪有不败的道理？"

"今年不能打冤家啰，打了就要背时！"

"走吧，还是种旱谷去！"

"走——"

人们的心再也收不拢了，三五成群地返回自己的寨子。一场械斗真像煮进锅里的鸡，不想一转眼又飞掉了。头人布金只急得像个热锅上的蚂蚁。

狗走百里要吃屎，狼走千里要伤人。头人布金本性难移，不挑起这场械斗，死不罢休。他认为自从达太和尼亚来到他的寨子，事事不顺心，但是又没有任何把柄可抓。于是，头人就软硬兼施，想方设法把两个朋友驱逐出寨子。

达太和尼亚走出寨子，却不离开岩隆部落。他俩走进茫茫的大森林，去捉伯克鸟。这伯克鸟又叫"黑头公"，浑身的羽毛漆黑，长长的尾巴，在佤族人的心目中是一种最不吉祥的鸟。如果佤族人种谷打猎、出远门做生意、串亲访友或者去办任何事情，走在路上发现伯克鸟在眼前，横穿道路飞过去，那就说明他们今天不能出门办事，硬干一定要倒霉，必须立即折回家里，才能消灾。

达太和尼亚在森林里东奔西跑，终于捉到四只伯克鸟。他俩把鸟儿翅膀上的羽毛剪去一半，使它们再也飞不高了。然后他俩出了森林，暗暗打听布金出征械斗的准确日期。

就在布金带着浩浩荡荡的队伍出征的那天早晨，达太和尼亚事先躲在大路两边的丛林中，每人手里抓着两只伯克鸟。等到出征的队伍一出现，他俩便同时将手中的四只鸟扔向路心。四只伯克鸟在道路上面飞去飞来，出征的人本来就不愿意为头人打仗送命，一见伯克鸟断了路，急忙扭头往回走。不管在队伍后面压阵的头人布金怎么喊叫，队伍还是一片混乱地散开了。布金气得一头栽下马，昏了过去。

就这样，达太和他的朋友尼亚，用智慧制止了阿佤山的一场械斗和残杀。岩隆部落头人布金的阴谋破产了，他气得口吐鲜血，一命呜呼了。

刘允褆搜集整理

狗生小猪

一天，达太来到一座山寨的街子上，看见许多人围在一起叽叽喳喳地议论着什么。达太想弄个明白，便走过去。他看见人群中一个衣衫褴褛的年轻人，牵着一条肥壮的黄牛，正和这个山寨的头人达召米争吵。达太便向旁人打听他们争吵的缘由。原来，那个年轻人是个孤儿，这条黄牛是他唯一的"朋友"和财产。这条黄牛长得膘肥体壮，既会犁田，又会驮柴运草。因此，山寨头人达召米早就对它垂涎三尺，随时都在打黄牛的坏主意。

今天，年轻人赶着这条黄牛路过这里，不巧碰上了可恶的达召米。达召米一见黄牛，眼睛瞪得比鸡蛋还大，气势汹汹地走过去，指着黄牛说："年轻人，今天你该把黄牛还给我了吧。"年轻人一愣："为什么？"达召米大声说："你牵着的黄牛是我的母马生的，你知道吗？"

年轻人更是摸不着头脑："这条黄牛是我阿爹在世时，阿祖留下的老母牛生的，我记得清清楚楚，而且很多人都可以作证。"

达召米狡辩道："我的母马生的正是那条老母牛，你这条黄牛不正是我的母马的孙子吗？"

年轻人见达召米这么蛮不讲理，气不打一处来："胡说，这条黄牛是我阿爹阿妈留下的，谁也休想霸占。"

达召米一听，咆哮道："别说了，那时还没有你呢，你懂什么？快把牛交给我就是了！"周围看热闹的人都吓得不敢作声，你看我，我看你，然后三三两两地走开了。爱打抱不平的达太见达召米这般不讲理，气愤极了。忽然心生一计，凑到达召米跟前，向他鞠了一躬，说道："尊敬的头人、聪明的达召米，我给你道喜来了。"

达召米奇怪地问："道什么喜呀？"

"不是听说你家母狗生了好几头小猪吗？这当然是很值得道喜的啰。"

达召米一听，忙辩道："不！不！最近我的那条母狗是生了一窝儿，但生的都是小狗，不是小猪。再说，哪有母狗生出小猪的道理呢？"

这时，达太爽朗地笑着说："聪明的达召米，你说得对极了。母狗生小猪，是根本不可能的事。可是，尊敬的召米官人，请问你，既然母狗生不下小猪，那么，你家的母马生下黄牛，这是怎么回事？"

这时，达召米知道自己说漏了嘴，在众目睽睽之下，他恼羞成怒，铁青着面孔对达太结结巴巴地说："这……这是我家的事，你别管。"说着挤开人群，灰溜溜地走开了。

达太见达召米逃走了，和众人一道开心地大笑起来。

王有明搜集整理

岩坎的故事

（佤族）

岩坎是一个劳动者型机智人物，出自艺术虚构。其故事大多以智斗部落头人为题材，在云南省西盟、沧源一带佤族聚居区流布。

换 马 蛋

窝朗①给儿子小窝朗买了一匹大马。小窝朗天天骑着马在寨子里兜来兜去。乡亲们都很讨厌。岩坎决意要惩治一下小窝朗。

一天，小窝朗又骑马出来兜风了，见岩坎在路上骑着个冬瓜，使劲地用鞭子抽打着冬瓜。小窝朗便问："喂！岩坎，那不是个冬瓜吗？你打它干什么？"

"不！尊敬的小窝朗，你弄错了。这不是冬瓜，是我从外地买来的马蛋。"

"马蛋？它会跑吗？"

"比你的马跑得还快呢！"

"我不相信。"

---

① 窝朗：部落头人。

"那我们就比比看吧!"

"咋个比法?"

"你骑马,我骑'马蛋',我喊一、二、三,看哪个先跑到木鼓房。"

"好吧。"

岩坎骑在"马蛋"上,口喊:"一、二、三!"小窝朗的马抢先跑开了。

岩坎看着小窝朗跑远了,抱起冬瓜,抄小路跑到了木鼓房。

小窝朗跑到了木鼓房,看见岩坎和"马蛋"已先到了。

小窝朗心里很惊讶,他下了马,围着"马蛋"看了又看,执意要用他的马和岩坎交换"马蛋"。"我不换!"岩坎装作舍不得的样子。

"要你换就换嘛!"小窝朗逼着岩坎。

"既然你一定要换,那就换吧。"岩坎装出勉强答应的样子。岩坎接过缰绳,跨上马背,一溜烟跑了。

小窝朗骑上"马蛋",一个劲地用马鞭抽打。打了半天,"马蛋"不动。小窝朗跳下"马蛋",一气之下,飞起一脚:"马蛋"骨碌碌地滚下山去了。小窝朗垂头丧气地走回家去了。

神　棍

有一年,寨子里闹了灾荒。乡亲们饿得啃树皮,吃草根。窝朗家依旧杀鸡、宰牛,米饭肉菜顿顿吃不完。

"得想个办法救救乡亲们。"岩坎想。他把家里仅有的一只母鸡杀了,分作两份,用芭蕉叶包好,夜里偷偷地埋在窝朗家的晒台前面。

第二天,窝朗全家正在晒台上吃饭。岩坎挎了只筒帕,手里拿着根木棍来到了晒台下,然后在地上东敲敲,西戳戳,弯腰拾起东西就往筒帕里装。窝朗觉得奇怪,走下晒台就问:"喂,岩坎,你在干什么?"

"哦,尊敬的窝朗,我在找好吃的东西。"说完,又在地上戳捣起来。

忽然,他放下木棍,把耳朵贴在木棍上听了一下,然后蹲下用手刨起土来,随即从土中抓起一个芭蕉叶小包。窝朗急忙跑到跟前看个究竟,只见岩坎把芭蕉叶打开，里面包的是一包鸡肉，他不慌不忙地把鸡肉装进了筒帕。

岩坎又拾起棍子，在地上捣了一下，仍旧把耳朵贴近棍子一听，然后蹲下又刨出了一包鸡肉。

窝朗惊呆了，一把夺过棍子说："这是什么宝贝，咋个这么灵？"

"尊敬的窝朗，这是木依吉①的神棍。请还给我，我还要靠它找东西呢！"

"既是木依吉的神棍，就该归我窝朗。"

"这是我的命根子啊，我少不了它。"

"少啰唆，你要什么我都给你。"

"哎，如果窝朗一定要，就请给我三十左②谷子吧。"窝朗给了岩坎三十左谷子，岩坎叫来些人，挑走了谷子，把谷子分给了饥饿的乡亲们，使大家度过了饥荒。

赌　　牛

一天，窝朗想：岩坎很会骗人，我要出出他的洋相，于是他对岩坎说："岩坎啊，要是你能把弩箭射进石头，我和你赌一条牛。"

"你不骗我吧，窝朗？"

"骗你就不是窝朗。"

"你等一下，我回家拿弩去。"

岩坎回家拿了弩箭，抓了一点厄木龙③抹在箭镞上来见窝朗。

"你指个靶吧。"

窝朗指了指前面的岩壁："就射那些岩石吧。"岩坎扳弓搭箭："当"的一箭射去，箭头稳稳地插在了岩石上。

"回家牵牛吧。"

"别忙，别忙，岩坎啊，听说你很会骗人，要是你能骗我一次，咱们马

---

① 木依吉：传说中创造万物的神。

② 左：佤族量称，一左约等于二十斗。

③ 厄木龙：一种树胶。

上就去牵牛。"

"尊敬的窝朗啊，骗不骗你倒是小事，刚才我回家拿弩，寨子里的人大喊大叫，忙着去救火，一问呀，才知道你家房子失火了。我本来是要去救火的，又怕你在这里等久了。"

"什么?! 我家失火了!"窝朗一听急了，使劲一跺脚："啊呀! 你咋个不早说，还不赶快去救火!"他连扯带拽地拖上岩坎就往寨子跑。到了寨子一看，家里平安无事。窝朗才知道又受骗了，怒冲冲地骂道："杂种! 害我瞎跑了一趟!"

"这都是为了那头牛啊!"岩坎笑嘻嘻地说。

"那……你到牛厩里牵一头去吧。"窝朗无可奈何地摆了摆手。

"偷"裤子

一天，窝朗穿了一条新裤子遇上了岩坎。他见岩坎老是瞅着自己的裤子，就说："岩坎啊，你是不是喜欢我的裤子?"

岩坎笑着点了点头。

"要是你能偷去，我就送给你。"

岩坎依然笑着点了点头。

一连几天，窝朗都穿着那条新裤子上床。他想：岩坎有天大的本事也休想把裤子偷走。

一天晚上，窝朗睡着了，岩坎轻轻地摸到窝朗床前，拉开窝朗的裤头，把两个剥了皮的芭蕉放了进去，自己在门外躲了起来。不一会窝朗醒来了，怎么感到屁股底下滑腻腻的，一摸，还黏糊糊的哩。

"准是睡着后拉肚子了。"他随即脱下了裤子扔在地上，又睡着了。岩坎进门捡起裤子，穿上走了。

天亮了，窝朗不见了裤子，这才知道又上岩坎的当了。但没有裤子，又怎么起来去追岩坎呢! 他只好仍旧像死猪一样躺在床上。

教 本 事

小窝朗很羡慕岩坎的本事。一天，他带了很多钱来见岩坎，求他教教本事。

"聪明的岩坎啊！如果你能把你的本事教给我，这些钱就给你。"

"好呀，你若诚心跟我学本事，我一定好好把你教会。不过，要想学到真本事，一定要吃得起苦啊！"

小窝朗连连保证说："吃得起！吃得起！"

岩坎收了钱，拿出一只大口袋，对小窝朗说："我的本事都在里面，你进去拿吧。"

小窝朗连忙钻进了口袋。岩坎扎紧了口袋，把口袋吊在一棵大树上，然后找来了几根树条，双手挥起树条使劲地敲打着吊在树上的口袋，打得小窝朗"哇哇"地乱叫乱蹬，打得差不多了，岩坎才把小窝朗放了出来。

"你真能吃苦，我的本事你一定能学到。"岩坎用夸奖的口气说。

"能学到！能学到！"被打蒙了的小窝朗边摸着伤痛边说。

"今天是初学，明天再来吧！"岩坎对小窝朗说。

"本事今天已经学到了，明天不来了！"小窝朗说。

"你真吃得苦，本事也学得快，那好，明天不再来了。咱们回家吧！"岩坎又一次称赞着，拿着口袋走了。小窝朗也一拐一拐地带着"本事"回家去了。

以上五则鲁斌　艾获搜集整理

会屙银子的马

岩坎的大白马老了，卖给谁都不要。有一天，他看见窝朗朝他家的马厩走来，就抓了一把银子丢在马屁股底下，用棍子扒着捡着。

窝朗看见了，觉得奇怪，就问："你这是干什么？"

"捡马刚屙出来的钱啊！"

"马会屙钱？"

"是啊，你看，白花花的银子呢！"他把银子捧到窝朗的面前。

窝朗看见白花花的银子，一下子傻了眼。

"它天天都能屙钱吗？"窝朗贪婪地问。

"能呀，过去五天屙一回，最近天天都屙呢。"

"它吃哪样好东西呢？"

"吃草呀！"

"好，把马卖给我吧。"

"不，这是我的生财之宝呀！"

"你要多少钱我都给你，不要再犟了。"窝朗大方地说。

岩坎假意想了想，现出为难的神情说："既然您窝朗想要，我也没有办法，就给五百两银子吧！"

"好啊！"

窝朗把马牵走了。岩坎从窝朗家拿回了五百两银子，到勐江坝做生意去了。

刘燕琼　艾获搜集整理

扎别的故事

（拉祜族）

扎别是一位劳动者型机智人物。其故事以幽默风趣著称，流传于云南省澜沧县等地的拉祜族聚居区。

赶集路上

有一天，扎别去山上打猎，走到半路遇见了许多人。他们当中，有的背着辣椒，有的背着野果，还有的背着芭蕉。扎别这才想起今天是赶集的日子。他的眼睛盯住背着芭蕉走在最后的一个人，那人是时常与他赌玩笑的老友，于是他心里打起了鬼主意。他对那个老友说："喂，你也去赶集呀，可背上的芭蕉快要掉下来了，我帮你理一理好吗？"老友说反话开玩笑："我让你理芭蕉，到集上你给我工钱！""行啊，你先走，我随后来，工钱一定不会少。"等卖芭蕉的老友到集上，放下背篓，才发现自己背篓里的芭蕉少了一大串，篓底却又多了一块大石头。

在比箭场上

一年一度的射箭比赛开始了，扎别怎么也射不中目标。突然，他想出了一个办法，对所有的赛手说："你们谁能把箭射在石头上？"射手们知道扎别又在胡说了，于是讥讽地说："如果你能把箭射在石头上，我们都做你的弟弟！"扎别说："男人说话要算数，明天让我最后一个射箭。"那些射手们都答应了。

到了第二天，人们按时来到比箭场，没有哪个能把箭射在石头上，等着看扎别的笑话。最后轮到扎别上场了，他搭好箭头上粘了糨糊的箭，一箭就射在了石头上。结果，那些射手们都成了扎别的弟弟。

砍芭蕉退敌

有一年，有一去外族军队准备攻打拉祜山寨。拉祜人知道后，准备在半路上袭击这支军队。可是这次入侵者人数众多，拉祜人抵挡不住，撤了下来。他们来到一片芭蕉林里，扎别说："我们明天可以睡在山上了。"首领问他有什么办法，扎别指着芭蕉林说："我们从芭蕉林过去，砍掉挡在路上的那些芭蕉，敌人一见就不会追了。"首领半信半疑，可大敌当前，还是按扎别的说法做了。

第二天，入侵的军队果然追到了芭蕉林，他们看见沿路被砍去的芭蕉长出了一拃长的茎芽，就说："不用追了，我们不可能追上了，看他们逃跑时砍的芭蕉都又长了这么多！"说罢就撤退了。

拉祜首领问扎别："你这计策是怎么想出来的？"扎别笑笑说："外来人怎会知道芭蕉的茎芽一夜之间能长这么高！"

以上三则扎儿讲述　　王正华　和经雁　陈友康整理

金贵的故事

（水族）

金贵是一个劳动者型机智人物。在故事中他常以长工的身份出现。其故事以捉弄、嘲讽土司、财主的作品居多，民族特色鲜明，富有幽默感，流传于贵州三都、溶江、独山，广西南丹等地。

七星鱼变老蛇

金贵一边给土司放牛，一边去水塘里摸七星鱼，不一会儿就摸了一大串。土司过来看见了，分外眼红。

土司紧跟在后边去看。金贵越摸越起劲，他伸手进一个石洞，摸到一条肉糊糊的圆形东西，晓得是一条大老蛇。于是轻轻抽回手臂，慢慢地用块石头掩住洞口，装着十分高兴的样子，大步跨上塘埂提起那串鱼就往回跑。金贵的一举一动，土司看得清清楚楚，见金贵跑了，就大声地问："金贵，你不看牛跑哪里去？"

"那石洞里有条大鱼，这根篾条穿不起，我回家去要个竹篓来装。"金贵头也不回边说边跑。

贪心的土司信以为真，急忙挽了裤脚，卷起袖子，下塘去搬开洞口石头，伸手进洞里摸。他摸到一条老蛇身上，以为是大鱼，就使劲地抓住。老蛇受不住，回过头狠狠地咬住土司的手。只听到"哎咦喂——"的喊叫声，土司就痛倒在水塘里啦。

金贵回来，装着吃惊的样子问："你怎摔倒啦，老爷？"

"你放老蛇在洞里让我去摸，你不得好死！"

"老爷，我的鱼洞你偷偷去摸了，还反倒怪我。我摸撞着鱼，你摸碰到蛇。七星鱼变老蛇，那只有怪你的运气丑啦！"

借　孝

头一天，金贵刚埋了自己的母亲。第二天早上，土司的奶奶也死了。土司派人把金贵喊来，叫他去高排和尧帅①请三队芦笙、三队唢呐来开控（水族祭悼的一种形式）。

金贵身上还穿着孝服，头上包着孝帕，边走边想，越想越生气。想到自己母亲丧事那般惨淡，土司奶奶的葬礼这般隆重，不禁掉下眼泪。

往常金贵有说有笑，总是乐呵呵的。今天，一句话也不多说，盘算着如何借这些乐队来替母亲祭祀。金贵领着芦笙和唢呐队伍浩浩荡荡地来了，当路过自己母亲坟头时，金贵就扑上去痛哭。那些吹鼓手以为是土司奶奶的坟，于是就"衣呜衣呜"地大吹起来。一些给土司送礼的亲戚，也赶忙燃香、烧钱纸、摆祭品来祭奠。附近寨子以为金贵发了大横财，给他妈开大控，老老少少都好奇地涌来看热闹，坟地上人山人海。

中午时分，土司就听到芦笙和唢呐的响声，可是太阳偏西了也不见乐队到家，土司急忙骑马去看个究竟。原来，乐队和亲属们围住金贵老妈的坟在吹奏、祭奠。

听说土司来了，乐队更使劲地吹，亲戚更放声大哭。土司上前一把抓住金贵问："请芦笙唢呐来给我奶开控，还是给你妈开控？"

金贵挂着满脸泪水说："路过我妈的坟前，我伤心了就哭了起来。我可

---

①　高排、尧帅：地名。

没有叫芦笙、唢呐来吹奏，我也没有叫你的亲戚来祭奠!"

芦笙、唢呐队和亲戚朋友都赶忙毕恭毕敬地向土司道歉:"土司大人，真对不起。我们见金贵一身挂孝，倒在坟上痛哭，都以为是奶奶的坟哩!"

"住口! 还不快点收拾给我走!"听土司这么一吼，大家才畏缩缩地到土司家去了。

找钱的路子

金贵的好朋友阿林来向他借钱。金贵说:"我没钱，可是我有找钱的路子。"

"哪样路子呢?"阿林急着问。

"明天卯时，财主的妹子出嫁，要从依归①过。你起早点，拿几把纸钱去那段路上一撒，不是把钱引来了吗?"金贵说完，和阿林哈哈大笑。

第二天，新娘打伞走到前面，走到依归的岔路口，碰到了纸钱就停步了。② 陪娘赶忙跑到送亲的队伍后头对财主说:"不好了! 前面那段路今早有抬死人的走过，按我们风俗，新娘的脚不能沾这段路，又没别的路走，你们当哥的去背她过这段路吧!"

新娘又肥又胖，财主从不干活，又没力气，背不上十步远，就喊:"阿林——阿林，快来帮我背。"阿林说:"我的背上长有疮不能背啊，老爷!"

财主满头大汗，摇摇晃晃地求阿林三四道，阿林只好背了。阿林走不到十几步，就喊背不动，要把新娘放下地。财主急忙跑上去，拿着银毫往阿林的荷包塞。

"我不是要钱啊，老爷，我支撑不住，我还要命啊!"阿林故意停下来对财主说。

财主没有办法，边塞银毫进阿林荷包边说:"命就是钱，钱就是命，你

---

① 依归:地名。

② 水族接亲，新娘走在前头，如遇到经过路上抬过死人或刚有新娘走过，必须绕道走，要不就要兄弟一辈的人背新娘过这段不吉利的路。

坚持这段路，又有命又有钱！"

过完撒纸钱那段路，阿林放下新娘，假装累倒了，口头还骂道："死人真害人，害得我也快死了。"

财主也气愤愤地说："真倒霉，这几张纸钱让我花了半荷包银毫！"

以上三则潘朝霖搜集整理

拆 门 闾

寨脚传来一阵噼里啪啦的爆竹声和唢呐声，财主感到奇怪，便跑出门闾去看个究竟，正好碰着金贵汗水滴答地跑上来。

财主忙问："金贵，那里在搞啥明堂？"

"大官来了，轿子后面还捆着姑局寨的寨老。"金贵答道。

"怎么捆了姑局寨的寨老呢？"

"大官的轿子大，姑局寨的门闾小，轿子抬不进去。官老爷说寨老不尊敬他，就把他捆起来了。老爷，他们马上要到我们这里来啦！"

听金贵这么说，财主腿都吓软了。他想，自己的寨子的门闾比姑局寨的还小，赶忙叫人把门闾拆开。

唢呐声越来越远了，财主的心才定了下来。等看热闹的人回寨子时，财主才晓得刚才是客家接媳妇从这里经过，气得去找金贵算账。

金贵一本正经地说："老爷，那次你跟我打赌，要是能哄你拆开门闾，还要赏我一担谷子哩！"

财主又气又急，把含在嘴里的烟杆都咬断了。

潘拱倍讲述　阿闹搜集整理

老笋与嫩笋

有一个财主又奸诈又吝啬，人们都不愿在他家打短工，于是他只好出高价钱把金贵雇去帮他砍竹子放排去柳州。金贵来了后，财主又怕金贵吃得多，多次上山砍竹子，哎赖只包一小碗米同金贵一起上山争着吃饭。搞得金贵挨了几次饿，于是心里盘算着设法也让财主挨挨饿。这天他们又上山来砍竹子，金贵走进竹林拔来一些老笋子和嫩笋子掺着米一起熬了一鼎罐稀饭。到了开饭时间，财主又像往常一样耍奸，抢先就把罐里的嫩笋舀了。留下一些空心老笋给金贵吃。一连十几天财主都这样抢着嫩笋吃，结果弄得他又饿又寡。他偷偷地看了金贵，只见金贵气饱力壮，他心里阴倒有点怪，莫非金贵吃了灵芝草。于是财主便问金贵："阿贵，我吃嫩笋，你吃老笋，怎么我饿得发慌，你怎么一点也不见饿？"

金贵一听，打了个哈哈说："老爷，感谢你把饭灌在老笋里给我吃，要不我早饿死了。"

财主一听，这才明白，原来嫩笋是实心的，饭钻到空心的老笋里去了。财主偷鸡不得，去了一把米，气得他干瞪眼。

岑旁生讲述　点点　高烨搜集整理

抓住鼻子才怕

对门寨有个娃儿饿了，见财主家猪菜堆里有红薯就拣几个来吃。财主发觉了，揪住娃儿的辫子狠扭。娃儿痛得直喊："金贵叔啊，快来救我！"

金贵在楼上听到喊声就大声地问："抓住你哪点啊？"

"抓住我的辫子了。"

"抓住辫子怕那样，只怕抓住鼻子憋了气那才要命哩！"金贵故意大声地说。

财主听了，赶忙放开辫子来抓娃儿的鼻子。娃儿一扭头乘机逃跑了。

刘任拱讲述　阿闹搜集整理

野　鸡　仔

金贵上山打猎，捉得几只野鸡仔来家喂着玩。一天，甲找街的张土司见了这花里花朗、灵灵跳跳的鸡仔，心里就默着要走。他装着不在乎的样子问金贵："你去那里弄得这些鸡仔？"

"这是托人去省城买的斗鸡仔。等喂大了拿去斗鸡，准赢来几十只大鸡；除去五只大母鸡的老本，还大有赚头哩！"金贵晓得土司爱斗鸡，正儿八经地回答。

土司想斗鸡想得心头痒骚骚的，就说："我拿五只母鸡跟你换行不？"金贵假装不肯。土司只好拿出十只母鸡把鸡仔换走。喂不了几天，一开笼子放鸡仔去门口吃虫虫，鸡仔全跑光了。

韦直由讲述　阿闹搜集整理

阿一旦的故事

（纳西族）

阿一旦是纳西族的著名机智人物形象。其原型大约于清代成丰、同治年间出生在云南丽江县的一户贫苦农民家中。他给木土司当佣人时，经常与其作对。后被迫外逃，四处流浪。阿一旦的故事由一系列描写故事主角嘲弄、调侃木土司的笑话、趣事组成，流传在云南丽江一带的纳西族聚居地区，几乎家喻户晓。

木　家　败

阿一旦是木老爷的佃户，经常被木老爷叫去使唤，干粗重活，却不让他吃饱饭，更不给他一文工钱。

阿一旦的家里有一架破旧的脚碓①。他的老婆就是靠这架脚碓帮人家舂米、舂饵𫗦②过活。日子久了，这架脚碓渐渐坏了。他想向木老爷要自己的工钱来修理这架脚碓，可是他知道木老爷是个最狠心的吝啬鬼，要木老爷拿出一文钱来，就好像要了木老爷的命一样。于是，阿一旦只好想办法向木老

---

① 脚碓：用脚踩的一种舂粮食的工具。
② 饵𫗦（kuài 快）：米制品，类似年糕。

爷要工钱。

木老爷家也有一架脚碓，是栗木做的，又新又结实，舂起来，发出"谷高干""谷高干"的声音，又快又省力。阿一旦想，把这架脚碓拿回家去，算作是几年来的一点工钱吧。

一天早上，有一个长工用那架脚碓在舂饵饹，准备给木老爷下茶。木老爷还没有起床呢。

阿一旦慌忙地跑到木老爷的卧室里。

"老爷，老爷，兆头不好啦！"他带着几分不安的神情向木老爷报告。

"什么兆头不好？"木老爷从酣睡中惊醒，显得有点惊惶，声音有点颤抖，从被窝里露出半个头来道："出去！出去！老子还要睡呢。"

"你听，'木家败！''木家败！''木家败！'……"

"混蛋！你在说什么？！"

"那架脚碓说不吉利的话呀，'木家败！'老爷你听。"

木老爷把头全部探出来，侧着耳朵听。

"木家败！""木家败！"越听越像。

"是吗？老爷！这个兆头不好哇！"阿一旦补了一句。

木老爷皱起了眉头，不高兴地嘀咕了一会，喝令道："快去！拿把斧头来，砍了当柴烧！"

"可惜了呀，老爷。"

"那怎么办？真讨厌！"木老爷心里也感到有点舍不得。

"我家那架脚碓却会说吉利话：'木家旺！''木家旺！'"

"那就把你家的那一架换过来吧。"

"只要老爷喜欢的话……"说时，阿一旦装着有点不愿意的样子。

"说过了换就换，不许后悔！今天你就把我的抬过去，把你的抬过来！"木老爷果断地下着催促的命令，贪婪的脸上露出几丝得意的笑意。

阿一旦微笑着，立刻照着木老爷的命令执行去了。

赵净修整理

阿一旦的诗

有一年的十月间，百岁坊①一家姓和的地主的花园里，开了朵牡丹。虽说十月天气还不很冷，但十月开牡丹的事还从来没有过。因此，全丽江城议论纷纷，有人说是丰收的预兆，有人说要出真命天子。

一天，丽江城的大小官员和文人学士都去那里赏花吟诗，饮酒取乐，祝贺十月开牡丹这件奇事。

这时，木家的势力已经大大衰退，木土司听说十月开牡丹，认为是好兆头，就坐上暖轿，带着阿一旦去赏牡丹。

官员们见木土司来了，就纷纷出来迎接，互相礼让一番。接着，就借歌咏牡丹来颂扬木氏的功德。在诗中，有的把苍老的木土司比作鲜艳的牡丹，说牡丹赛过不怕寒冷的梅花；有的说这朵牡丹是为木氏而开，木家将重新兴盛起来。木土司非常高兴，捋着胡须，十分得意。

忽听得阿一旦喊道："我也题一首。"木土司和官员们大吃一惊，都用惊讶和怀疑的眼光看着他。只见阿一旦不慌不忙地拿过纸笔，很快就写好了。写完后，他高声念道：

> 十月开牡丹，
> 何必赛梅花，
> 明年春三月，
> 完了！

木土司一听，气得像个泄了气的革囊，倒在靠床上。官员们一个个哑口无言，不知如何是好，最后不欢而散。

云南省民族民间文学丽江调查队整理

---

① 百岁坊：地名，在云南省丽江县城内。

公喜？母喜？

一个冬天的早上，天还没有大亮，阿一旦就到木老爷家去。寒风从雪山上迎面刮来，阿一旦连连打着寒战。他把衣带勒紧，两只手紧紧地拢在袖筒里，使劲抱住胸口，这样似乎可以暖和一些。但是牙齿不听使唤，连连碰撞着，发出咯咯的响声。

"开门！开……"阿一旦还没叫完第二声，门就开开了，这使他吓了一大跳。

"今天的门咋个会开得这么快？"阿一旦脑子里很快地闪过一个念头。

"大吉大利，子孙兴旺，大发大旺，长命百岁。"木老爷拦门站着，双手捧着满满的一大铜瓢凉水，嘴里叽里咕噜地嚷叫着，把铜瓢送到阿一旦的嘴边。阿一旦才明白过来，原来昨晚上太太生了娃娃啦。阿一旦当了"头客"。照纳西族的规矩，当"头客"的先要喝凉水，给小娃娃免除口舌是非，免灾免难，一辈子享清福。然后就要请"头客"吃白酒、鸡蛋、甜汤圆。是规矩嘛，阿一旦只好把那一大铜瓢凉水喝完了。

"公喜？母喜？"阿一旦问。

"是个公喜，——少爷，唉！"木老爷回答着，口气很不高兴。因为纳西族有一种说法："头客"是决定小孩一辈子命运的。"头客"是个高人贵客，将来孩子也能成为达官贵人；"头客"是个贫民或者奴仆，将来孩子就要吃苦受罪。今天大少爷的"头客"碰上个长工——阿一旦，木老爷哪能不生气，干脆把规矩也抹掉了，白酒、鸡蛋和汤圆就没有给阿一旦吃。

阿一旦受了这次侮辱，气极了，脑子里盘算着要报复：老子也会给你尝尝喝凉水的味道！

那年腊月底，年关逼近了，木老爷家正忙着准备过年。阿一旦却好几天没有来上工，木老爷家搁着许多活路无人做。木老爷很着急，叫人去喊过几次，都不见来，木老爷只得亲自去喊阿一旦。

"阿一旦！阿一旦！"木老爷一面叫一面推门进来。

"大吉大利！贵人当'头客'！子孙兴旺！大发大旺！"阿一旦高声叫着出来，脸上带着微笑，双手捧了一大瓢满满的凉水，送到木老爷的嘴边。

木老爷从晓事那天起就不喝凉水了，可是这个时候，这个规矩又不好回避，因此，他一时显得十分狼狈，只好勉强喝了一口，就想应付过去。谁知阿一旦连声嚷着"大吉大利！大吉大利……"老是把木瓢凑近他的嘴边，木老爷只好硬着头皮，勉强地喝着。

"也叫你尝尝滋味！"阿一旦心里暗暗咒骂着，脸上却仍然陪着微笑。

木老爷喝完了凉水，一连打了几个寒噤，又不断地打起嗝来，感到有些不舒服了。

"阿一旦，公喜？母喜？"木老爷以为是阿一旦的老婆生娃娃，假装着几分关心的样子问。

"沾福！沾福！"阿一旦满脸堆笑地答道："公喜也有，母喜也有，小花也有，四眼也有。"说完就用手指向墙角边。木老爷一看，原来阿一旦家的母狗下了一窝崽，有四五只，在母狗肚皮下乱钻，唧唧咕咕地叫着吃奶呢。

木老爷真气坏了，想扭住阿一旦毒打一顿，但是阿一旦已经溜走了。

只有那只母狗，向木老爷敌意地龇牙瞪眼。

赵净修整理

打　猎

青黄不接的春三月，木老爷家的好多佃户断了粮。有的找蕨菜充饥，有的上山打野味度日，阿一旦看着心里难过。

一天，有两个佃户捉来一只长尾巴雉鸡和一只灰兔，想到木老爷家换点儿苞谷。阿一旦对他们说："莫去了，木家顶多换给四五碗苞谷，还不够你两家人吃一顿饱饭，把雉鸡拿给我，我去想个法子来。"

阿一旦抱着羽毛斑斓的雉鸡，笑嘻嘻地来到木老爷面前。木老爷闲着没事，看见长尾巴雄鸡好漂亮，就伸手来摸："你从哪里捉来的？"

"拿网下的。这几天，山上好打猎，我一去就下着这只雄鸡。看它多漂亮，唧！"阿一旦一边逗雄鸡，一边乐呵呵地笑。

木老爷被活蹦乱跳的雄鸡逗引得眉开眼笑："阿一旦，你把雄鸡换给我。你要钱，给你五文；你要米，给你两碗。"

阿一旦一本正经地说："哎呀，不晓得木老爷要，我已经答应换给别人了，人家给我五升米。要是您要，明天我领您再去下一只吧。"

木老爷的猎瘾上来了："能下得着吗？"

"怎么下不着？山上的野味都是山神管的，只要诚心敬山神，什么时候去都下得着。"阿一旦说着伸出劈柴时被刺戳破出血的手指："您看，昨天我咬破手指，恭恭敬敬地在山神庙的灯碗里滴了三滴血，今天就下到这只漂亮的雄鸡，换了五升米，太划得来了。"

木老爷听了有些为难："打猎还要咬破手指头呀？"

阿一旦连忙摇手："我们佃户穷，滴几滴血算是最诚心了。像您这样的富贵人家嘛，拿个一两吊钱、五六升米，供在山神庙，就是最诚心了。而这点供品，对您木老爷来说，也只是身上拔根小毛毛，值不得什么。"

木老爷动了心："就照你说的办，今天就去张网。要是下不着，我可不饶你呀。"

阿一旦拍拍胸脯："这个当然。我先把雄鸡交割给换米的那家，马上就来。"

阿一旦急忙出去，把雄鸡还给两个伙伴，跟他俩讲了几句话，兜个圈子，回到木老爷跟前："走吧！"

木老爷叫阿一旦背着五升米，自己揣了一吊钱，先来到山神庙，把钱和米供在神坛上，又到庙后树林里张起网。

第二天清早，木老爷叫阿一旦一起去看网。两人来到山神庙，昨天供的米和钱不在了。阿一旦高兴地叫起来："山神收了供品了，网里一定有猎物了。"木老爷跟着阿一旦跑到树林里，看见网里只下着一只灰兔，不大乐意："怎么没有下着雄鸡？"

194

阿一旦说:"一定是山神嫌供品少了。下次要是供上两吊钱一斗米,一定下得着一只漂亮的雉鸡。"

木老爷拿起灰兔:"要是下不着,我可不饶你!"

阿一旦拍拍脑壳:"我拿我的头担保。"

第二次,木老爷叫阿一旦背一斗米,自己带两吊钱,先到山神庙供好,又去树林里张了网。

次日一早,木老爷又来喊阿一旦去看网。两人先到山神庙,见供品不在了,阿一旦高兴地叫起来:"山神收了供品了,这回一定下着漂亮的雉鸡了。"木老爷跟着阿一旦跑到树林里,只见网里有一只活蹦乱跳的长尾巴雉鸡。

阿一旦对木老爷说:"怎么样?我说的没有错吧?"

木老爷不禁眉开眼笑:"嗯,这回子你没有骗我。"

阿一旦算了算:原来顶多能换五碗苞谷的灰兔和雉鸡,现在已经换到一斗五升米和三吊钱了,乐得不禁也跟着木老爷笑了起来。

鸡脚与熊掌

农历七月十五,是纳西祭祖节,木老爷家自然要杀几只大公鸡,办得非常隆重。祭祖用的鸡,要打整得很干净,而阿一旦到木家当长工后,因为手脚利索,都叫他来拾掇鸡。祭完吃饭时,木老爷舀一碗鸡来给阿一旦:"喏,这是我家祖宗的大恩典,让你也吃碗鸡肉。"阿一旦接过碗一看,哪里有什么鸡肉,都是一截截的鸡脚杆、鸡爪子,骨头上那点鸡皮还不够塞牙缝。一连两年都是这样。

这年,祭祖节又到了,木老爷又喊阿一旦宰鸡、煮鸡。阿一旦把几只鸡提到外边去收拾,把鸡头、鸡身、鸡大腿都切下来拿给穷伙伴家煮吃,只将鸡脚、鸡掌斩成小截,塞在土罐子里煨着。到祭祖上供时,阿一旦把一碗鸡脚供到木家祖先牌前。木老爷见了很不高兴:"你怎么光把鸡脚供祖先?"说着亲自拿铜勺在罐里舀鸡肉。可是捞来舀去,没有一块鸡肉,便生气地问道："阿一旦，鸡肉呢？"

阿一旦故意发愣："鸡肉？往年老爷家的祖先恩赐我的不都是鸡脚鸡爪吗？我从来没吃过什么鸡肉，我想着鸡头、鸡身子、鸡大腿是不能吃的，都剁了扔到大河里去了。"

木老爷想起只给阿一旦啃鸡脚爪的事，说不出话来，却又强词夺理跺跺脚："蠢猪，脚杆爪子怎么吃得嘛。"

"是啰，下次一定把脚杆爪子丢掉。"阿一旦恭恭敬敬回答。

过几天，有人给木老爷送来两只熊腿。木老爷知道熊掌是美味珍品，忙喊阿一旦去刮洗、烹煮。阿一旦提着熊腿出去，把熊掌剁下来拿给穷伙伴去炖吃，只将熊腿上部有肉的一段端回木家煮着。炖了半天，木老爷估摸炖熟了，就来吃。可是拿着筷子翻来撬去，只有几坨熊肉，十分奇怪地问："阿一旦，熊掌呢？"

阿一旦傻愣愣地应道："熊掌？老爷您不是说脚杆爪子吃不得吗？熊掌上有爪爪，我把它连熊脚杆一起剁下扔到河去了！"

木老爷只觉被一团冷气堵住脖子，咽也咽不下，吐也吐不出。

以上二则杨士光搜集整理

仉片的故事

（景颇族）

仉片是一个劳动者型机智人物。他的故事有许多是描写他巧斗山官（旧时景颇族地区世袭首领）的作品，颇有特色。他的故事流传在云南德宏傣族景颇族自治州境内的景颇族聚居地区。

砸　酒　筒

有个街子天下午，山官耀武扬威地骑着马，手里提着个酒筒，正往回走着。仉片见了，灵机一动："嗯！今天非得整他一着不可。"于是他急急忙忙地朝山官跑去。山官一见仉片就嘲弄他："喂！仉片，往哪儿跑？你能把我的酒筒骗掉在地下，我就给你喝了，要不然，把你拖到我家去当奴隶。"

仉片站住脚说："唉，你还狂什么？我是来给你报信的，你家的房子被火烧了！官娘也被烧死了！你还……"

山官听到这突如其来的消息，心一惊，手一松："哐啷"一声，手里的酒筒掉在地上，砸碎了。好半天才问："是你亲眼看见的？"

仉片不回答，却反问道："你手上的酒筒呢？"

山官这下才明白过来，知道自己受了仉片的骗，气得半天说不出一句话来。

山官是属狗的

一天，山官要仉片帮他算一算自己是属什么的。仉片装成正儿八经的样子，搬了几下指头，说："山官，你一定是属狗那年生的。"

山官很不乐意，问："你凭什么说我是属狗的？"

仉片说："因为你的所作所为很像狗，说起话来像狗叫，还会咬人，怎么不是狗呢？"

不愿见面

仉片在山官家当帮工，有一次，无意中把山官的烟锅打碎了。结果冒犯了山官，被山官一脚踢了出来，还骂："给我滚，从今天起我再也不愿意见到你的脸面了。"

过了不久，山官和仉片相遇了。仉片赶忙回转身子，拿屁股对准了山官。山官怒道："仉片，你为什么这样对待我？"

仉片说："你气什么，你不是说不愿意再看到我的脸面吗？我只好让你看我的屁股了。"

为 什 么

有人问仉片："你说说，为什么太阳早上从山头上升起来，晚上又落到山背后去呢？"

"那么你为什么早上从家里出来，晚上又要回家去呢？不回去行吗？"

"对不起"

一天晚上，有一个偷东西的人，蹑手蹑脚地摸进了仉片的家。仉片看见后，便悄悄地躲进了竹篾箱子里。

　　景颇人是把最珍贵的东西放在竹篾箱子里的。偷东西的人直朝着竹篾箱子摸去。他轻轻地打开竹篾箱子，伸手一抓，抓着了仇片的头，吓得目瞪口呆。

　　仇片从竹篾箱里站起来，说：“对不起！我家没有什么珍贵东西让你可偷，你就把我偷去吧！”

以上五则朵世·拥汤整理

艾掌来的故事

（布朗族）

艾掌来是一个劳动者型机智人物。在故事中他大都以帮工的身份出现，经常播弄各种欺压百姓的当权者。他的故事流传于云南西南部布朗族聚居地区。

打　苍　蝇

天不亮帕大①就叫帮工起来杀猪。艾掌来昨晚喂马草多半夜才睡下，连梦都没来得及做一个，又被轰起来干活了。他揉着惺忪的睡眼去牵猪。他把猪杀了，烫洗开膛，只见皮薄膘厚的猪肉嫩鲜鲜的。他问主人咋个吃法。帕大说："这样好的猪肉，不做成'板嘎妈②'可惜啦！"艾掌来刚把肉腌完，帕大又安排开了："把猪肝炒来下酒，把猪肚晾起来，把……"艾掌来忙得团团转。服侍帕大吃饱喝醉睡下，天已晚了，到这时艾掌来还没有正经吃一餐饭。他在心里咒道：帕大这猪，天天想着吃这吃那，还要吃"板嘎妈"哩，我叫你吃不成！于是，他盘算开了整治帕大的办法。

艾掌来正想着，达波罗背马草进房来了。帕大规定，每户轮流，在傍晚

---

① 帕大：布朗族村寨中的掌权者。
② 板嘎妈：布朗族的一种传统食品。把米饭和猪肉糅合在一起，再拌上种种作料，封闭在坛子里，过一段就成了酸肉，味道甚美。

・ 200 ・

送一背马草来。艾掌来恭敬地问："大爹，吃过晚饭了吗?"达波罗叹口气："唉，锅都揭不开啦，吃什么饭哟!"

"那么，我请你吃肉。"

"别开玩笑啰。我晓得平时你爱逗乐子。"

"真的哩。"说着，艾掌来就打开坛子，掏出"板嘎妈"来，给达波罗藏在背箩里。以后，艾掌来每天都给送马草来的乡亲一些"板嘎妈"。不多久，肉就被分光了。于是，艾掌来按计划捉来一竹筒苍蝇，倒进坛里，照原样把坛口盖上。

帕大早就等着吃酸肉了。一想起"板嘎妈"的酸味来就淌口水。也就在艾掌来把苍蝇放进坛子的那天，帕大吼叫起来："艾掌来，'板嘎妈'吃得了吧?快给我抓些出来蒸上。"艾掌来答："老爷，您亲自来开坛吧，不要说谁偷拿了你的。"帕大想：对!这些穷花子是得提防着点儿。他这样一想，便走过来，揭开坛盖。只听"嗡"的一声，一群苍蝇冲出坛口来，撞在他的脸上，把他吓了一跳。他骂了一声："讨厌的苍蝇!"但接着又高兴起来："嘻，一定是这次的'板嘎妈'腌的味道好，才招来这么多苍蝇。"说着，他咽了一口涌出的口水，就像已经尝到了"板嘎妈"的美味，又忍不住咂咂嘴。他便把衣袖捋起来，伸手进坛去抓。咦，怎么是空的?再往底下一摸，还是空的。他急得暴跳，叫道："肉，肉呢?"

"肉给苍蝇吃了吧。它下蛋生蛆还不糟完肉?"

"哼，可恶的苍蝇!艾掌来，你听着，见到苍蝇就给老爷打，打!"帕大气得暴跳如雷。

"不管在什么地方都打吗?"

"打!"

"叭!"帕大的肥脸上立即出现五个宽大的指印。

"啊，怎么打起我来啦!"帕大咆哮着。

"老爷，你不是说见着苍蝇就打吗?刚才您的脸上正叮着一只苍蝇，所以……喏，你看——"艾掌来把手一摊，上面确实沾着一只苍蝇哩。原来他在帕大说"打"时，就顺手抓一只苍蝇夹在指缝里了。

钓鱼和失火

一天，召勐①吩咐："艾掌来，抬鱼竿，我要去钓鱼。"

艾掌来同召勐来到南披河。召勐接过鱼竿，问："鱼饵呢？"

艾掌来装憨："你不是只叫我抬鱼竿吗？"

"笨蛋！没有鱼饵如何钓鱼？"

"是，老爷，我这就跑回去拿。"

艾掌来走近召勐家的竹楼时，见召勐的妻女正在嬉笑，艾掌来在心里骂道：等会儿我叫你们哭不赢。于是，他故意做出慌张的样子，大声喊叫着，奔上竹楼："坏事啰，召勐淹死啦呀！呜——"召勐的妻女听了，立即哭起来，哇哇哇地哭成一团。艾掌来忍住笑，说："先把召勐的尸体弄回来吧。"他下了一扇门板，捎着就跑。召勐的妻子跟在后面，边嚎边跑，不一会儿就累得上气不接下气，早已见不着艾掌来了。

再说艾掌来。他跑到了召勐的面前。召勐见他跑得满头大汗，奇怪地问他："怎么啦？"

"不好啰！你的家失火啦！"

"火大吗？"

"把天都烧红了。我只抢出来一块门板。"

"那么，我的妻子、儿女一定烧死了！呜……"召勐哭起来，撂下鱼竿，急急忙忙向家里奔去。艾掌来拾起鱼竿，从怀里掏出鱼饵，慢慢钓起鱼来。

召勐气喘吁吁，跑到半路，遇见了他的老婆，两人都惊叫起来："打鬼！打鬼！"等到两人弄清原委，已被相互打得鼻青脸肿了。

---

① 召勐：傣语，一个行政区划的长官。

"海"

  召勐的一个狗腿子平素欺压百姓，大家早就想除掉他了。一次，召勐叫艾掌来随狗腿子去远处买窑货。在回来的路上，要过一条大河。狗腿子怕死，硬叫艾掌来先下水试试。艾掌来说："这几口瓦缸怎么办呢?"狗腿子说："你探路，我来背。"艾掌来把几口瓦缸捆在一起，缸口朝外，给狗腿子驮在肩上，就下河探路去了。狗腿子见艾掌来顺顺当当过了河，也就跟着下去。艾掌来在岸上叫："这里去不得，那里危险。"故意把他引向深处。等他走到河中心时，艾掌来趁他不注意，"乓"，在他背后投了一块石头。狗腿子吃了一骇，加之水流湍急，站不稳，身子一歪，水就灌进了缸口，咕嘟，咕嘟……狗腿子被沉进大河喂鱼去了。

  艾掌来独个儿回来。召勐问："他到哪里去了?"

  "勐海。"艾掌来答。

  召勐一听，以为他忠实的狗腿背着窑货去傣族居住的坝子——勐海赶街为他赚钱去了。其实在布朗语中"海"是"消失"的意思，"勐海"就是"消失的地方"。聪明的艾掌来用谐音骗过了召勐。

以上三则王国祥搜集整理

山精灵的故事

（仡佬族）

山精灵是一个农夫型机智人物。其原型是清末至民国年间黔西田家湾的仡佬族庄稼汉山成明。他勤劳聪慧，机敏过人，硬是精灵得很。当地群众都很称赞他，给他取了个外号叫"山精灵"。他的故事流传于贵州黔西、织金等县仡佬族聚居地区。

打　　伞

有一年，财主朱彩龙从外地买回一把青布伞。这一带世世代代都是用的纸伞，人们把布伞叫作洋伞。他得了这把洋伞，活像细娃儿捡到个稀奇宝物。莫说晴天雨天和他形影不离，就是阴天，他也要故意打起伞摇来荡去，到四处去"亮梢"。

有个阴天，朱财主请了一大帮农民给他家栽秧子，山精灵也是其中的一个。财主怕栽秧的人们偷懒，便打起伞在田坎上游来游去，指指戳戳监视大家，弄得人们连吃杆烟的空空都没有。大家气得直叹气，恨得直咬牙。这时，正巧山精灵插秧的手指头碰着一坨埋在田中的石头，他灵机一动，摸起石头，趁朱彩龙没注意，狠劲地朝他的伞上打去，只听得"叭哒"一声，正打在伞上。这家伙猝不及防，吃了一惊，连伞和石头一起坠落地下。新崭崭的伞上，糊了一片稀泥巴。

这下可捅了马蜂窝。朱财主一边拾起雨伞一边龇牙咧嘴地质问："谁打的伞？谁打老子的伞？"财主见大家谁也没有吱声，就更加火冒三丈，干脆拍脚打掌地破口大骂起来："哪个舅子打伞，哪个龟孙打伞，哪个王八羔子打伞！……"越骂越展劲，越骂越刻毒，老半天不肯闲住那张比茅厕还臭的嘴。

朱财主的喉咙都骂沙哑了。这时山精灵从田中慢吞吞地伸起腰杆来，不紧不慢地说："朱大爷，你看我们满田栽秧的人，尽都是打的光脑壳。莫说打伞，斗篷都没有戴一个。只有你老人家才在打伞嘛。"

话音刚落，栽秧的人们忍不住哄笑起来。朱彩龙又羞又恼，噎得半个字也吐不出来。只好拿起布伞，灰溜溜地走开了。他前脚一走，大家忙洗手洗脚上田坎，坐起抽烟、喝茶、摆龙门阵……

豆渣脑筋

有人送给朱彩龙一颗彩色的玻璃珠子，有鹅蛋般大小。孔子里有一条弯弯曲曲的小孔道，他把它当作宝贝疙瘩，多次想用根丝线穿进孔眼里好挂在颈上摆阔显富。可是，他脑壳都想秃了，也没有想出一个法子。这件事传进山精灵的耳朵里，便嘲笑说：

"这家伙是个大草包，脑髓是豆渣捏的，芝麻大点事都没有办法。"不料这话三传两传，终于让朱彩龙晓得了，朱彩龙连忙派人把山精灵找来，皮笑肉不笑地说：

"你说我穿不过珠子，是豆渣脑筋。好，你把这根丝线拿去，当着众人试试。如果穿过去了，我输两块花钱（银圆）给你；如果穿不过去，你得敲锣打鼓，绕村转寨，向族中的老老少少承认自家是'豆渣脑筋'、'大草包'。"

话就这样讲定了。

山精灵立刻出门去，捉了一只大蚂蚁，把丝线拴在大蚂蚁的腰上，轻轻地把蚂蚁放进珠子一头的小孔孔里。没过多久，蚂蚁就带着丝线从另一头钻了出来。山精灵解下丝线，把两头合拢打了个结，提起递给朱彩龙，拿起两块花钱，三步两步地离开了他家。

朱彩龙眼睁睁地看着山精灵拿起花钱走了，气得直敲自己的脑壳：

"哎，这么简单的办法，我怎么就没想得出来呢？我硬是个豆渣脑筋啊！"

评　理

头人①的侄儿山万道，一向横行乡里，白吃霸赊。有一次他在山精灵的菜园里拔了几棵大白菜，碰巧被山精灵看见了，便质问他：

"你为啥偷我的菜呀？"

"拿你几棵菜便叫偷呀？再吊起嘴巴乱说，拉你到我叔叔那里去叫他打整你！"

"莫要狗仗人势欺侮人！"

"咦，你真是狗胆包天，竟敢目无尊长，背地骂起头人来了！大概你是屁股发痒了吧？"按照当时的仡佬家规矩，谁要是背后辱骂了头人，是要当众用竹片子打二十板子以示惩罚的。

山精灵心里明白，这是他抬阎王压小鬼，想借头人的权势来吓唬自己。我何不就坡骑驴，将计就计，让头人来收拾收拾他。于是毫不示弱地答道："你自己丢人现眼地干了龌龊事，还要把头人也拉来垫背！有理走遍天下，我陪你一起到头人那里去讲理，看哪个该挨打板子。"

他两个谁也不让谁，立马来到头人家里，山万道恶人先告状抢先就说："叔叔，他刚才骂你是狗哩！"

头人听了，立即把眼睛一鼓："嗨嗨，我看没王法了！万道，快给我去把竹板子拿来……"

这时，山精灵早已妙计在心，不紧不慢地说："这是胡咬乱嚼的，我可

---

① 头人：相当于汉族中的族长。

没有这样大的胆子骂你老人家是狗……"

头人怒气未消，不耐烦地截住他的话头："那你又是怎样骂我的？"

山精灵不动声色，一本正经又胸有成竹地回答："我根本没骂你老人家呀。事情的经过是这样的——今天一清早，山万道溜进我家菜园子里偷白菜，被我当场人赃拿住，我要拖他来找你老人家评理，谁知他却冷笑着说：'找他评啥子理哟，连他自己的屁股都还没揩干净呢！'我一听这话不对头，连忙劝阻道：'莫要红口白牙地诬赖好人，你叔叔是堂堂正正的好头人，怎么会干这种偷鸡摸狗的坏事？'不料他不听劝，反转抵我说：'不信你去当面问他嘛，去年我跟他一路上山打猎，他就亲手偷了一户客家（汉族）的一只花母鸡、一条肥头大耳的黑狗在坡上杀来吃了。'我不相信他这套鬼话，才和他一起来当着你老人家的面问个水落石出的。"

头人一听，气得脸色铁青，火冒三丈。他心里明白，偷鸡摸狗的事，只有他叔侄俩才知道，要是山万道不讲，山精灵是不会晓得的。

山万道一看叔叔的脸色，知道事情不好，要想分辩。可是还没等他开口，脸上早啪啪啪地挨了几耳光，打得他脸上火辣辣发疼，眼里火星子直溅，连连嘶声嚎气地呼喊冤枉……

"冤枉什么？你这个挨刀的不说，他怎么会晓得那样清楚。"接着又是一阵脚尖子踢，打得山万道像鸡啄米似的磕头认错，他才悻悻地回屋里去了。从此，叔侄俩的威风，扫去了一大半。

看着叔侄俩那狼狈不堪的样儿，山精灵心里像三伏天喝了碗凉水一样痛快。那么，山精灵又是怎样知道他们那桩见不得人的事的？原来有一次山精灵上山采药，看见了他叔侄俩在偷鸡摸狗，一来，惧怕他们的权势；二来怕他们反咬一口，因此一直藏在心里，这次才借机揭露和收拾了他们。

斗　盐　商

山精灵租种了财主的几亩薄田瘦土，尽管他一年辛苦到头，还是猫儿舐米汤——连嘴都糊不住。每逢庄稼上坎的农闲季节，总要到茅台村来帮贩运盐巴的盐商赶驮马，背盐巴，找几文血汗钱来养家糊口。

有一年，他帮铁算盘的盐商赶了五匹驮满盐巴的马，可这个家伙还不心满意足，还要叫他另外背起一百斤盐巴，并当面讲定：从茅台到鸭溪，另给他加一块银圆做工钱，如果半路退工，分文不给。

山精灵撵着驮马来到一条小河边，偏巧河上的木板桥断了，过不了河。盐商便逼着他踩水过河，如果他不干就另外请人赶驮马，这几天的工钱分文不给。没奈何，他只好把背盐巴的背篓顿在岸边，挽起裤管，把驮马一匹匹的牵过河去。最后他正背起背篓里的盐巴准备踩水过河，那盐商却开口说："慢点，你牵着我一道过河。"

山精灵心中暗想：这真是人心不足蛇吞象，吃了五谷想六谷，等会在河中再慢慢收拾铁算盘。于是，他回答说："行！"盐商把鞋袜脱下来放在山精灵背盐巴的背篓中，拉着他的手一齐下了河。水虽然才打齐膝盖，没踩过水的盐商却两腿像打摆子一样发抖。好容易快熬拢对岸了，山精灵用脚背挑起一块石头，往商人的脚背上一放，那家伙以为是水蛇咬他的脚背，吓得一声惊叫，一下摔倒在河里。山精灵趁势把盐巴背篓往水里一甩，恰好压在盐商身上。山精灵见盐商呛了几口水，才慢慢地生拉活拽，像拖死猪一样把他拖上岸来。"山精灵"趁机把背篓连同装在里面的一麻袋盐巴丢在河边水里。

山精灵上岸以后，冲着一股怨气说："老板，你自家不踩稳，连我都被你拖摔在河里头了。你看，我周身打得焦湿，干脆你看住驮马，等我去找个人户把衣裳烤干了再回来赶马背盐巴。"他说着装作抬脚要走的样子。盐商立马威胁他说："你去，这几天就不开你的工钱了！"山精灵边走边说："不开就不要啰，我总不能要钱不要命呀！"这下，铁算盘商人可慌了神，他暗自拨拉算盘：如果等自己另外去找人来赶驮马，泡在河里的盐包全都得化个精光，那不是把白花花的银圆丢到河里啦？哎，舍不得孩子套不住狼，就捏住鼻子吃臭屁，蚀上一点财吧！想到这里，慌忙追上去拖住山精灵说："我的好伙计，莫忙走嘛，有话好说好商量。这样，你马上把河里的盐巴弄起来，吆起驮马走，我开你双份儿工钱。"

山精灵打了一个顿，接着反问道："老板，你说话可算话？"

"当然算话，我几时哄过人的？"

"那就现过现，立刻拿两块银圆来。"

商人没得法子，只好从捆在腰杆上的钱袋子里，抖出两块银圆，丢给山精灵。山精灵这才慢条斯理地捞起背篓，赶着驮马上路。盐巴被水化去了头二十斤，这真是赔了夫人又折兵，那个盐商光着脚板，高一脚低一脚，垂头丧气地跟在山精灵身后，活像吃了几大碗黄连汤的哑巴，满肚子苦水倒不出来。

以上四则徐文仲搜集整理

阿匹打洛的故事

（普米族）

阿匹打洛是一位劳动者型机智人物，出自艺术虚构。其故事主要为智斗头人，帮助弱势群众的趣闻，流传于云南南坪、宁蒗、维西等地的普米族聚居区。

牵羊上斑竹

三月间，青黄不接，拉布头人管辖的部落，老百姓全都断了粮。

一天，阿匹打洛路过一个部落，见一位大汉坐在房前的石板上哭，阿匹打洛上前问道："大哥，堂堂汉子，为什么在房前痛哭？莫非佛爷给你降了大灾难？"那大汉抬头看了看，就把心里的苦水吐出来："兄弟，我帮拉布头人放了三年羊，如今家里有个老母亲快要饿死了，我向头人算点工钱买粮，他分文不给，借点粮也不答应。拉布头人拿我开心，说我要能把羊牵上斑竹梢头就给，牵不上去，三年工钱不给，还要再干三年。"阿匹打洛听了非常气愤，他劝那大汉说："大哥，你莫急，明天我给你想办法。"

第二天，阿匹打洛来到拉布头人家，二话不说，就要和拉布头人打赌。拉布头人捋捋山羊胡子说："早听说你阿匹打洛很聪明，我倒要领教领教。你要赌什么？"阿匹打洛说："你不是要赌牵羊上斑竹梢吗？如果我把羊牵上去了，你就得把工钱给那位大汉。"拉布头人说："要是你牵不上去呢？"阿匹打洛说:"那我帮你十年长工,不要工钱。"拉布头人高兴得一口应承了。

阿匹打洛叫头人把羊牵到斑竹前,自己一骨碌爬上粗大的斑竹梢,然后使劲往下一堕,粗大的斑竹梢被拉弯下来。阿匹打洛用绳子把羊拴在竹梢上,猛一松手,羊被弹上竹梢了。阿匹打洛笑道:"拉布头人,羊已经牵上斑竹梢啦,怎么样?"

拉布头人气得跺脚,叫得要断气:"你把我的羊放下来,我给工钱!"阿匹打洛说:"你得先给工钱,然后我才放羊。"拉布头人只好给了工钱。阿匹打洛放下羊,笑笑说:"拉布头人,你看着羊上斑竹梢了吧!"说完,扬长而去。

背木楞房

有一年,年景非常好。拉布头人家的粮仓,一个个全装满了。百姓还在缴粮,长工还在装仓。粮食都装满了,怎么办呢?拉布头人想了一夜,第二天,他不管长工苦死累活,硬要他们去山后抬七间木楞房来装粮。长工们抬了半个月,一间也没抬来。木楞房没抬来,粮食没地方装,一下雨,粮食就会被淋湿霉烂,于是,拉布头人下道死命令:要每个长工背一间木楞房来,背不来,就不给工钱。长工们你看我,我看你,没有办法,个个像得了病一样,躺下就爬不起来。

这事被阿匹打洛知道了。他来到拉布头人家,望着拉布笑了笑说:"拉布头人,要下雨了,你这么多粮食放在外面,不怕雨淋吗?"拉布头人气急败坏地说:"是呀,那些穷长工搬不来木楞房,全都躺下啦!"

阿匹打洛笑笑说:"我有个主意,不知道你愿意不愿意。"拉布头人忙问:"什么主意?"阿匹打洛说:"你先把粮食分到百姓家,等秋雨过后,我给你背木楞房。怕还得找根长绳子。"拉布头人想了想说:"这倒是个好主意。"于是,他把粮食分给了百姓。

秋雨过后,拉布头人叫阿匹打洛背房子,阿匹打洛抓抓头,想了想说:"拉布头人,背木楞房倒是小事,就怕动着天神的宝珠,闯下祸事哟。"拉布头人说："我叫你背房子,管什么天神不天神!"阿匹打洛说:"昨晚上我做了个梦,那木楞房下全是宝,我刚要动手背,只见天摇地晃。我怕背了房,天塌下来,我们全都没命了。"拉布头人说:"不管天塌地陷,明天你得把房给我背来。"阿匹打洛说:"那好吧。不过得有个福气大的人跟着我,绕房子转上三十二转,压压天神。"拉布头人说:"这好办,叫我儿子去。"阿匹打洛说:"不行,你的福气大,要你去才压得住邪。"拉布头人听后,眉开眼笑地答应了。

第二天,阿匹打洛同拉布头人来到木楞房前。阿匹打洛拉着头人的手转了三十二转,转得他站都站不稳,这时,阿匹打洛用一根长绳拴着木楞房,装着要背的样子,可是一抬头,他就大叫着:"拉布头人,不好了,天要塌下来,地在摇晃,不信你看。"拉布头人扬起头一看,果然云雾滚滚,天旋地转,吓得他脸青面黑,抖着嘴说:"怎么办?"阿匹打洛显出慌慌张张的样子说:"你快找些青松毛来,烧炷青香,求天神保佑。"拉布头人连爬带滚找了些青松毛来烧着,那狼狈相,叫阿匹打洛暗暗发笑:"拉布头人,这下你相信了吧?"拉布不敢抬头,只是点头:"相信了,相信了。"木楞房没背下来,拉布头人分给百姓的粮食,正好解决了百姓们青黄不接时的困难。

会唱歌的宝葫芦

一天,拉布头人来到村头,见阿匹打洛抱着一个美丽的金葫芦,正凑在耳旁听。拉布头人非常奇怪,便上前问道:"阿匹打洛,你拿着什么宝贝?"阿匹打洛笑了笑说:"我昨天去山里,听见一个岩洞里有人唱歌,唱得真动听!我走进去,却不见人,找了找,只看见这个金葫芦,我捡了回来。一听,哎呀,什么好听的歌都有。"拉布头人两眼闪亮,乐得像个小孩:"你给我听听!"阿匹打洛将金葫芦递过去。拉布头人放在耳边一听,果然有动听的歌声。他一下子眉开眼笑:"阿匹打洛,你这个葫芦就卖给我吧。"阿匹打洛摇摇头:"不卖。"拉布头人从怀里掏出两个白银锭子,阿匹打洛还是摇头,拉布头人又掏出一个来,这时,阿匹打洛才勉强递过金葫芦,并说:

"你是头人，实在要，就卖给你了。可千万不要打开盖子。"拉布头人连连点头，抱着金葫芦，一面听，一面走，回家去了。到家里，他请了好些客人来听。这个听，那个拿，东一传，西一递，把葫芦盖子掀掉了，顿时，一窝黄桷蜂飞出来，把拉布头人和他的贵客们叮得鼻青脸肿，哇哇大叫，都叫着又上了阿匹打洛的当！

治 腰 疼

一个阴天的早晨，拉布头人去排方村治病。一进村头，只见路口上围着一堆人，挤得连缝缝都没有。"这是干什么？"拉布头人翻身下马走近一看，顿时惊呆了：一个年轻汉子骑着一个满脸胡子的老人，正在路上爬来爬去。他心想：我堂堂皇皇一个头人，还没骑过白发苍苍的老汉，你一个年轻汉子竟骑起老人来，简直要翻天！于是，他提着马鞭朝人群中胡乱打去，口里叫道："我是寨主，还没骑过白发老人，你这小奴隶比我头人还高，简直是在造反！"边说边就把年轻人抓起来。

正在这时，那老头子笑嘻嘻走过来，脱下帽子，给拉布头人磕了一个头："尊贵的头人，你别抓他，他是给我医病的。我卧床三年，幸亏这医生有个好单方，要不然我还躺在床上呢！不信你看看我的腰吧！"说着，还把衫子捋起来。

年轻人也过来磕了个头，然后，又从腰里拿出一包药说道："尊贵的头人，我是土医生，给人治病不收钱。你看，我用了外方药后，还有吃的内方药呢。"

拉布头人见他们一个个老实巴巴，说的又都是实话，心想：我也是天天腰痛，昨天又打了一架，腰痛更厉害，一不花钱，二又省路，何不就请他看看。这样一想，就改变了脸色，笑嘻嘻地对年轻人说："阿弥陀佛，我正是找医生来的，错怪你了。……"

"哪里哪里，头人不捆就好了。"年轻人十分虔诚地又磕了一个头。拉布头人梳梳胡子，慢声细气地说："我腰痛多年，一直没治好，你就给治治吧。"说完，他像猴子一样地脸皱成一堆，显出很难受的样子。

那年轻小伙子，连忙说："不敢不敢！尊贵的头人，我治腰痛先要骑着病人在村里转三转，然后才给药，头人身上我哪敢骑。"

拉布头人一仰头，哈哈大笑说："你莫怕，我叫你骑你就骑，只要医好病，不会亏待你。"

年轻人又装出为难的脸色说："尊贵的头人，骑你倒是不怕了，只怕那服药你吃不下去。"

拉布头人又劝慰道："哪有吃不下去的药，你药里有哪样？"

年轻人回答说："都是山野老林采来的土药，只是味道难闻。"

"那怕啥，药能没有味道吗？不过苦辣臭酸吧，我吃得下的。"说完，就像大狗一样趴在地上。那年轻医生便骑了上去，心里一面忍着笑，一面说："尊贵的头人，你要爬快点，不然村子转不完，吃下的药也就不灵了。"

拉布头人听说不快点爬，吃药也就不起效用，便快快地爬起来。不一会儿，脸上豆大的汗珠滚下，手掌被石子磨起好些大泡，膝盖也磨出了血，但他咬紧牙关爬了一圈又一圈。村里的人全出来了，个个看得目瞪口呆，心里发笑。三圈转完了，拉布头人也只有半口气了。那年轻医生从他背上跳下来，赶忙扶着他靠在路边一块石头上："尊贵的头人，你真了不起，腰疼明天就会好，要是你能立即吞下这药的话。"

拉布头人像头死猪躺着一动也不会动。他只觉得眼前金星乱冒，天昏地暗，只有出的气，没有进的气了。但一听说立即趁热吃下药，明天就会好，他也就眯着双眼接了碗。他闭着眼，咬着牙，一口喝下肚去。只觉得一股尿臭冲得鼻孔生烟，肚里翻腾，忍不住哇哇地呕吐起来。这时，狗腿子赶来，连忙扶起拉布头人，厉声问那年轻医生："怎么回事？"

年轻医生说："刚吃下药，药性催发，浊气排泄，不妨事。"说着忙叫狗腿子扶他上马，回家蒙了被子睡。

拉布头人一路上吐个不停。回到家又喝了好些茶水，可就解不了药。狗腿子生疑地问："头人，今天那医生怕是阿匹打洛，他给的药怕是尿吧？"

拉布头人一听，心里早有八九分实在，可又不敢说是，怕传出去遭人取笑，只好硬着头皮骂道："混账，那是腰疼药，什么尿？"

尿字刚说出，嘴里就一阵臭；嘴一臭，就想吐，于是，一阵心翻肠叫，拉布头人的黄胆水也吐出来了。

这时，年轻的"土医生"阿匹打洛正在和村里的伙伴们捧着肚子开心地大笑。

避 祸 事

有一年端阳节，拉布头人的放羊娃小二千，气喘吁吁背来一只角麂。拉布头人高兴极了，梳着山羊胡子问道："哪里弄来的？"

"安扣子扣到的。"

"啊！好极了！好极了！"拉布头人连连称赞，忙叫人刮剥出来，抬到自己屋里。一点儿也不给小二千。

"头人，这麂子是我扣的，应分给我一半。"小二千说。

拉布头人脸色一变，指着小二千骂道："我喂的麂子被你扣着，不算你的账就算饶了你！"

小二千忍气吞声不敢回话，只得去山里找羊。半路上，他碰见阿匹打洛："二千，你垂头丧气地去哪里？"

小二千委屈地诉说经过，阿匹打洛宽慰他说："不要紧，你把羊赶回圈里关好，明天我叫你休息。"

小二千把羊群赶回关好，已是半夜了。这时，阿匹打洛神不知鬼不觉地钻进羊圈，给羊子喂了毒药。第二天早上，拉布家的羊全死了。

拉布头人气得暴跳如雷。娃子们把他扶起来，他瞪着一双血红的牛眼睛，叫狗腿子把小二千捆起来打。正在这时，一个喇嘛钻进院里，嘴里说着："阿弥陀佛，你家不吉利呀不吉利，昨天闯了神气。"

拉布一听闯了神气，急忙走到喇嘛跟前问道："闯了哪家的神气呀？"

那喇嘛掐掐手指故意惊叫："昨天你家独吞了一条捡来的麂子么？"

"是的，是的。"拉布头人连连答应。

"你犯了山神，昨晚你家羊子死了，是山神来收命的。"

拉布头人一听，脸像猪肝色。连忙又问道："尊敬的喇嘛，山神还要来收命吗？"

喇嘛念念有词咕噜一阵说："要保住别的羊子，得把这些死羊全部祭给山神，还要搭上一头壮牛。要不，山神连人的性命也会要的。"

拉布头人听到山神连人的性命也会要，便连连恳求喇嘛相助。喇嘛趁机说："小二千的命，山神要定了，你家把他捆起来，要是山神不见二千，那就要你的命了。"

拉布头人听说二千已是山神要了命的，急忙叫人放了他，免得祸事转降到自己头上。等二千走后，又忙叫狗腿子把一只只死羊抬到山上，又拉了一只壮牛在山上杀了祭神。这一切做完之后，喇嘛才说着祝福的话，离开拉布头人家。

晚上，寨里的穷苦人把拉布家抬到山上祭神的牛抬回来，剥皮煮熟，美美地吃了一顿。

买　　布

有一年阳春三月，老百姓正在青黄不接的时候，拉布头人却要讨小老婆。他命令火头甲首向百姓征收细麻布，每人五方，不交就不给地种。老百姓泪眼相告，哪有心思织细麻布呵！

就在这时，嘎窝村传来消息，说外乡来了个客人，专卖细麻布，花色品种多，麻布织得又细又紧又好看，指名道姓，是为拉布头人办喜事才来卖的。消息传到拉布头人耳里，他立即骑了马，带着银钱去嘎窝村买布。

拉布头人站在布摊子前面，看着那红红绿绿的细花麻布，眼都睁不开。心想，要是叫我的三娘子穿上，会像海螺花一样美。还没等他开口，那满脸毛胡子的卖布人，已经笑盈盈地上前说道："尊贵的拉布头人，听说你要办喜事，我就专程来卖细麻布。你看看，合意不合意？"

听说卖布人专为自己而来，拉布头人高兴极了。忙拿出随身带来的卡巴

（礼物）送给卖布人。卖布人收下礼物后，就拿出一捆捆细麻布给拉布头人看。

拉布头人先拿了一捆麻布对着太阳照："哎呀，这布织得太稀啦，连太阳也看得见。"

卖布人立即拿出另外一捆："尊敬的头人，看看这些布，这是上等的细麻布，又密又厚，是看不见太阳的。"拉布头人又拿起对着太阳一照，真的又密又厚，看不见太阳。他高兴得很，连声称赞："好布，好布。这些我全买了，多少钱？"

"五十两银子！"卖布人说。

"三十两。"拉布头人急忙还价。

卖布人稍微想了想，笑着说："尊贵的头人，这布五十两银子本来买不到，我看在头人亲自骑马前来，路费也要花些，留个交情，三十两卖给你。"

拉布头人生怕卖布人又变卦，立即给了银子，把布放在马驮子上，骑着马快快地走了。

拉布头人一走，卖布人拔掉胡子，他正是阿匹打洛。阿匹打洛把三十两银钱分给寨里的穷人，也马上走了。拉布头人回到家，立即把各寨手艺出众的人请来缝衣服。可是，他拿出来的，哪里是什么细麻布，全是山林里的千层树皮。它们被阿匹打洛层层剥下，染上颜色，当成了细麻布卖给拉布头人。这一下气得拉布头人七窍生烟，乐得各寨百姓手舞足蹈。

银子洞里的金菩萨

有一次，阿匹打洛被头人家的管事毒打一顿，然后又丢进一个洞里，幸得穷朋友的帮助，他得以死里逃生。可不久，整个寨子传开了，说：阿匹打洛从洞里抱回来个金菩萨。

这事传到拉布头人的耳朵里，他很后悔，不该把他丢进有金菩萨的洞里。他带着人马来到阿匹打洛家，一进门就笑嘻嘻地说："打洛呀，听说你掉进洞里，是怎么回事呀？"

阿匹打洛见头人装着无事一样，他也装着无事的样子，拉着头人的手走到一边悄悄说："那天，我被管事打了一顿，丢进洞里。半夜醒来，一看呀，洞里尽是银子。我拿不了那么多，只抱了一个金菩萨上来！"

拉布头人竖着兔子似的耳朵听，两眼金光锃亮，一把拉着阿匹打洛的手说："打洛呀，过去的事就不提了，你说那洞在哪里呀！"

阿匹打洛故意神秘地问："你问这做什么？"

拉布头人笑眯眯地说："这周围几百里土地全是我的，那洞也是我的，只要你说出哪个洞，我就叫人把银子全都背出来，分给你一半。"

阿匹打洛想了半天才说："要去，只能是你我两人去，人多了不够分。"

拉布皱皱眉头说："我要带个小管事一起去。"

阿匹打洛想想，同意了头人的要求。第二天，他就领着拉布头人和小管事来到银子洞。刚到洞口，打洛还没说话，拉布头人就挽起裤脚要下洞去。阿匹打洛说："洞很深，要用麻绳捆住身子放下去才行。"

拉布哪里等得。忙说："你缠住我，先把我放下去。"

阿匹打洛于是照办了。把头人放下洞底以后，阿匹打洛还故意拉着绳子。不一会儿，洞底下传来头人的怒叫声："阿匹打洛，快拉我上来。"

阿匹打洛侧耳听听，又笑着对旁边的管事说："头人说，银子太多拿不动，问你下不下去？"

狗腿子小管事连忙应道："我下，我下。"

没等阿匹打洛回答，小管事自己拴好了绳子，于是，阿匹打洛把小管事也放下去了。这时，阿匹打洛将手里的绳子一丢，大声对着洞底说："拉布头人，绳子给你们拉下去了。你们得了银子就不管我，太没良心啦。"说罢，打声口哨就走了。过了好几天，拉布头人和小管事才被人拉上来，可已经只有半口气了。

赌　骑　骡

拉布头人贪财好色，娶了三姨太，还想四姨太。整天眯着色眼东张西望，好像屁股上生着倒钩刺，总是坐不住。

一天，场坝上有群姑娘在干活，她们嘻嘻哈哈，有说有笑，却被骑骡过路的拉布头人听见，心里痒酥酥的。他连忙下来，拴了骡子，一个人在场坝外边的路上转来转去，想着进去如何跟姑娘们说话。

"尊贵的头人，你有啥子想不通呵？在这里转来转去的？"阿匹打洛走过来问道。

拉布头人一见阿匹打洛，喜出望外。心想：他有哄人本事，何不叫他哄个姑娘出来聊聊。于是，他笑嘻嘻地拉着阿匹打洛的手说道："打洛兄弟呀，你哄人，远近闻名，今天能不能哄个姑娘出来说说话呀？"

阿匹打洛慌慌张张地回答："我没空，我有急事，有人在等我呢！"

拉布头人赶紧拉着阿匹打洛的手："有啥急事嘛！要是你哄个姑娘出来，我把骑骡给你。"说着，指指拴在路边的骡子。

阿匹打洛装出为难的样子："实话告诉你吧，你家三姨太正等着我呢！"

拉布头人一听，顿时天黑地暗。可又仔细一想，阿匹打洛是什么东西，我的三姨太看得上他？待了好一阵儿，拉布头人终于哈哈一笑："阿匹打洛呀，你怕是搞昏了头，我三姨太是什么人，你是什么人？你哄得了我？"

阿匹打洛笑道："头人要是真的不信，你可以跟着我躲在一边偷偷瞧。"

"要是你哄我怎么办？"头人冷笑着问。

"跪着爬着走十里，罚银三十两。要是不哄你，是真的又怎么办呢？"阿匹打洛反问道。

"骡子输给你。"拉布头人高声说。

阿匹打洛二话没说就往前走，拉布头人牵了骡子跟在后边。走了一阵儿，远远地看见一条河，拉布头人的三姨太正在河边洗衣裳。阿匹打洛连忙示意拉布躲在树后边，自己一个人走近三姨太说："娘娘呀，头人说，他昨天丢了十两银子，是你捡着是吗？"

三姨太莫名其妙："谁见他的银子，我没拿。"

阿匹打洛故意比手画脚，笑哈哈地献殷勤。拉布头人远远地看在眼里，但听不见对话，心里怪不是滋味。阿匹打洛又说："娘娘，你要是没拿，头人在那边等着呢，你去说说吧。"

三姨太真的站起跟着阿匹打洛走。没走几步，阿匹打洛又转过身子说："头人说，你藏在腰带里了，解开腰带看看嘛。"

三姨太火冒三丈："这老东西，我啥时候藏在腰带里，不信你看！"说着，就迅速地解下腰带来。

这边的拉布头人，早就看不下去了，一下冲出来，直往三姨太面前跑。拉布头人不问三七二十一，抓着三姨太的头发就打；阿匹打洛趁机脱身。等拉布头人弄清事情真相后，三姨太早已鼻青脸肿了。这时，阿匹打洛已经骑上头人的骡子，早就跑得老远老远了。

打　斑　鸠

拉布头人家的房对面，有一个很长的埂子，埂子上，每天歇着斑鸠，拉布头人天天拿着长枪去打斑鸠，可就是只听枪响，不见物落。

这天，那埂子上又歇着九只斑鸠。阿匹打洛提着一支弯弯扭扭的长枪走过来。拉布头人着急了，忙跑去拦着说："你那弯枪不行，还是我去打。"

阿匹打洛笑笑说："尊贵的头人，你从来没打着过斑鸠，今天我打给你看，九只斑鸠一枪打！"

拉布头人一听，感到非常诧异，他还没听说过一枪能打九个斑鸠的，今天倒要看看。阿匹打洛弯着腰，提着枪走到埂子边，一声枪响，九只斑鸠劈劈啪啪全飞了。拉布头人大骂道："什么九个斑鸠一枪打，你连斑鸠的屁也闻不到！"

他话音刚落，阿匹打洛已跑去埂子上捡斑鸠。不一会儿，手里就提着一串九只斑鸠朝拉布头人走来。拉布看得花了眼，阿匹打洛果真是提着九只斑鸠的。他又一一查看，斑鸠身上还是血淋淋的。九只斑鸠一枪打，不假。"尊贵的头人，怎么样？九只斑鸠一只不少。"

拉布头人终于相信了。他摆弄着阿匹打洛的弯弯枪，终于说："把你这枪换给我吧。"

阿匹打洛笑着摇头说:"我这枪原来和你的一个样,也是一只斑鸠打不着。后来我想,要是把枪扳弯,顺着弯埂子去打斑鸠,准打得着。我就跑回家,把枪往木楞房里一卡一扳,就扳成这个样子。再拿去一打,第一枪就打着七只,今天是第二枪。"

拉布头人听得好开心。等阿匹打洛走后,他也把枪插在木楞房的空隙里,使劲一扳,枪筒扳弯了。

第二天,斑鸠又歇在埂子上。拉布头人满心欢喜,他装好枪药,大狗一样爬到埂子上,然后一扣扳机,"轰"的一声,药在枪筒里爆炸了。拉布头人没打着斑鸠,手指头却飞了好几个。原来那弯弯枪打九只斑鸠的事,全是阿匹打洛事先设计的。

治　　鹰

拉布头人家养了一只老鹰,老鹰要喂羊肉,拉布头人就天天都叫百姓送羊喂鹰,百姓也就只得轮流着送羊。

一天,轮到一个孤独老人送羊,他舍不得羊儿,便抱着羊痛哭。这事,叫过路的阿匹打洛知道了,他上前问:"老人家,你不要伤心,明天我帮你想办法。"

第二天一早,阿匹打洛慌慌张张朝拉布头人家走去,拉布头人见阿匹打洛慌慌张张走来,就忙问道:"阿匹打洛,你跑来有啥子事?"

阿匹打洛说:"头人呀,昨晚上做了个梦,梦见你的紫红骑骒被鹰抓走了眼睛。这还不算,你那老鹰对我说,明天还要挖去你的双眼。"

拉布头人一听哈哈大笑:"老鹰是我喂的,它会挖我的眼睛?"

阿匹打洛说:"不相信,那就算了吧,不过,你的骑骒一定没有眼睛了。"

拉布头人半信半疑。等阿匹打洛走后,他才走去骒厩里漫不经心地看看,不看则已,一看,顿时全身冒汗:他的紫红骑骒两眼血淋淋的,真的没有眼睛了。他急忙跑去鹰笼里瞧,只见一只骑骒眼睛正挂在老鹰歇的笼子旁边，拉布头人气得发抖，立即抓起长刀把老鹰砍死了。

拉布头人心疼自己的骑骡，他转回来抱着骡头察看骑骡的眼睛，这一看，才清清楚楚看明白：骑骡的眼睛并没有被挖去，是有人用猪血涂了骡眼，造的假象，他心里顿时安定下来，可老鹰已被杀了，拉布头人这才明白地来，他又上了阿匹打洛的当。

给龙王送磨子

拉布头人多次上当，极其恼怒，他派人抓了阿匹打洛，把他吊在江边的一棵大树上，然后叫人把树砍倒，让人和树一起落进大江。砍树的人砍呀砍，半天砍不断，就回家休息。

这时，拉布头人的老婆和管事收租回来，路过大树脚下，只听得有人在树上叫道："瞎眼医得好，驼背吊得伸。"

两人听后，往大树上一看，树上吊着个人。那人又说："瞎眼医得好，驼背吊得伸。"

他俩心一动，管事想：我的背是驼的，能吊得伸，当然好。头人的老婆也想：我有只眼是瞎的，医得好，当然要医。于是，两个人赶紧放下了阿匹打洛，争着要医自己的毛病。阿匹打洛笑笑说："不用争，两人一起吊。"他把拉布头人的老婆捆在树上面，把管事捆在树下，然后转身就走了。

过了半晌，砍树的人回来了，他连看也不看就砍。被捆着的管事就急叫："别砍、别砍，是我。"

砍树人说："我们砍的就是你。"说着，大树和人轰隆隆落进江水里了。

第二天，拉布头人正高兴着。谁知，仆人报告说，阿匹打洛赶着三百头羊回来了。拉布头人非常奇怪，便来到阿匹打洛家，一看，果真有三百头羊。拉布头人不紧不慢地问："阿匹打洛，你不是和大树一起落下江里去了吗？"

阿匹打洛恭敬地站立起来说："谢谢头人照护我，你把我弄下江里，我很快就见到了龙王，龙王见我穷得可怜，就送给我三百只羊。"

拉布头人没想到阿匹打洛因祸得福，便进一步问道："龙王家还有什么东西？"

阿匹打洛还是恭恭敬敬地说："龙王家什么宝贝都有，就是差一副磨子。要是有谁背着磨子去，龙王就让他把什么宝贝都可以拿回来的。"

拉布头人听了，心头一亮说："磨子我家有，明天你带路，我背去吧！"

第三天，阿匹打洛带着拉布头人来到江边，他对背着磨子的头人说："时候到了，你快去吧！"

拉布头人听说时候到了，一步就跨进江里。只听得一声"儿呀，别来"，就再也见不着影子了。从那以后贪心作恶的拉布头人再也没有回来。

以上十一则凉冰　文友搜集整理

阿推的故事

（基诺族）

······◇······

阿推，又叫阿嘎布拉，是一个劳动者型机智人物。其故事大多是描写智斗山官、头人、财主的作品，质朴诙谐，富有泥土气息和幽默感，流传在云南景洪市境内的基诺族聚居地区。

······◇······

砍不倒的芭蕉树

山官上了阿推的当，气得吹胡子瞪眼睛。他寻机想整治阿推，阿推发觉后便溜走了。

山官提着一把长刀追进密林中，累得舌燥口干，搜遍了石洞、树林，也没找到阿推。

阿推躲到哪里去了？原来，他爬到一棵高高的芭蕉树上，靠阔大的芭蕉叶遮挡，坐在树上呼呼睡起觉来了。当山官气喘吁吁地走到芭蕉树下的时候，阿推一眨眼，又想出一条妙计，便大声喊叫起来："山官，你要找我吗？我在树上睡觉哩！"

山官吓了一跳，抬头看见阿推在芭蕉树上勾着头戏弄自己，越发生气了："我看你再跑，这一下，我非把你的脑袋砍下来不可！"

阿推笑了笑说："如果你需要，我的脑袋你随时都可以砍下来。"

"那么，你老老实实下来束手就擒吧！反正你逃不脱了！"山官说着，晃了晃手里的大刀。

"我可不愿意下来。因为我还想再睡一觉。"

山官更恼怒了："如果你不下来，我就要用大刀砍芭蕉树。那时候，你会后悔莫及的。"

阿推索性伸开双腿，背靠芭蕉花睡起来了。他闭上眼睛，满不在乎地说："如果你不可惜自己的大刀，那么，你就砍芭蕉树好了。"

山官举起了大刀，本来要砍芭蕉树，听到阿推这一说，急忙停住刀，诧异地问道："你说的什么意思？莫非我的钢刀还砍不倒芭蕉树吗？"

"我看，你的钢刀没法砍倒。"

"为什么？"

阿推神秘地笑了笑，说："这是最平常的道理呀，因为芭蕉树心是钢做成的，像石头一样坚硬，弄断一把钢刀，实在太可惜呀！"

"钢刀砍不断，那么用什么来砍树呢？"愚蠢的山官只好请教阿推了。

"你应该回家扛一把斧头来。只有斧头才能砍倒芭蕉树啊！"

山官一听高兴了，但又担心阿推跑掉。便问阿推："如果我回家取斧头，你跑掉了怎么办呢？"

阿推呵呵大笑起来："尊敬的山官，你太糊涂了。倘若我要逃跑，为什么要喊你来捉我呢？你放心地去吧，我一定等着你回来砍树。"

山官一想，觉得阿推说得有道理，便信以为真，兴冲冲地提着大刀回家换斧头去了。

阿推望着远去的山官背影，笑道："大傻蛋！"跳下芭蕉树，得意地走向密林深处去了。

山羊换骏马

攸乐山上有一个名叫扎洛的头人，他有一匹日行千里的骏马，跑起来像山风一样迅猛。扎洛经常骑着他的千里马在山路上兜风，大家敢怒不敢言，便来请阿推收拾他。

阿推动了一番脑筋，便欣然答应下来："收拾扎洛吗？请借给我一只山羊，好吗？"

阿推牵着山羊来到大马路上，腿一跨，骑在山羊背上了。小山羊被阿推一压，呼呼喘气，走都走不动。

不一会儿，扎洛骑着高头大马追上了阿推。

"阿推，人们都说你是攸乐山上最聪明的人，其实，你是一个大笨蛋。人骑山羊，我还是第一次看到。"扎洛勒住马，在后面讥笑。

阿推不让路，拍打着山羊慢吞吞地走着："这只山羊，是天神赐给我的神羊。你的马一日千里，疾跑如风，我的羊一日万里，快如闪电。如果你用千里马换我的神羊，我还不干哩。"

扎洛仰脸哈哈大笑起来："不用夸海口了，谁不知道，我的马是攸乐山上独一无二的快马，如果不相信，你敢同我的马比赛一下吗？"

阿推拍打着气喘吁吁的山羊，不服气地问道："比赛倒是可以，如果你赛输了，怎么办？"

"什么？我会输？"扎洛轻蔑地盯住阿推，"好吧，我们就比赛一场吧！先说好，如果你赛输了，无代价把羊送给我宰肉吃！"

阿推转回头，满口答应："好吧！我输了，把羊送给你。如果你输了呢？"

"如果我赛输了……"奸猾的扎洛不再往下讲了。

"把你的马无代价送给我吗？"阿推大声说。

扎洛吞吞吐吐，最后才咬着牙说："如果我的千里马赛输了，就用我的马换你的万里羊吧！"

"你说的是真话吗？可不准反悔啊！"阿推一本正经地说。

"一言为定！"扎洛终于答应了。

"既然这样，谁先跑到山丫口谁胜利。好吗？"阿推指着高高的山头说。

"好吧！"

"那么，请你的千里马先跑吧！我在后面让你一段路程。"阿推说罢，跳下地，让扎洛的马走在前面。

扎洛好胜心切，狠狠朝马屁股上抽了一鞭子，千里马便飞跑起来了。

山官扎洛跑走以后，阿推不但不骑羊，反而把羊背在背上，放去走漫长的盘山马路，顺着一条直线近路跑起来。不一会儿便赶到山丫口了。

阿推让羊在路边啃草吃，他自己坐在草地上抽烟。他抽了一锅烟，扎洛才赶到。

"山官扎洛，你比输了，我在这里已经抽了两袋烟了，羊身上的汗都干了！"阿推笑呵呵地说。

"我不相信，你怎么赶上我的？"

"我的神羊从天上飞来的，你能看见吗？"一句话说得扎洛无言以对。阿推不客气地说："扎洛，我们定下的条件，大山森林都听见了。你的千里马输了，我们调换吧！"

阿推牵过千里马，跳上马背，飞跑回寨了，山官扎洛骑上山羊，怎么打也走不快，这才知道上当受骗了。

以上二则刘伯华搜集整理